獻給先師

黃公繼持教授(1938-2002)

疏證與析證
清末民初中國文學研究的範式轉移

Interpretative Commentary vs Analytical Verification
The Paradigm Shift of Chinese Literary Studies in Late Qing and Early Republic China

李貴生 著

中国社会科学出版社

圖書在版編目（CIP）數據

疏證與析證：清末民初中國文學研究的範式轉移／李貴生著.—北京：中國社會科學出版社，2016.8
ISBN 978-7-5161-8354-0

Ⅰ.①疏… Ⅱ.①李… Ⅲ.①文學研究—研究方法—研究—中國—現代 Ⅳ.①I206.6

中國版本圖書館 CIP 數據核字（2016）第 133292 號

出 版 人	趙劍英
責任編輯	羅　莉
責任校對	李　林
責任印製	戴　寬

出　　版	中國社會科學出版社
社　　址	北京鼓樓西大街甲 158 號
郵　　編	100720
網　　址	http：//www.csspw.cn
發 行 部	010-84083685
門 市 部	010-84029450
經　　銷	新華書店及其他書店
印　　刷	北京君昇印刷有限公司
裝　　訂	廊坊市廣陽區廣增裝訂廠
版　　次	2016 年 8 月第 1 版
印　　次	2016 年 8 月第 1 次印刷
開　　本	710×1000　1/16
印　　張	14.75
插　　頁	2
字　　數	238 千字
定　　價	56.00 元

凡購買中國社會科學出版社圖書，如有質量問題請與本社營銷中心聯繫調換
電話：010-84083683
版權所有　侵權必究

目　　錄

緒　論 …………………………………………………………… (1)
  第一節　傳統與現代學術的界線 ……………………………… (1)
  第二節　從疏證到析證 ………………………………………… (5)
  第三節　兩種方法的差異 ……………………………………… (9)
  第四節　結語 …………………………………………………… (13)

第一章　王國維新經學的承先與啟後 ………………………… (16)
  第一節　經學的解體 …………………………………………… (16)
  第二節　清代學術的多元系譜 ………………………………… (18)
  第三節　考證學的別擇與發揚 ………………………………… (22)
  第四節　經師教條的拋棄 ……………………………………… (30)
  第五節　現代學術觀念的洗禮 ………………………………… (39)
  第六節　範式楷模的更替 ……………………………………… (47)
  第七節　結語 …………………………………………………… (54)

第二章　王國維純駁互見的文學觀 …………………………… (56)
  第一節　現代文學觀念的確立問題 …………………………… (56)
  第二節　純文學觀念的光譜 …………………………………… (60)
  第三節　猶有未達的前期探索 ………………………………… (64)
  第四節　每況愈下的後期實踐 ………………………………… (78)
  第五節　結語 …………………………………………………… (90)

第三章　蔡元培紅學的研究歷程與學術淵源 ……………… （92）
　第一節　作為學術研究的索隱方法 ……………………… （92）
　第二節　《石頭記索隱》的成書經過及其學術信念 ……… （94）
　第三節　《詩經》詮釋傳統的定向作用 …………………… （107）
　第四節　索隱三法與《詩經》學的關係 …………………… （113）
　第五節　源出《春秋》學的不足之處 ……………………… （119）
　第六節　結語 ……………………………………………… （137）

第四章　胡適新紅學與析證法的本質特徵 …………………… （139）
　第一節　胡適與王國維的同聲相應 ……………………… （139）
　第二節　無法調和的範式衝突 …………………………… （145）
　第三節　胡適紅學的潛在矛盾 …………………………… （150）
　第四節　索隱解讀與科學考證的本質差異 ……………… （158）
　第五節　結語 ……………………………………………… （166）

第五章　胡適中國文藝復興的建構及其作用 ………………… （167）
　第一節　比較史學研究進路的不足 ……………………… （167）
　第二節　胡適對薛謝兒著作的接收與剪裁 ……………… （171）
　第三節　文學革命與文明進化之公理 …………………… （181）
　第四節　王克私與中國文藝復興觀念的生成 …………… （187）
　第五節　從"為國外的人說法"回到漢語世界 …………… （197）
　第六節　結語 ……………………………………………… （204）

餘　論 ……………………………………………………………… （205）

引用書目 ………………………………………………………… （208）

後　記 ……………………………………………………………… （228）

緒　　論

> 我們手上的書，有沒有涉及量值或數字方面的抽象論證？有沒有關於事實與存在的實驗性論證？如果都沒有的話，那就把它付之一炬，因為它所包含的只有詭辯與幻想，沒有別的東西。
>
> ——休謨

第一節　傳統與現代學術的界線

"中國文學研究"並不是一個不證自明、固定不移的觀念。今天大學文史系的教授似乎都能夠熟練地"研究"中國文學，把個人的心得體會轉化為規範的學術論文，經同行審查（peer review）後發表刊登，取得學界的認可。這種大家習以為常、視作當然的學術操作模式背後其實預設了一套研究範式，當中包括學術觀念、技術規範，以及評鑑制度等不同層面的元素。儘管這套範式在中國誕生至今還不到一百年，並且仍然在持續演化之中，①

---

① 研究範式的三種要素中，以學術觀念最為穩定，一旦確立後便不容易轉變。一般技術規範，如論文徵引系統，各地的習慣和要求雖然不盡相同，但總體上仍大同小異，並且有彼此靠攏的跡象。倒是評鑑制度因受當地社會和教育政策的影響，往往有較大差異，變化亦較頻繁，如香港"大學教育資助委員會"（University Grants Committee）自20世紀90年代引入"研究評審工作"（Research Assessment Exercise），重視匿名審查期刊論文後，本地學界對學術會議論文的態度便大不如前；近年又開始談論期刊的"影響系數"（impact factor），亦為香港的文科學者帶來新一波衝擊。

但大家基本上都隱約意識到它與傳統的文學研究存在明顯的差異。①在20世紀完結的前夕，不少學者開始回顧過去近百年中國文學研究的發展歷程，成果頗為豐碩。②然而這些著作鮮有從範式轉移的角度著眼，說明現代的中國文學研究與傳統的治學觀念及研究方法最為根本的差異。本書正是希望通過王國維、蔡元培和胡適三人的個案研究，從觀念層面上勾勒出傳統與現代學術的界線，具體地展現近代中國文學研究的學術轉向。

過去十多年來，筆者一直思考"中國文學研究"的前世今生，力圖闡明當中的曲折歷史。為了建立堅實的傳統坐標，以便比對和凸顯近代文學研究的特質，筆者首先整理清代學者研究文學的方法，寫成《傳統的終結——清代揚州學派文論研究》一書。選擇揚州學派，主要是因為當中的代表人物如汪中、淩廷堪、焦循、阮元等都是當時公認的重要學者，他們不但精通清代主流的考證學，在文學方面亦有豐富的論述，並且長期與桐城文派對峙頡頏。與桐城文士相比，揚州諸君無疑更接近現代意義的專門學者，兩派的爭論由清代中葉一直延續至民國初年的中國學界，實在可以反映中國文學研究在西學東漸前的核心課題、表述形式，以及這個傳統最終所能達到的理論水平。③在此研究基礎上，筆者進而考察清末民初

---

① 現代學者雖然不一定能夠在觀念層面上說明傳統與現代學術的本質差異，但基本上都能在現象層面上辨別哪些研究屬於現代的研究。如學界公認王國維的《人間詞話》和黃侃的《文心雕龍札記》是有關領域的重要研究，但今天若有學者以同樣方式撰寫詞話、札記，大家幾乎可以肯定這些著述極難發表在嚴肅的學術期刊內。本書其中一個目的正是希望把這種潛藏的辨識能力提升至理論層面，描繪出傳統與現代的差異。

② 如袁進《中國文學觀念的近代變革》（上海：上海社會科學院出版社1996年版）、王瑤主編《中國文學研究現代化進程》（北京：北京大學出版社1996年版）、趙敏俐和楊樹增合著《二十世紀中國古典文學研究史》（西安：陝西人民教育出版社1997年版）、張全之《突圍與變革——二十世紀初期文化交流與中國文學變遷》（西安：西北大學出版社1997年版）、董乃斌等主編《中國古典文學學術史研究》（烏魯木齊：新疆人民出版社1997年版），以及潘樹廣等著《古代文學研究導論——理論與方法的思考》（合肥：安徽文藝出版社1998年版）、陳平原編《中國文學研究現代化進程二編》（北京：北京大學2002年版）等均是這方面的專著。此外，周勛初《當代學術研究思辨》（南京：南京大學出版社1993年版）和陳平原《中國現代學術之建立——以章太炎、胡適之為中心》（北京：北京大學出版社1998年版）二書，亦有不少篇幅討論文學方面的問題。近年黃霖主編的多卷本《20世紀中國古代文學研究史》（上海：東方出版社2006年版），更是有關論題的集大成之作。

③ 詳參拙著《傳統的終結——清代揚州學派文論研究》，上海：復旦大學出版社2009年版。

文學研究範式的轉移（paradigm shift）過程。

　　所謂"範式",①原是美國科學史家庫恩（Thomas S. Kuhn）在1962年提出來的觀念，大意是指一門常規科學在某段時間受到大眾認同的研究規則及標準;②"範式轉移"則是用來描述科學知識經過革命後，由原有範式持續地過渡至另一範式的發展樣式。③關於這些觀念，西方學者已有不少討論，庫恩本人後來亦有更多的闡釋和補充。④然而漢語世界文史學者對這個觀念的理解，主要以余英時的引介為基礎，很少深究它在科學史上的相關討論。早在20世紀70年代，余英時已運用庫恩的理論分析近代紅學的發展，並且就相關術語作出扼要的說明：

> "典範"可以有廣狹二義：廣義的"典範"指一門科學研究中的全套信仰、價值和技術（entire constellation of beliefs, values, and techniques），因此又可稱為"學科的型範"（disciplinary matrix）。狹義的典範則指一門科學在常態情形下所共同遵奉的楷模（examplars or shared examples）。⑤

他不但借助"典範""革命"等觀念揭示新紅學的創獲，還以此概括胡適在近代思想史上的貢獻，認為"胡適的貢獻在於建立了孔恩（Thomas S. Kuhn）所說的新'典範'（paradigm）"，並且再次重申典範的廣狹兩義。⑥他的論述不但推進了《紅樓夢》和胡適的相關研究，同時令庫恩的

---

①　Paradigm一般譯作"範式"或"典範"，為免與model一類常用義混淆，本書採用前一譯名，突出其作為專名術語的涵義。

②　Kuhn, Thomas S., *The Structure of Scientific Revolutions*. Chicago：Chicago University Press, 1962, pp. 10-11.

③　Ibid, p. 12.

④　Cf. Kuhn, Thomsa S., "Second Thoughts on Paradigms" in *The Essential Tension*. Chicago：Chicago University Press, 1977, pp. 293-319.

⑤　余英時：《近代紅學的發展與紅學革命——一個學術史的分析》，載《紅樓夢的兩個世界》，臺北：聯經出版事業公司1991年版，第4頁。

⑥　余英時：《中國近代思想史上的胡適》，《重尋胡適歷程——胡適生平與思想再認識》，臺北：中研院、聯經出版事業股份有限公司2004年版，第187—188頁。

理論廣為人知。①為了避免哲學或科學史上一些不必要的糾葛，我們基本上沿用余氏的做法，把範式視為分析性的概念工具，藉此說明中國文學研究史上的一些現象。

與其他研究最大的區別是，本書並不打算粗線條地敘述近代中國文學研究範式的更替概況，亦不會零散地討論新、舊範式的若干性質，而是嘗試建立一套觀念架構，把兩種範式之間最為根本的差異加以"主題化"（thematize），標示出舊範式之所以為舊、新範式之所以為新的本質特徵。表面看來，這類觀念架構似乎不難在西方有關現代性的討論中獲得端倪，因為近代中國學術範式的轉變，本來便與西方觀念的輸入有著密不可分的關係。②然而正如桑兵所指出，"現代化的觀念，未必不能成為一種解釋模式"，但"轉型決非如此簡單"，還須要考慮到多個因素，如"中國固有的知識與制度體系的淵源、變化與狀況"等。③筆者最初思考這個問題時，也深受西方學者的影響，尤其偏愛18世紀意大利哲學家維柯（Giambattista Vico 1668－1744）以及近世法國思想家福柯（Michel Foucault 1926－1984）的論述，十多年前闡述王國維與傳統經師的區別時，便直接套用維柯所謂"論題法"（topica）與"批判法"（critica）一組觀念。④可是當我把視點聚焦在近現代的中國文學研究，展開微觀的個案調查後，

---

① 余英時的分析引起學界的廣泛關注，影響深遠。如陳平原討論胡適的學術地位時，便襲用"典範"之說（參見《中國現代學術之建立——以章太炎、胡適為中心》，第186頁）。又近年已有學位論文詳述余氏的貢獻（參見宋顏莉《範式建構：余英時"新典範說"對傳統紅學研究方法論的突破》，西南交通大學比較文學與世界文學碩士論文，2007年），亦有學者參照他的思路和觀念，分析20世紀紅學的發展（王樹海：《中西交融背景下的紅學研究範式得失考論》，吉林大學比較文學與世界文學博士學位論文，2008年）。

② 如中國人撰寫的第一部中國文學史，無論是林傳甲、黃人的還是竇警凡所寫的，都與"近現代史上第一次中西文化的大碰撞，面對新傳入的'文學'、'文學史'觀念和文學史著述體裁"有關（參見王水照《國人自撰中國文學史"第一部"之爭及其學術史啟示》，《中國文化》2008年第27期，第54—63頁）。中國文學批評方面，早期的研究者如朱自清亦明言："若沒有'文學批評'這個新意念、新名字輸入，若不是一般人已經能夠鄭重的接受這個新意念，目下還是談不到任何中國文學批評史的"，見朱自清《詩文評的發展》，載《朱自清古典文學論文集》，上海：上海古籍出版社1981年版，第544頁。

③ 桑兵：《近代中國的知識與制度轉型》，桑兵、趙立彬主編：《轉型中的近代中國》，北京：社會科學文獻出版社2010年版，第9頁。

④ 參見李貴生《經學的揚棄——王國維與中國現代學術》，張本義主編：《白雲論壇》，北京：北京圖書館出版社2004年版，第2卷，第297—340頁。

慢慢發現論題法並不足以說明傳統中國學術的方法特徵。隨著專題研究的深化，筆者開始形成一些想法，近年逐漸傾向利用"疏證"與"析證"兩個觀念說明新、舊學術典範的差異。從研究的次序看，這組觀念雖然是筆者在探討本書下面各章所涉及的具體問題後，經過反覆斟酌和思量才得出來的結果。不過就論述的角度而言，為了令讀者更容易掌握全書主旨，不致被各章所關注的具體問題及諸多史料所分散，這裏會先簡介"疏證"與"析證"的涵義，讓大家對近代中國學術範式轉移的特質有一個較為宏觀的理解。

第二節　從疏證到析證

"疏證"乃中國固有的學術用語，淵源自傳統學者對古代典籍的解讀，其中尤以歷代儒家各種經書訓釋最具代表性。兩漢時期由於官學的鼓勵，湧現了一大批注釋儒家經典的著作，這些經注的體例雖然不盡相同，但基本上已確立了以經書原文字句為中心的解讀形式。①六朝時佛教盛行，受到當時僧侶講經的影響，開始出現"講疏""義疏"一體。②其後唐代官修的《五經正義》統一了南學、北學，被奉為科舉考試的依據，於是以經文、傳注、疏文三層結構組成的注解模式，亦成為傳統注疏的標準楷模，並且漸次擴展為大家熟悉的《十三經注疏》，其影響力一直持續至清代諸經新疏。注疏之書以儒門經傳為大宗，卻非儒家的專利，漢代高誘已為《呂氏春秋》、《淮南子》作注，唐代成玄英亦嘗為《老子》、《莊子》作疏，宋元時則有《紫陽真人悟真篇注疏》等，可見這是古代常見而又重要的治學模式。

---

① 馬宗霍嘗臚列漢儒"釋經之體"，包括"以經解經"、"以字解經"、"以事義解經"等（見《中國經學史》，臺灣：商務印書館1992年版，第56—58頁），這些解釋的方法和體裁雖然各有不同，但最後仍然以經文為依歸。

② 牟潤孫《論儒釋兩家之講經與義疏》一文，對義疏一體所受的佛教影響有非常詳細的分梳，見《注史齋叢稿》，北京：中華書局1987年版，第239—302頁。較近期的討論可參閱谷繼明《再論儒家經疏的形成與變化》，曾亦主編：《儒學與古典學評論》第2輯，上海：上海人民出版社2013年版，第286—301頁。

"疏證"泛指對典籍的考證闡釋,①本來不是甚麼專有名詞,但自從清代閻若璩的名著《尚書古文疏證》問世後,②陸續出現以疏證為名的論著,如戴震《孟子字義疏證》和《方言疏證》、王念孫《廣雅疏證》、莊述祖《說文古籀疏證》、沈欽韓《漢書疏證》、陳立《白虎通疏證》、馮登府《三家詩異文疏證》、陳喬樅《齊詩翼氏學疏證》、宋世犖《周禮故書疏證》和《儀禮今古文疏證》、徐養原《儀禮今古文異同疏證》、迮鶴壽《孟子班爵祿疏證》、陳壽祺《五經異義疏證》等,儼然變成著述的一種體裁。

　　本書所說的"疏證"主要用來指涉古代學者治學的一些"共法",與過去的用法有同有異。選擇此一用語,首先是要強調這種方法與悠長的注疏傳統的關係;此外尤其重要的是,"疏證"在字面上蘊含"疏通"(cohere)與"印證"(confirm)之意,與現代學術所強調的"分析"(analyze)與"驗證"(verify),也就是本書所說的"析證"正可並列對舉。因此讀者切勿望文生義,以為凡冠以"疏證"之名的著作,就是運用了本書所說的傳統治學方法。近人的著述如楊樹達的《論語疏證》無疑沿襲了傳統治學之法,以疏通文字、印證義理為鵠的,③但王國維的《史籀篇疏證》卻更接近現代的"析證"方法,④不能與楊著混為一談。

　　至於本書所說的"析證",純粹用來表示近世自西方傳入的治學方法,與古漢語並無特別關係。我們對析證之法應該不會感到陌生,因為它不但奠定了現代知識發展的基礎,也是今天各門學科中佔有主導地位的研

----

① 一般辭典對"疏證"的釋義是"闡釋考證"(http://www.zdic.net/c/f/a0/186136.htm);臺灣《國語辭典》則是"考據、會通古書的義理,加以補充、校訂、考證、闡釋"(http://dict.revised.moe.edu.tw)。

② 《四庫全書》中以疏證為書名的僅有《尚書古文疏證》,正可說明閻氏之前這個題目並不流行。參見永瑢等編《四庫全書總目》,北京:中華書局1965年版。

③ 陳寅恪《論語疏證序》曰:"既廣搜羣籍,以參證聖言,其文之矛盾疑滯者,若不考訂解釋,折衷一是,則聖人之言行終不可明矣。"(見楊樹達《論語疏證》,上海:上海古籍出版社1988年版,第1頁)考訂及解釋文字之矛盾疑滯者就是"疏通",參證聖言就是"引證",所以我們說此書以疏通印證為鵠的,陳寅恪亦認為此書"與宋賢治史之法冥會"。

④ 傳統注疏以原文字句為中心,文本上縱然出現矛盾之處,亦會刻意彌縫,很少會推翻原書,故舊有"注不破經、疏不破注"之說。反觀王國維《史籀篇疏證》間或引用出土材料推翻原文,如卷3迳謂籀文"中"字形體與卜辭不合,"當為傳寫之譌矣"(《王國維遺書》第4冊,上海:上海書店出版社1996年版,第185頁)。這種視經驗證據凌駕於古籍原文的態度,無疑更接近現代學術的驗證精神。

究方法。這種方法在思想史上有兩個源頭，其一是英國哲學家培根（Francis Bacon 1561 – 1626）的歸納法，其二是法國哲學家笛卡兒（Rene Descartes 1596 – 1650）的分析法。析證一詞，正是"分析"與"驗證"的縮略，分別表示笛卡兒的理性主義與培根的經驗主義方法。西方學界很早就意識到培根和笛卡兒在現代學術方法上的先導角色，如維柯在1708年的演講中評論他那個時代的治學方法時，開篇即引用培根的《論學術的進展》，指出當中的局限；接著他又以新批判法（nova critica）標示笛卡兒的方法，認為它是所有科學與藝術的共同工具，迥異於過去的"論題法"（topica）。①以自然科學為標準的析證法不但受到哲學家的關注和批判，②從事文學研究的學者亦高度重視這種方法對"現代"的定向性作用。

日本著名的評論家柄谷行人（Karatani Kojin 1941 – ）在其名著《日本現代文學的起源》中，嘗透過文學作品分析日本進入現代後始出現的"認識性裝置"（epistemological constellation），諸如風景、兒童和疾病等。他探討"風景的發現"時敏銳地指出，"只有在對周圍外部的東西沒有關心的'內在的人'（inner man）那裏，風景才能得以發現。風景乃是無視'外部'的人所發現的"。③正是笛卡兒式的沉思（cogito）勾勒出精神主體的疆界，同時確立了客體事物的位置，令極端內省的人能夠發現外在風景的存在；這個獨立於主體以外的客體世界有其自身的規律，需要通過以數學為基礎的理性方法，始能予以系統的掌握。④加拿大批評大師弗萊

---

① Critica 一般譯作批判法或批評法，指判斷的藝術，是邏輯學的重要部分；Topica 一般譯作論題法或論證法，乃古代修辭學中發現中詞（medium）或論據（argumentum）的藝術。維柯用新批判法表示笛卡兒的研究方法，一方面是要強調其與傳統 Critica 的關係，另一方面是要指出這種方法的不足，重提論題法的重要。對維柯論述感興趣的讀者，可以參閱 Giambattista Vico, *On the study methods of our time*. Trans. Elio Gianturco. Ithaca：Cornell UP, 1990, pp. 12 – 20. Giambattista Vico, *On the most ancient wisdom of the Italians ：unearthed from the origins of the Latin language*. Trans. L. M. Palmer. Ithaca：Cornell UP, 1988, pp. 97 – 104.

② 如德國現象學大師胡塞爾後期的著作便針對伽利略（Galileo Galilei 1564 – 1642）等物理學家以數學建構出來的理性世界，提出"生活世界"（Lebenswelt）這個觀念。See Husserl Edmund, *The Crisis of European Sciences and Transcendental Phenomenology*. Trans. David Carr. Evanston：Northwestern University Press, 1970, pp. 21 – 59.

③ 柄谷行人：《日本現代文學的起源》，趙京華譯，北京：三聯書店2003年版，第15頁。按日本原著刊於1980年，英譯本則於1991年出版。

④ 參見柄谷行人《日本現代文學的起源》，第24—27、52—56頁。

(Northrop Frye 1912－1991）在其研究《聖經》文學的名著中，把語言的演進分為三大階段，而"第三階段大約開始於16世紀，伴隨著文藝復興和宗教改革的某些傾向而來，到了18世紀便佔有文化上的支配位置"，①在英國文學中，這一階段的理論就是始於培根。為了說明培根的地位，弗萊引用詩人考利（Abraham Cowley 1618－1667）的作品，認為培根的貢獻堪比摩西把以色列人領出埃及，因為他把我們的思想從詞語引向事物，令現代思想能夠擺脫迷信。第三階段語言所關心的是幻覺與現實的問題，能夠清楚分辨主體和客體，令以歸納觀察為基礎的科學得以蓬勃發展。②

柄谷行人和弗萊分別是20世紀東西方重量級的文學評論家，二人不約而同地關注析證法與文本的關係，正可反映這種方法在文學範式轉換的問題上有其不可替代的優先地位。傳統的疏證法與現代的析證法各自涵蘊許多觀念和要素，可以從不同角度加以比較和討論。如福柯在考察培根之前的知識結構時，特別強調"相似性"這個觀念，認為"直至16世紀末，相似性（la ressemblance）在西方文化知識中一直起著創建者的作用。正是相似性才主要地引導著文本的注解與闡釋"。③可是以相似性為基礎的文本注釋等知識，到了16世紀以後逐漸被析證法所取代："培根批判了相似性。這是一種經驗批判，它不關心物與物之間的秩序和平等關係，而是關注這些關係所從屬的精神類型和虛幻形式"；④"笛卡爾對相似性的批判是另一種類型"，倡言"除了有關純粹而專心的智慧的單一活動，除了把種種明顯的事物聯繫在一起的演繹，就不可能有真正的認識"。⑤福柯對人文學科知識的整體發展無疑有透辟的見解，啟人神智，但若把它移植過來闡述中國文學研究的演變情況，則又未免過於抽象，很容易忽視了一些重要的細節。筆者在考察了清代經學家的治學模式後，再仔細探索王國維、蔡元培和胡適等人的學術研究，覺得可以從四個方面概括中國固有

---

① Northrop Frye, *The Great Code: the Bible and Literature*. New York: Harvest Book, 1983, p. 13.
② Northrop Frye, *The Great Code: the Bible and Literature*, pp. 14－15.
③ 米歇爾·福柯：《詞與物——人文科學考古學》，莫偉民譯，上海：上海三聯書店2001年版，第23頁。
④ 同上書，第68頁。
⑤ 同上書，第69—70頁。

的疏證法與西方傳入的析證法之間的差異。

第三節　兩種方法的差異

　　首先是研究的對象。疏證主要圍繞古書文本（text）展開，試圖貫通文字脈絡，瞭解其表面和深層意思；析證則以命題（proposition）為核心，通過邏輯的推論或事實的檢測，肯定或否定命題的真確性。文本與命題可以有互相重疊的地方，因為文本能夠表達命題，而命題亦可用文字的方式呈現出來，然而文本之中並非所有語句均有資格稱為命題，因為命題僅指含有真假值的句子。①休謨把命題分為兩大類，一類是理性主義者強調的觀念之關聯（Relations of Ideas），如數學、幾何學等知識；另一類是經驗主義者關注的事實之物（Matters of Fact），如涉及因果關係的經驗判斷等。②今人都沿用康德的說法，把前者稱為分析（analytic），後者稱為綜合（synthetic）。分析命題的特徵是只須考察字面的意思，即可判斷其真假；綜合命題的真假則必須通過經驗事實的檢測，始能加以全盤或局部的肯定或否定。③擅用析證法的學者通常有極強的問題意識（problemtic），對研究課題的範圍、當中涉及的命題、命題的證立方法以至有效程度（validity）等，都有高度的自覺。由於研究對象的轉換，他們對傳統學者殫精竭慮詮釋的文字，或許會不屑一顧，因為對他們來說，這些文句若非含有真假值的命題，根本無法有效地證明或否證，因而亦沒有鑽研的價值。本書論及胡適全盤否定蔡元培的索隱研究，重新釐訂紅學的正當範圍，就是活生生的例子。④

---

　　① 命題與其他語句的區別已是今天邏輯學的基本常識，一般教科書都以此為起點，如 Carl Cohen, *Introduction to Logic*, 9th ed. NJ: Prentice Hall, 1994, pp. 4 – 5.

　　② Cf. David Hume, *An Enquiry Concerning Human Understanding*. Indiana: Hackett Publishing Company, 1977, pp. 15 – 16.

　　③ 儘管20世紀美國最具代表性的分析哲學家奎因（W. V. O. Quine）在其名文 "Main Trends in Recent Philosophy: Two Dogmas of Empiricism"（*The Philosophical Review*, 1951, Vol. 60: 1, pp. 20 – 43）中曾質疑分析命題與綜合命題的界線，但分析與綜合的二分仍是相當有用的觀念，在現代哲學分析中佔有重要位置，參見 John Hospers, *An Introduction to Philosophical Analysis*, 3th ed. NJ: Prentice Hall, 1988, pp. 103 – 199.

　　④ 參見本書第四章第二節。

其次是學術的預設。疏證法以古籍文本為研究軸心,原因是傳統學者相信若干典籍寄寓了古代聖賢遺留下來的深邃道理,足以為萬世法,所以要用不同的方法疏釋經文,重現文字背後的義理,藉此獲得思想或行為上的規範和指引;傳統儒家經師所謂"通經明義"、"經世致用"等語,最能表現這種想法。①現代的析證法則以求真為最高目的,他們重視理性方法推導出來的真理,不會盲目跟從古代權威,並且確信真理本身有其內在的價值(intrinsic value),不能用功利或實用的眼光來衡量;今天大家熟知的"吾愛吾師,吾尤愛真理"、"為真理而真理"等名句,就是這種研究態度的體現。②由於深信經文的權威性,從事疏證的學者鮮會推翻原文,縱使文本前後文句明顯有矛盾之處,他們亦會努力彌縫,嘗試從不同角度尋出矛盾背後的統一性;此外他們對經文的來源或作者亦有一些假設,這些假設制約著他們對實際文句的詮釋。如朱熹相信孔子是"生而知之"的聖人,儘管這種想法違背《論語》原文,導致不少文本衝突,但朱熹仍然竭力維護他對聖人的預設,並試圖以"謙辭"之說消解那些文本矛盾。③今天的學者基本上已從這類神聖預設(sacralization)中解放出來(disenchanted),他們並不相信古代的聖人和經典有任何超凡的地位,只認同那些古籍有其歷史意義,可以用求真的精神加以鑽研。下章提到戴震、章太炎和王國維對《尚書》的疏解,就是要通過同一文本的詮釋,展示王國維有別於戴、章的過人之處。④以"求是"著稱的皖派領袖戴震雖然鄙薄宋儒空疏之談,卻仍與朱熹一樣,在詮釋

---

① 清代通儒焦循對經師的學術預設有非常明確的論述:"經學者,以經文為主,以百家子史、天文術算、陰陽五行、六書七音等為之輔,彙而通之,析而辨之,求其訓故,核其制度,明其道義,得聖賢立言之指,以正立身經世之法。"見《與孫淵如觀察論考據著作書》,《雕菰集》,臺北:藝文印書館影文選樓叢書本1967年版,卷13,第24頁。

② 王國維有一番話恰可與前註所引焦循之說互作對比:"學術之所爭,只有是非真偽之別耳。於是非真偽之別外,而以國家、人種、宗教之見雜之,則以學術為一手段,而非以為一目的也。未有不視學術為一目的而能發達者,學術之發達,存於其獨立而已。"見《論近年之學術界》,《王國維遺書》,第3冊,第527頁。

③ 筆者對這個問題已有詳細的討論,參見 LEE, Kwai Sang. "Inborn Knowledge (sheng-zhi) and Expressions of Modesty (qianci): On Zhu Xi's Sacred Image of Confucius and his Hermeneutical Strategies", *Monumenta Serica*, 2015, vol. 63.1, pp. 79–108.

④ 參見本書第一章第四節論戴震《尚書義考》,以及第五節比較王國維與章太炎有關《尚書》的訓釋。

經文時受到聖人形象預設的影響，而其嫡系章太炎雖已接觸西學，卻猶未領會理性推論方法與真理的關係，與王國維的治學方式有很大的差距。

其三是論證的效度。疏證試圖重現文本作者想要傳達的道理，因此作者的本意（intention）是評判論證是否有效的重要標準，好的注解在內容上必須儘可能與本意融貫一致（coherence）；析證法則以客觀真理為目標，較為重視獲得真理的過程和方法，對具體的內容沒有特別規限，卻會嚴格要求論證能夠符合邏輯推論和經驗證據（correspondence）。為了準確追尋本意，早期經師相當講究師承家法，認為與文本作者有直接過從的門生或同輩，較後人更能準確掌握原意，通達文本的表面意思及其背後的微言大義，漢代諸經的傳承系譜就是這種思維下的產物。①其後理學家一反舊疏繁瑣之習，著重主體對義理的直接體證，②但從事注釋的學者仍以貼近聖人本意為務。③清儒因漢儒去古未遠，故訓義理皆有依據，遂致力復興古學、考釋古訓，儼然回歸漢學傳統。④可見歷代學風雖然迭有轉變，但尋繹本意一直是注疏家的共同追求。正是基於這種態度，歷代主流學者都會接受古代傳注的說法，相信經文可以涵蘊溢出文字之外的意義，如他們普遍認為《詩經·關雎》一詩隱含詩歌字面以外的教化意味；⑤可是對析證法而言，作者的本意並非可以客觀研究的對象，而各種師法之說亦不見得比其他意見更具權威性，所以在現代學者眼中，《關雎》變回一首普

---

① 詳參顧實《漢書藝文志講疏》，上海：上海古籍出版社1987年版，第13—79頁。

② 尊德性的陸九淵固然有"六經注我"的名言，道問學的朱熹同樣強調"學問，就自家身己上切要處理會方是，那讀書底已是第二義"。見《朱子語類》，朱傑人等主編《朱子全書》（修訂本），上海：上海古籍出版社、合肥：安徽教育出版社2010年版，第14冊，第313頁。

③ 如朱熹便嘗訓誡說："開卷便有與聖賢不相似處，豈可不自鞭策。"見《朱子語類》，朱傑人等主編《朱子全書》（修訂本），第14冊，第315頁。

④ 吳派和皖派是清代最具代表性的兩個考證學派。吳派惠棟以"求古"為職志，自然推崇漢學；皖派雖重"求是"，但戴震少時質疑朱熹距曾子幾二千年，"何以知其然"，又謂"儒者治經，宜自《爾雅》始"，可知他雖斷以己意，仍相當重視材料的時代先後。參見江藩《漢學師承記》，北京：三聯書店1998年版，第30—37、101—106頁。

⑤ 關於《詩經》政治教化意涵的討論，可參閱 Zhang Longxi, *Allegoresis: Reading Canonical Literature East and West*. Ithaca: Cornell University Press, 2005, pp. 113—157.

通的愛情詩。①本書述及蔡元培耗費二十載時間探索《紅樓夢》作者著書的本意，又以年輩較早的嚴肅學者徐時棟的說法為根據，與古代學者的治學風尚如出一轍。反觀胡適唯方法是尚，雖有化約主義之嫌，②卻能截斷眾流，一掃清代各種議論，把紅學的範圍限制在作者與本子兩個問題之內。他批評索隱一類著述只是猜笨謎，並一再申明其紅學研究只是展示治學方法的手段，"要教人一個思想學問的方法"，③正可反映析證法對論證過程的重視。④

最後要談的是知識的增長。疏證法假設文本已蘊藏作者寄寓的奧義，因此從事疏證的目的是要把文本的道理昭示出來，應用於當世。根據這種想法，人類的知識並不是外向地增長或積累，而是早已涵蘊在前人的著作中，詮釋的責任是內聚地把後世現象或個人經驗統攝在古義之中，令紛繁的經驗現象變成可以被理解的有序結構，同時令人更深入地領悟文本的奧義。析證法則把經籍視為古代留存下來的文獻，從中提取相關問題，加以回應解答，藉以增進人們對古代的認識。這種做法基上遵從現代自然科學知識的發展模式，不過由於人文學科的內容不能完全化約為分析命題，因此近代中國學者主要參照實證科學（positive science）的方法，偏重史料和文獻方面的考索。⑤黃侃和王國維對"發見（現）"的態度，正可說明疏證與析證的分別。王國維為清華學生演講時提到："古來新學問起，大都由於新發見"，⑥其後陳寅恪也循方向具體說明王氏著作為何"可以轉移

---

① 參胡適《談談詩經》，載歐陽哲生編《胡適文集》，北京：北京大學出版社1998年版，第5冊，第469—477頁。
② 參見余英時《重尋胡適歷程》，第215—216頁。
③ 胡適：《廬山遊記》，《胡適文集》，第4冊，第152頁。
④ 有關討論詳參本書第四章第二節。
⑤ 誠如錢鍾書所言："在人文科學裏，歷史也許是最早爭取有'科學性'的一門。"（見《一節歷史掌故、一個宗教寓言、一篇小說》，《七綴集》，北京：三聯書店2001年版，第164頁）民國以後以史料學派逐漸佔有主流的位置，進駐高等學府及研究機構，並不是偶然的事。參見傅斯年《歷史語言研究所工作之旨趣》，載《傅斯年文集》，臺北：聯經出版公司1980年版，第4冊，第253—266頁。余英時在2014年9月19日"唐獎漢學獎"獲獎人講詞中亦提到"'五四'運動以後，不同版本的'科學的史學'在中國史學界佔據了主流的地位"。見《中國史研究的自我反思》，《漢學研究通訊》2015年第34卷第1期，第2頁。
⑥ 《最近二三十年中中國新發見之學問》，見《靜庵文集續編》，《王國維遺書》，第3冊，第65頁。

一時之風氣，而示來者以軌則也"。①然而黃侃卻訓示後輩云："所貴乎學者，在乎發明，不在乎發見，今發見之學行，而發明之學替矣"，②"無論歷史學、文學學，凡新發見之物，必可助長舊學，但未能推翻舊學。新發見之物，只可增加新材料，斷不能推倒舊學說"。③新材料不能推翻舊學說，這是當代學者難以接受的說法，但黃侃的經學老師劉師培也是以此方法消融新學。劉氏初讀盧梭《民約論》，大為震撼，遂撰《中國民約精義》，以中國舊籍印證盧梭之論；其後他在《讀左劄記》中回顧說："盧氏民約之論、孟氏法意之編，咸為知言君子所樂道，復援引舊籍，互相發明，以證晳種所言君民之理，皆前儒所已發。"④他以古書為中心，企圖說明這些新知早已為前儒所發，這與現代學者好以中國材料為西方理論作注的做法恰好相映成趣。從知識發展的方向看，新舊學術範式的轉變可謂經歷了哥白尼式的革命。

以上的簡述未必能夠窮盡疏證與析證的所有內涵，卻已有助我們理解本書所要探討的中國文學研究現代化的進程。至於這組觀念是否足以說明中國傳統學術與現代學問的整體區別，則有待其他領域的學者參詳判斷。

第四節　結語

本書各章的初稿主要發表在設有隱名審查機制的期刊內，本來各有其針對的學術問題，旨在推進相關領域的研究。這次匯集成書，除了因應全書主題作出必要的統整和修訂外，還會儘量保留論文原來的發現，希望在宏觀論述與微觀探究之間取得恰當的平衡，做到傳統詩學所謂"發大判斷外，尚須有小結裹"。⑤

---

① 陳寅恪把王國維的治學特色歸納為三點："一曰取地下之實物與紙上之遺文互相釋證"，"二曰取異族之故書與吾國之舊籍互相補正"，"三曰取外來之觀念，與固有之材料互相參證"，前二者皆與新資料有關。見《王靜安先生遺書序》，《金明館叢稿二編》，北京：三聯書店 2001 年版，第 247 頁。

② 黃侃講，黃焯記：《黃先生語錄》，載張暉編《量守廬學記續編》，北京：三聯書店 2006 年版，第 2 頁。

③ 黃侃講，黃焯記：《黃先生語錄》，第 3 頁。

④ 參見本書第一章第五節。

⑤ 參見錢鍾書《談藝錄》上卷，北京：三聯書店 2001 年版，第 294 頁。

第一章以王國維的經學研究為中心，目的是要揭示傳統學術與現代研究的差異，為全書主題定調。文中首先梳理清代學術的不同系譜，指出王國維與清學的傳承關係，然後比較王氏與清學殿軍章太炎、劉師培及其弟子黃侃的學術觀念和治學方法，以具體例子闡明疏證與析證的區別。接著通過胡適、顧頡剛，以至楊樹達的日記和憶述，返回歷史現場，感受王國維給他們帶來的震撼，藉此窺測中國近代學術範式的傳播與建立，以及王國維成為新範式楷模的原因。

第二章轉入文學研究的範疇，指出王國維對現代中國文學研究的貢獻主要是析證方法的運用，而非現代意義的文學觀念的建立。文中重點考察"純文學"這個源自西方的基礎觀念，闡明王國維尚未能引入以文學文本為本位的文學自足論。為了深化大家對中國現代文學觀念形成過程的理解，我們首先建立後設的評判架構，然後逐一考察王國維各個文學觀念的純粹程度，藉此對他的實際貢獻作出恰當的定位，澄清各種不恰當的過度詮釋。

第三章詳細分析蔡元培《石頭記索隱》的成書過程、治學信念和研究方法，揭示索隱研究範式與傳統經學疏證的密切關係。自從胡適對蔡元培的紅學作出猛烈的抨擊後，學界鮮有認真從索隱學的內部出發，探討這種研究的理論根據，本章是迄今為止較為全面地分析這個問題的論述。文中回溯了《石頭記索隱》從醞釀到成書的二十載歷程，辨析傳統《詩經》學與小說研究對蔡元培學術觀念及其索隱三法的影響。此外，我們還認真澄清蔡氏紅學與《春秋》學的關係，說明索隱紅學主要受"小說與稗史同源"一類說法的影響，與《春秋》筆法、微言大義等經學方法貌同而心異，深化了有關方面的理論問題。

第四章縷述胡適紅學範式的特質，藉此帶出析證方法有別於索證解讀的本質特徵。文章首先介紹王國維與胡適在文學研究上的共通點，說明王國維雖然早已運用西方美學研究中國美術，又對中國詞學有獨特貢獻，但是胡適主要看重王國維有關戲曲史方面的析證研究，其《紅樓夢考證》亦與王氏《紅樓夢評論》的主張若合符節。鑑於近年不少學者誤以為蔡元培與胡適的紅學研究無甚區別，我們特別回顧蔡、胡二人終生未嘗妥協的堅持，並且深究胡適的紅學論述中容易引起誤會的原因。最後文章援引科學哲學中"證實"（verification）與"證偽"（falsification）兩種觀念，細緻辨析胡適紅學的科學元素，明確地展示析證與疏證之間的疆界。

　　第五章剖析胡適"中國文藝復興"觀的建構過程和論述作用，把他的文學研究納入中國文化現代化的脈絡中，呼應第一章有關中國現代學術轉型的討論，展示析證法與中國文化世界化（The internationalization of Chinese culture）的隱含關係。本章深入討論胡適理解和接收薛謝兒（Edith Sichel）論文藝復興一書的詮釋視野，說明文學革命與世界文明演進的關係；接著探討胡適與王克私（Ph. De Vargas）的學術互動，考察後者如何刺激胡適以"中國文藝復興"一語，向外國人介紹新文化運動，令中國的最新發展能夠進入西方人的視野之內。由於薛謝兒和王克私的著述均是過去學者較少引用的材料，因此本章除了有助申論本書的主題外，還可以推進現時有關胡適的研究。

　　本書承接拙著《傳統的終結》引發的問題，闡述中國學術在清末民初期間出現的一場範式轉移，以及疏證法與析證法對文學研究的影響。然而，中國文學研究的現代化進程尚未就此完結，因為析證法雖然奠定了近現代文學研究的基本結構和方向，卻未能完全對應文學之為文學的本質特徵。從胡適的析證法到錢鍾書以語言為本位的文學研究，中間尚有一段曲折的歷史值得認真抉發。關於這些問題，筆者將在另一部專著《現代的開展》中繼續探討。

第 一 章

王國維新經學的承先與啟後

第一節　經學的解體

　　中國文學研究的範式轉變是中國學術現代化其中一個環節，因此在討論文學方面的問題之前，有必要從宏觀的角度回顧中國學術的轉型情況。

　　與清代主流學術相比，中國現代學術最明顯的特徵是擺脫傳統經學的籠統型態，分立出文學、歷史、哲學、語言等科目。在新學科的視野下，古代崇高的聖道經典變成單純的歷史材料，而論學形式也由經傳注疏轉化成學術論文。新、舊學術典範的更替除了意味著研究方法、著述體裁等技術層次的轉變外，還牽涉到學科假設、治學信念等方面的改易。過去學者每每把這種轉變納入"新史學"的討論架構中，①視之為"經學的史學化"。②這種做法的好處是能夠展示近代中國歷史學科的建設和特質，缺點卻是抽離了傳統經學原來的脈絡，令人難以看清現代學術與傳統學術的根本差異。假如把視點轉為中國學術從傳統到現代的範式演變，那麼經學解體的過程便是一個不可忽視的課題。

　　從經學內部演變的思路著眼，王國維對經書的研究便格外值得留意。他在1911年東渡日本以後，逐漸放棄文學方面的研究，開始把精力投向

---

①　參見周予同《五十年來中國之新史學》，見朱維錚編《周予同經學史論著選集》（增訂本），上海：上海人民出版社1996年版，第513—573頁。另參見許冠三《新史學九十年》論王國維部分，香港：香港中文大學出版社1986版。

②　語見余英時《現代儒學論》，香港：八方文化企業公司1996年版，第106頁。

經史考據之學。①狩野直喜對他當時的學術轉向有清晰的記憶：

> 從來京都開始，王君在學問上的傾向，似有所改變。這是說，王君似乎想更新中國經學的研究，有志於創立新見解。②

王國維後來果然在經學研究方面取得極大成就，實現了"更新中國經學"的宏願，③然而他的"新經學"到底新在哪裏？狩野直喜認為："王靜安先生的偉大，就在於用西洋科學方法整理國故。"④從方法論層面標舉王國維的治學成就，絕非狩野氏一家之言，梁啟超亦早已推許他"善能以新法治舊學"，⑤"能用最科學而合理的方法，所以他的成就極大"。⑥後來陳寅恪概括王氏"轉移一時之風氣，而示來者以軌則"的學術貢獻時，亦特別強調其"取地下之實物與紙上之遺文互相釋証"等方法。⑦梁、陳二人與王國維交誼篤厚，且都是眼光獨到、卓然有成的大學者，他們的意見自然極具參考價值，深受後學重視了。毫無疑問，這些說法的確能夠點出王國維治學的特色，但若因此以為這是其經學研究推陳出新、迥異前修之處，未免把問題過分簡單化了。

據王國維本人的理解，他的治經方法與清代學者有一脈相承之處，並非如狩野直喜或梁啟超所說般新穎奇特。因此值得思考的倒是，王國維的新經學到底在哪些地方繼承了清學，又在哪些地方超越了前人？本章正是

---

① 王國維在1913年11月《致繆荃孫書》即自言"發溫公之興，將《三禮注疏》圈點一過"。見吳澤主編，劉寅生、袁英光編《王國維全集·書信》，北京：中華書局1984年版，第37頁。

② 轉引自王德毅《王國維年譜》，臺北：中國學術著作獎助委員會1967年版，第77頁。又現在已知是王國維本人代擬的羅振玉《觀堂集林序》對這一轉向尤有詳細論述。

③ 近年王學典用"新漢學"標示胡適、傅斯年、顧頡剛的民國考據學，藉此區別清末民初梁啟超提出的"新史學"（見《新史學與新漢學》，上海：上海古籍出版社2013年版，第35—71頁）。按照這種說法，王國維的"新經學"應屬"新漢學"的先導。

④ 轉引自王德毅《王國維年譜》，第75頁。

⑤ 梁啟超：《近代學風之地理的分布》，《飲冰室合集》，北京：中華書局1989年版，第5冊，第71頁。

⑥ 梁啟超：《王靜安先生墓前悼辭》，見陳平原、王楓編《追憶王國維》，北京：中國廣播電視出版社1997年版，第96頁。

⑦ 陳寅恪：《王靜安先生遺書序》，《金明館叢稿二編》，第247頁。

循此思路，嘗試梳理王氏對傳統經學的發揚與拋棄，藉此透視新、舊學術範式的基本差異，說明現代學術的特色。我們認為王國維最與眾不同的地方是，一方面繼承清代的考證方法，加以發揚開展，另一方面卻拋棄了傳統經師的學術教條，催化經學的解體。這種揚棄式的研究進路使他與同時代的章太炎、劉師培等經師分道揚鑣，為後來胡適、顧頡剛等新範式學者樹立了楷模，具有承先啟後的重要意義。要說明王氏與清學的關係，還得從清代學術的系譜談起。

第二節　清代學術的多元系譜

與章太炎、劉師培這類學有本源的嫡系相比，王國維與清學的關係似乎只是"遠紹餘緒"，談不上"一脈相承"。然而事實上，王國維的治經方法以至所選課題，均與清代經學內部的發展息息相通，當時已有學者推許他"於乾嘉諸儒之學術方法無不通"，①因此要是不從狹隘的師承觀念著眼，純就繼承清學而論，他的貢獻實不在章、劉之下。近人未能恰當理解王氏對清學的繼承，與20世紀流行的清學史框架不無關係。

現代學者所理解的清代學術，很大程度上受惠並且受制於章太炎和梁啟超的論述。章太炎肄業於阮元創立的詁經精舍，從浙派大師俞樾遊，於清代經學有深入真切的解會。他在百多年前發表《清儒》一文，奠定了現代清學研究的基石，文中主要論點如嚴辨吳皖、②揚戴抑惠、③抨擊今文等，俱對後繼者有深遠影響。梁啟超稍後撰寫《中國學術思想

---

① 蔣汝藻：《觀堂集林・序二》，《王國維遺書》，第1冊，第7頁。

② 誠如梁啟超所說："吳、皖派別之說，出自江氏《漢學師承記》，而章氏辨之尤嚴。"《中國學術思想變遷之大勢》，《飲冰室合集》，第1冊，第94頁。

③ 章太炎《清儒》云："故惟惠棟、張惠言諸家，其治《周易》，不能無拑撼陰陽。"（載《檢論》，《章氏叢書》上冊。臺北：世界書局1982年版，第563頁）又論惠棟諸家《易》疏云："雖拘滯，趣以識古"（第563頁），"諸《易》義不足言"（第564頁）。按：這些評論較為含蓄委婉，然看同書《學隱》，即可知道他對惠戴的抑揚："惠棟歿，吳材衰，學者皆擁樹戴氏為大師，而固不執漢學。其識度深淺，亦人人殊異。若戴氏者，觀其遺書，規摹閎遠，執志故可知。……自惠氏為《明堂大道錄》，已近陰陽。……延及康有為，以孔子為巫師。諸此咎戾，皆漢學尸之。要之，造端吳學，而常州為加厲。魏源深詆漢學無用。其所謂漢學者，戴、程、段、王未嘗尸其名。"（第565頁）

變遷之大勢》，至《近世之學術》一節時即不諱言所"敘傳授派別，頗采章氏《訄書》而增補之"。①後來他陸續寫成《清代學術概論》及《中國近三百年學術史》，這兩部名著材料豐富，論述範圍亦較廣闊，然而正如他所自言："余今日之根本觀念，與十八年前無大異同。"②他雖是今文經學大師康有為的高足，但因早年就學於阮元開辦的學海堂，"夙治考證學"，③"與正統派因緣較深，時時不慊於其師之武斷"，④所以他的立論取向與章太炎十分接近。譬如他以乾嘉考證學為清學"正統派"，又論惠、戴之學云：

> 其"純粹的漢學"，則惠氏一派，洵足當之矣。夫不問"真不真"，惟問"漢不漢"，以此治學，安能通方？……故苟無戴震，則清學能否卓然自樹立，蓋未可知也。⑤

章、梁所理解的清代今文學，均以莊存與為先導，強調劉逢祿、龔自珍一脈。後起的研究者如錢穆、張舜徽等，雖然從不同角度檢討清代學術，多有發明補充，但大體上仍然接受二人開示的範圍和方向。⑥我們現在熟悉的清學系譜，正是由此建構而成。然而必須知道，這只是以乾嘉漢學為正統的古文學者之言，翻閱今文學者的著作，即可發現另一幅圖象。

皮錫瑞嘗言"國朝經學凡三變"，國初乃"漢宋兼采之學"，乾隆以後為"專門漢學"，嘉道以後則是"西漢今文之學"：

---

① 《中國學術思想變遷之大勢》，第93頁。
② 《清代學術概論·自序》，載《飲冰室合集》，第8冊，第4頁。又其《中國近三百年學術史》談到該書與《清代學術概論》的區別時，僅謂"材料和組織很有些不同"，可知二書的根本觀念亦應無大差異。參見《飲冰室合集》，第10冊，第1頁。
③ 《清代學術概論》，第56頁。
④ 同上書，第5頁。
⑤ 同上書，第25頁。
⑥ 如錢穆雖於任公之說多有異議，然其書以東原為主而附論定宇，以莊、劉一系為今文主脈，明顯繼承章、梁的框架。又任公論漢學派時嘗謂"有揚州一派，領袖人物是焦里堂循、汪容甫中，他們研究的範圍，比較的廣博"（見《中國近三百年學術史》，北京：中華書局1989年版，第22頁）；張舜徽接踵而起，寫成《清代揚州學記》（上海：上海人民出版社1962年版），宏揚清代揚州學派之學，二者的關係更是顯而易見。

  嘉、道以後，又由許、鄭之學導源而上，《易》宗虞氏以求孟義，《書》宗伏生、歐陽、夏侯，《詩》宗魯、齊、韓三家，《春秋》宗《公》、《穀》二傳。漢十四博士今文說，自魏、晉淪亡千餘年，至今日而復明。……學愈進而愈古，義愈推而愈高；屢遷而返其初，一變而至於道。①

  該文提到的經學家如張惠言、陳壽祺、迮鶴壽、淩曙、許桂林、馮登府、陳喬樅、陳立、鍾文烝、鄭杲等，當然遠遠不如淩廷堪、江藩、焦循、阮元、王引之、劉文淇、陳澧、俞樾、孫詒讓等受到今人注意。然而要是順著皮錫瑞"學愈進而愈古"的說法，那些在嘉道以後堅守乾嘉正統的學者，只能算是清代經學的逆流而已。由是而言，章、梁等人所開列的系譜，實未足以盡清學之流變。此說並非皮氏一家之言，師事廖平和劉師培的蒙文通在《經學導言》、《經學抉原》諸書中對這個今文學系譜有更為詳細的論述。②從他對惠、戴的評價中，可以看到兩個系譜的基本差異：

  清世每惠、戴並稱，惠言《易》宗虞，言《左氏》宗服，於《書》、《禮》宗鄭，能開家法之端者實惠氏；於虞《易》言消息，故通條例之學者亦始惠氏，雖後之通家法、明條例者或精於惠氏，而以惠、戴相較，則惠實為優。③

  他認為"漢代之今文學惟一，今世之今文學有二"，陳壽祺父子與陳立為正流，龔自珍、魏源（1794—1857）一派只是魚目混珠的"偽今文學"而已。④這個可溯源至惠棟的真今文學系譜絕非憑空杜撰而來，就是

---

 ① 皮錫瑞：《經學歷史》，北京：中華書局1989年版，第341頁。
 ② 二書已收入《蒙文通文集》第3卷《經史抉原》，成都：巴蜀書社1995年版，第6—103頁。
 ③ 《廖季平先生與清代漢學》，《經史抉原》，第117頁。另參見蒙文通《治學雜語》"言漢學必先明其家法"條，載蒙默編，《蒙文通學記》，北京：三聯書店1993年版，第7頁。
 ④ 《井研廖季平師與近代今文學》，《經史抉原》，第105頁。近年也有學者注意到蒙氏所說的兩種今文學，並敷演成長篇論文。參見蔡長林《清代今文學派發展的兩條路向》，載林慶彰主編《經學研究論叢》第1輯，臺北：聖環圖書1994年版，第227—256頁。

堅守古文學壁壘的章炳麟也不能不正視它的存在。①以這個系譜為坐標，章氏本人在清學史上的位置亦可以被重新編配，如蒙文通謂其師廖平以禮數判分今、古學之異同後，今文學者如康有為、古文學者如章炳麟等皆取其說：

> 余杭章氏、儀徵劉氏最為古學大師，而章氏於《左氏》主於依杜以絕二傳，尤符於先生之意，然於禮猶依違於孫、黃之宗鄭；劉氏為《禮經舊說攷略》及《周官古注集疏》以易鄭注，符於先生說禮，而於《春秋》猶守賈、服，衡以先生之論，則章、劉於古學家法猶未能盡，翻不若先生論古學之精且嚴也。②

章、劉均受廖平影響，但兩相比較，則"左盦深明漢師經例，能知西漢家法。……章太炎雖未必專意說經，其於家法之故，實不逮左盦"。③劉師培嘗與廖平同時居蜀講學，故"其未入蜀前所著作，與入蜀後者不復類"云云。④這是今文學者對古學大師的理解。

章、梁與皮、蒙的系譜究竟孰為可取，並不是我們關心的問題。以上略述系譜多元之論，目的是要說明：（1）清末除章、梁以外，還有其他學者辨章清學，展示不同的系譜；（2）這些學者所展示的系譜與他本人的學術取向有密切關係，反映了他們對清學流別的評騭。事實上除今、古文學者以外，羅振玉於1918年亦曾表示：

> 近念本朝學術史宜早日為之，不可或緩。此書體例與歐美學術史不必相同。弟意本朝學術乃國家提倡之力居其什九，而鄉里孤學獨創

---

① 章炳麟《與支偉成論清代學術書》云："'今文'之學，不專在常州。其莊、劉、宋、戴（宋之弟子）諸家，執守'今文'，深閉固拒，而附會之詞亦眾，則常州之家法也。若淩曙之說《公羊》，陳立之疏《白虎》，陳喬樅之輯三家《詩》、三家《尚書》，只以古書難理，為之徵明，本非定立一宗旨者，其學亦不出自常州。此種與吳派專主漢學者當為一類，而不當與常州派並存也。"見傅杰編校《章太炎學術史論集》，北京：中國社會科學出版社1997年版，第339頁。
② 《廖季平先生傳》，《經史抉原》，第142頁。
③ 《井研廖季平師與近代今文學》，《經史抉原》，第112頁。
④ 《廖季平先生與清代漢學》，《經史抉原》，第119頁。

於下者其什一。此書之作，宜以聖制及敕撰諸書首列之。①

他晚年講授"本朝學術源流"，②即具體地展現了遺老眼中的清學系譜。我們當然可以借用上述各種說法闡明王國維與清學的關係，可是必須知道，王氏在不同的系譜之中，其地位亦有所改變。譬如顧頡剛論及清代揚州學派時，即提到該派與靜安的關係：

> 按此一派雖不標明疑古，而無在不破壞舊說，重行估價，且令篤舊者無從置喙，可謂革命中之穩健派。蓋舊說之弊，在乎"鑿空之病與拘牽之習"，茲以"援據之確、搜討之精"破之，表面上雖說是"傳注之功臣"，實際則使傳注失其固有之地位者也。近代若王靜庵先生，殆亦此一流人，即兵法所謂"先立乎不可敗"也。③

他的觀察當然有道理，不過王國維與揚州學者既有相同點，亦有相異處，若要深入闡明他所繼承的清學流別，尚須多作辨析，甚或須標舉揚州學派以外的人物。這類探討不免枝節橫生，亦容易導出"別子為宗"之類觀念，未必能夠幫助我們理解有關問題。考慮到論述系統的"簡單性"（Simplicity）原則，④最直接的做法莫如從王國維本人開示的系譜入手，探討他與清學的關係。

第三節　考證學的別擇與發揚

王國維對清代學術的見解散見於遺著及書信之中，為數不少，其中如《殷虛書契考釋後序》、《沈乙庵先生七十壽序》等文尤有宏觀而系統的論

---

① 羅振玉：《致王國維》（1918年1月24日），見王慶祥、蕭立文校注，羅繼祖審訂，長春市政協文史和學習委員會編《羅振玉王國維往來書信》，北京：東方出版社2000年版，第335頁。

② 羅振玉：《本朝學術源流概略》，全文載《民國叢書》，上海：上海書店1989據上虞羅氏遼居雜著乙編本1933年版影印，第1編，第6卷。

③ 顧頡剛：《法華讀書記》（七），《顧頡剛讀書筆記》，臺北：聯經出版事業公司1990年版，第3018頁。

④ cf. W. V. O. Quine, *Word and Object*. Cambridge: The M. I. T. Press, 1988, pp. 17–25.

述，廣為學者所徵引。細繹其遺書，不難發現他的確十分重視研究方法，如1918年《致羅振玉書》云：

> 鳳老有書來，令其次子名昌沂問業，今年十五歲，寄來金文跋二首，雖未入門，語亦多歧，然以童年能此，殊屬難得，當詳示以研究方法。①

他對自己的研究方法頗為自負，②但並不認為這些方法跟清儒截然有異。其《毛公鼎考釋序》嘗詳列考釋彝器文字之法，包括"考之史事與制度文物"、"本之《詩》、《書》"、"考之古音"、"參之彝器"等，最後即總結說：

> 孫、吳諸家之釋此器，亦大都本此方法，惟用之有疏密，故得失亦準之。③

明確指出所列方法並非與眾不同，過去學者"大都本此方法"，各人成就有異，原因只是"用之有疏密"而已。這番議論與前引狩野直喜等人的意見迥然有異，恰可成為強烈的對比。

在《沈乙庵先生七十壽序》中，王國維再次強調方法一貫之論：

> 夫學問之品類不同，而其方法則一。國初諸老用此以治經世之學，乾嘉諸老用之以治經史之學，先生復廣之以治一切諸學。④

他所說的方法，乃指顧炎武、戴震和錢大昕三人所開創的"先正成

---

① 《致羅振玉》（1918年1月11日），《王國維全集·書信》，第240頁。
② 如《致羅振玉》（1916年8月27日）云："今日自寫《毛公鼎考釋》畢，共一十五紙，雖新識之字無多，而研究方法則頗開一生面，尚不失為一小種著述也。"見《王國維全集·書信》，第109頁。按：據下文所述，此處所謂"開一生面"，當指自覺地、綜合地運用已有考釋方法，並非方法上的創新。
③ 《觀堂集林》卷6，《王國維遺書》，第1冊，第308頁。
④ 《觀堂集林》卷23，《王國維遺書》，第2冊，第585頁。

法":

> 國初之學，創於亭林；乾嘉之學，創於東原、竹汀；道咸以降之學，乃二派之合而稍偏至者，其開創者，仍當於二派中求之焉。①

顧炎武為清代考證學的開山祖，論者殆無異辭，然而說乾嘉之學的開創者為戴震和錢大昕，卻與惠、戴並舉的一般說法不盡相同，體現了王國維對清學的獨特見解。②參看王氏其他文章，可知他主要從史學方面推許竹汀的開創性，如其《南宋人所傳蒙古史料考》稱錢大昕為"近世史學大家"；③《長春真人西遊記校注序》云："乾隆之季，嘉定錢竹汀先生讀道藏於蘇州元妙觀，始表章此書，為之跋尾"；④又《聖武親征錄校注序》亦記原書乃"錢竹汀先生始表章其書，為之跋尾。道光以後，學者頗治遼金元三史及西北地理，此書亦漸重於世"。⑤前引壽序原為沈曾植而作，王國維於文中標舉竹汀，顯然是要強調錢氏對晚清四裔史地之學的貢獻，藉此為下文"先生少年固已盡通國初及乾嘉諸家之說，中年治遼、金、元三史，治四裔地理"等話張目，推許沈氏。這是酬酢文字常見的關鍵之法，⑥不勞贅說。因此若論經學方面的開創，則仍當以戴震為軸心。

王國維在辛亥革命後旅居日本時所寫的讀書劄記中，有一則極重要的材料，細緻地記述了他對清學的看法，值得詳作徵引：

---

① 《觀堂集林》卷23，《王國維遺書》，第2冊，第583頁。
② 惠、戴並舉乃乾嘉學者之常言，如洪榜記王鳴盛之言曰："方今學者，斷推兩先生，惠君之治經求其古，戴君求其是。"（見洪榜《戴先生行狀》，載《戴震文集》附錄，北京：中華書局1990年版，第255頁）；又阮元《擬國史儒林傳序》云："惠棟、戴震等，精發古義，詁釋聖言。"（載《揅經室一集》卷2，臺北：世界書局1982版，第32頁）後來章太炎等崇戴抑惠，正是針對舊說而發。
③ 《觀堂集林》卷16，《王國維遺書》，第2冊，第181頁。
④ 同上書，第219頁。
⑤ 同上書，第214頁。
⑥ 王氏此序不乏交際應酬之筆，到眼即辨。錢仲聯便認為此文"對沈氏的整個評價卻有過分推崇之處"。見沈曾植撰，錢仲聯輯：《海日樓札叢·海日樓題跋》前言，瀋陽：遼寧教育出版社1998版。

國朝三百年學術，啟于黃王顧江諸先生，而開乾嘉以後專門之風氣者，則以東原戴氏為首。東原享年不永，著述亦多未就者，然其精深博大，除漢北海鄭氏外，殆未有其比。一時交游門第，亦能本其方法，光大其學，非如趙商、張逸輩但知墨守師說而已。戴氏禮學，雖無成書，然曲阜孔氏、歙縣金氏、績溪胡氏之學，皆出戴氏。其於小學亦然，書雖未就，而其轉注假借之說，段氏據之以注《說文》，王郝二氏訓詁音韻之學，亦由此出。戴君《考工記圖》，未為精確。歙縣程氏以懸解之才，兼據實物以考古籍，其《磬折古義》、《考工創物小記》等書，精密遠出戴氏其上，而《釋蟲小記》、《釋草小記》、《九穀考》等，又於戴氏之外，自辟蹊徑。程氏於東原雖稱老友，然亦同東原之風而起者也。大抵國初諸老，根柢本深，規模亦大，而粗疏在所不免；乾嘉諸儒，亦有根柢，有規模，而又加之以專，行之以密，故所得獨多；嘉道以後，經則主今文，史則主遼金元，地理則攻西北，此數者亦學者所當有事，諸儒所攻，究亦不為無功，然於根柢規模，遜於前人遠矣。戴氏之學，其段王孔金一派，猶有繼者；程氏一派，則竟絕焉。近惟吳氏大澂之學近之，然亦為官所累，不能盡其才，惟其小學，所得則又出程氏之上，亦時為之也。①

這個系譜有兩點需要特別留意：其一為獨重皖派學術，高度評價戴震對乾嘉小學、禮學、名物等專門之學的影響，縷述其交遊後學如何"本其方法，光大其學"，完全沒有提及以惠棟為首的吳派學者；其二為詳論程瑤田的成就，慨歎"段王孔金一派，猶有繼者；程氏一派，則竟絕焉"。這兩點反映了他對清學流派的別擇，並且透露了他發揚清學的方向，值得逐一深究。

王國維推許東原一脈，遺書中屢見不鮮，如謂"天道剝復，鍾美本朝，顧、閻濬其源，江、戴拓其宇，小學之奧，啟於金壇，名物之賾，理

---

① 王國維著，趙利棟輯校：《王國維學術隨筆》，北京：社會科學文獻出版社2000年版，第103頁。

於通藝，根柢既固，枝葉遂繁"；①"平生於小學，最服膺懋堂先生，以為許浨長後一人也"；②"《說文》之學至金壇段氏而洞其奧，古韻之學，經江、戴諸氏至曲阜孔氏、高郵王氏而盡其微，而王氏父子與棲霞郝氏復運用之，於是詁訓之學大明"；③"蓋古韻之學，戴、段以後得孔巽軒、王懷祖、江晉三而已極周密，餘皆蛇足耳"。④ 惠、戴乃乾嘉學者推尊的兩位大師，王國維獨重皖學，絕不是因為他不瞭解惠棟的成就。他曾指出："近三百年閻百詩、惠定宇始確定孔本之偽"，⑤又謂："昔元和惠定宇徵君作《古文尚書考》，始取偽古文尚書之事實文句，一一疏其所出，而梅書之偽益明。"⑥可知他不重視蘇學，絕非出於無知，而是經過揀選之後的結果，細味原文"本其方法"一語，不難明白他特重皖學的原因。

梁啟超嘗云："清代學派之運動，乃'研究法的運動'，非'主義的運動'"，⑦吳、皖兩派的區別亦主要體現在研究法上。就治學宗趣而言，惠棟重"求古"，講究師法，戴震則尚"求是"，反對株守，⑧二者的差異十分明顯。近年少數學者過分推演惠、戴"論學有合"之見，以為吳、皖兩派實無區別，筆者在別處已指出這種說法的問題，不足深辨。⑨令人疑惑的倒是，個別論者雖也認同惠、戴分屬兩派，卻仍誇大了惠棟對戴震的影響，令二者的區別轉趨模糊，如謂戴震前期漢宋兼采，但"與惠氏

---

① 《觀堂集林》卷23《國學叢刊序》，《王國維遺書》，第2冊，第564頁。另參《觀堂集林》卷8《周代金石文韻讀序》，《王國維遺書》，第1冊，第408頁。
② 《觀堂別集》卷3《段懋堂手蹟跋》，《王國維遺書》，第3冊，第187頁。
③ 《觀堂集林》卷23《殷虛書契考釋後序》，《王國維遺書》，第2冊，第569頁。
④ 《致羅振玉》（1917年7月23日），《王國維全集·書信》，第199頁；另參見《致羅振玉》（1917年8月10日）："本朝古韻之學自顧、江、戴、段、孔、王、江諸家以後，蓋已盡美盡善，其異乎此諸家者，皆係瞽說。"見《王國維全集·書信》，第204頁。
⑤ 《觀堂別集》卷4《尚書覈詁序》，《王國維遺書》，第3冊，第191頁。
⑥ 《今本竹書紀年疏證序》，《王國維遺書》，第8冊，第3頁。
⑦ 《清代學術概論》，第31頁。
⑧ 參見惠棟《九經古義述首》："古訓不可改也，經師不可廢也"。見《松崖文鈔》（揚州：廣陵出版社2009年版），卷1，第4頁。戴震《與任孝廉幼植書》："震向病同學者多株守古人。"見《戴震文集》（北京：中華書局1990年版），第138頁。王鳴盛《古經解鉤沉序》："與東原從容語：'子之學于定宇何如？'東原曰：'不同。定宇求古，吾求是。'"見《西莊始存稿》（乾隆三十年自刻本、倫明校），卷24，第6頁。
⑨ 參李貴生《論乾嘉學派的支派問題》中"乾嘉學派吳、皖分野說平議"，載《傳統的終結——清代揚州學派文論研究》，第193—203頁。

論學之後,因'自愧學無所就,於前儒大師不能擇所專主'。故治經一方面向從漢求古發展,另一方面則嚴汰宋儒之說而盡采漢儒之說",①並舉戴震《尚書義考·義例》及該書據古文改字之例為證。其實只要讀過戴氏遺書,即可知道此等議論尚欠說服力。據鮑國順考證,《尚書義考》確是戴震遊揚州後的著作,②但該書義例言"至宋以來鑿空衍說,載之將不勝載,故嚴加刪汰",③乃謂不載鑿空衍說而已,並不表示不載宋儒之說。因此書中不但引錄劉敞、蘇軾、劉安世、林之奇、朱熹等人之說,還多次表示"林氏引李校書之說,得之","夷字之義,蘇氏得之","象刑之義,林氏所論當矣","蘇氏、劉氏以此條為簡編衍誤,得之",④實事求是地肯定宋儒合理之論。此外書中據古本改字諸條,實亦斷以己意,並非一概從古,如"平在朔易"不從《史記》,而"鳥獸孳尾"則從《史記》作"鳥獸字微","厥民隩"之隩亦從《史記》作"燠"。⑤這類改動多有相關的訓詁根據,與吳派掇拾遺說、唯古是尚的作風不可同日而語,學者宜細心鑒別,不應牛馬莫辨。

惠棟墨守師說,致力探尋語詞在具體文本中的特定意義,仍然停留在傳統訓詁學的階段。戴震則開創文字、聲韻專門之學,其弟子段玉裁、王念孫的著作更"是中國語言學走上科學道路的里程碑"。⑥王國維治學最重創新,嘗論古今著述云:

  余嘗數古今最大著述,不過五六種。漢則司馬遷之《史記》,許慎之《說文解字》,六朝酈道元之《水經注》,唐則杜佑之《通典》,宋則沈括之《夢溪筆談》,皆一空倚傍,自創新體。後人著書,不過賡續之,摹擬之,注釋之,改正之而已。⑦

---

① 漆永祥:《乾嘉考據學研究》,北京:中國社會科學出版社1998年版,第116頁。
② 鮑國順:《戴震研究》,臺北:"國立編譯館"1997年版,第69頁。
③ 《尚書義考·義例》,載戴震研究會、徽州師範專科學校、戴震紀念館編纂《戴震全集》,北京:清華大學出版社1994年版,第3冊,第1669頁。
④ 以上引文見《尚書義考》,《戴震全集》,第3冊,第1674、1703、1745、1760頁。
⑤ 同上書,第1697、1703、1704頁。
⑥ 語見王力《中國語言學史》,山西:山西人民出版社1981年版,第162頁。
⑦ 《二牖軒隨錄》卷一,《王國維學術隨筆》,第128頁。

如此識見氣度自然很難欣賞尊聞尚古的吳學了。相反,他對皖派學術的意義有極透徹的解會:

  自漢以後,學術之盛,莫過於近三百年。此三百年中,經學、史學皆足以陵駕前代,然其尤卓絕者則曰小學。小學之中,如高郵王氏、棲霞郝氏之於訓故,歙縣程氏之于名物,金壇段氏之於《說文》,皆足以上掩前哲,然其尤卓絕者則為韻學。……至古韻之學,謂之前無古人,後無來者可也。原斯學所以能完密至此者,以其材料不過群經、諸子及漢魏有韻之文,其方法則皆因乎古人用韻之自然,而不容以後說私意參乎其間。①

這種泯除"後說私意"的研究方法是清代小學凌駕前代的一個重要原因,與西方科學方法亦莫逆冥契,②他若要掌握、突破清學的成果,遵從東原開示的方向正是理所當然的事。

然而清代學術既已到達如此高度,是否還有發展的空間?從羅振玉豐富的收藏中,王國維注意到程瑤田"據實物以考古籍"一派尚未獲得充分的開展,足補前賢缺漏:

  使世無所謂古文者,謂小學至此觀止焉可矣。古文之學,萌芽於乾嘉之際,其時大師宿儒,或岨謝,或篤老,未遑從事斯業。……近惟瑞安孫氏,頗守矩矱,吳縣吳氏,獨具懸解,顧未有創通條例,開發奧突,如段君之於《說文》,戴段王郝諸君之於聲音訓詁者。③

這門學科"自宋以迄近數十年無甚進步",④正是可供後人開發的寶庫。經過多年精深的研究實踐,他晚年明確提出"二重證據法",⑤這種研究方法的特性大家早耳熟能詳,沒有必要多作申論。此處想要補充的是,

---

① 《〈周代金石文韻讀〉序》,《觀堂集林》卷8,《王國維遺書》,第1冊,第408頁。
② 參見胡適《清代學者的治學方法》,歐陽哲生編:《胡適文集》,第2冊,第282—304頁。
③ 《殷虛書契考釋後序》,《觀堂集林》卷23,《王國維遺書》,第2冊,第569頁。
④ 《致繆荃孫》(1914年7月17日),《王國維全集·書信》,第40頁。
⑤ 王國維:《古史新證:王國維最後的講義》,北京:清華大學出版社1994年版,第2頁。

從"瑞安孫氏，頗守矩矱，吳縣吳氏，獨具懸解"等話可知，前引"程氏一派，則竟絕焉"一語並不表示有關課題全無後繼之人，①其意乃謂這門學問自程氏以後，沒有大師宿儒從事斯業，以竟其學，因此"不能與詁訓說文古韻三者方駕"，②尚有發展的餘地而已。除上述吳、孫以外，王國維還參考過不少清人的著作，如《毛公鼎考釋序》云：

明經首釋是器，有鑿空之功，閣學矜慎，比部閎通，中丞於古文字尤有懸解，於是此器文字可讀者十且八九。③

又《〈國朝金文著錄表〉序》云：

其集諸家器為專書者，則始於阮文達之《集古齋鐘鼎彝器款識》，而莫富於吳子苾閣學之《攈古錄金文》，其著錄一家藏器者，則始於錢獻之別駕之《十六長樂堂古器款識》，而迄於端忠敏之《陶齋吉金錄》，著錄之器，殆四倍於宋人焉。④

可見他的研究課題並非憑空而來，而是承接清代的成果，加以發揚開展。事實上，羅、王二人對這種繼承也有自覺的認識，羅振玉於1916年2月19日致王國維書云：

抑弟尚有厚望於先生者，則在國朝三百年之學術不絕如線，環顧海內外，能繼往哲開來學者，舍公而誰？⑤

後來王國維代羅振玉撰寫《觀堂集林序》，自言其學"於國朝二百餘

---

① 參見《觀堂集林序》："吳君之書，全據近出之文字、器物以立言，其源出於程君，而精博則遜之。"《王國維遺書》，第1冊，第3頁。
② 《殷虛書契考釋後序》，《觀堂集林》卷23，《王國維遺書》，第2冊，第570頁。
③ 《觀堂集林》卷6，《王國維遺書》，第1冊，第307頁。
④ 同上書，第311頁。
⑤ 《羅振玉王國維往來書信》，第33頁。

年中最近歙縣程易疇先生及吳縣吳愙齋中丞"，①這番夫子自道表明了他對一己學術的定位，回應了羅氏對他的期望。當然，在吳、皖、揚、浙這個考證學的綜向系譜中，程瑤田一脈並無明顯位置，王國維本人亦清楚知道這一點。他在1916年2月25日致羅振玉書云：

> 此次作《籒篇疏識》，初以為無所發明，便擬輟筆，及昨晚得所錄寫之，細觀一過，覺可發見者頗多。此事唯先生知我，亦唯我知先生。然使能起程、段諸先生於九原，其能知我二人，亦當如我二人之相知也。至於並世學者，未必以我輩為異於莊述祖諸人也。②

寂寞之情溢於言表，彷彿預示後來浙派傳人章太炎和黃侃那些"器無徵信，語多矯誣"、③"梧臺燕石，浩蕩古今"之類攻訐。④不過這些言論並未能動搖王國維"繼往哲開來學"的地位，因為他與批評他的章、黃不同，能夠貫徹地放棄傳統的包袱，更新經學的研究。

第四節　經師教條的拋棄

王國維對並世學人有頗為深入的認識，譬如他在《論近年之學術界》中嘗評論嚴復、譚嗣同等人的學說，錢鍾書認為那些批評"皆中肯綮"，⑤本色當行。此外他對老輩舊學也有自己的看法，其《教育小言十則》之五云：

> 德清俞氏之歿，幾半年矣。俞氏之於學問，固非有所心得，然其為學之敏，與著書之勤，至耄而不衰，固今日學者之好模範也。⑥

---

① 《王國維遺書》，第1冊，第3頁。
② 《王國維全書·書信》，第57頁。
③ 章太炎：《國學講演錄·小學略說》，上海：華東師範大學出版社1995年版，第24頁。
④ 黃侃：《黃侃日記》，南京：江蘇教育出版社2001年版，第667頁。
⑤ 錢鍾書：《談藝錄》上卷，頁84。
⑥ 《靜庵文集續編》，《王國維遺書》，第3冊，第684頁。

他欣賞俞樾為人，卻不推許他的學問，甚至認為大學之經學、國文學等科目不宜由這類耆宿任教：

> 至欲求經學、國史、國文學之教師，則遺老盡矣。其存者，或篤老，或病癃，故致之不易。就使能致，或學問雖博而無一貫之系統，或迂疎自是而不屑受後進之指揮，不過如商彝周鼎，藉飾觀瞻而已。故今後之文科大學，苟經學、國文學等無合格之教授，則甯虛其講座，以俟生徒自己之研究，而專授以外國哲學、文學之大旨。既通外國之哲學、文學，則其研究本國之學術，必有愈於當日之耆宿者矣。①

王國維後來親自實現了他對經學生徒的期望，放棄精研多年的外國學問，回頭研究本國學術。然而他與過去學者到底有甚麼重大區別，足以使他獲得"有愈於當日之耆宿者"的成就？顧頡剛對羅、王的評價為我們提供了深入討論的起點。

顧頡剛認為靜安"對於學術界最大的功績，便是經書不當作經書（聖道）看而當作史料看，聖賢不當作聖賢（超人）看而當作凡人看"，羅振玉不過機會好，"他在學問上心得並不多，他的方法至多是清代經師的方法"。②據他所言，王國維與羅振玉（經師）的區別似乎在於他們對經書和聖人的不同態度，然而這種解釋是否足夠？參考他對章太炎的評論，即可知道問題絕非如此簡單。顧氏早年極為佩服太炎，曾表示：

> 古文家主張《六經》皆史，把孔子當作哲學家和史學看待，我深信這是極合理的。我願意隨從太炎先生之風，用了看史書的眼光去認識《六經》，用了看哲人和學者的眼光去認識孔子。③

可是過了數年，他的看法有很大的轉變：

---

① 《靜庵文集續編》，《王國維遺書》，第3冊，第676頁。
② 顧頡剛：《悼王靜安先生》，《追憶王國維》，第132頁。
③ 《古史辨·自序》，上海：上海古籍出版社1982年版，第1冊，第24頁。

> 他在經學上，是一個純粹的古文家，所以有許多在現在已經站不住的漢代古文家之說，也還要替他們彌縫。……在這許多地方，都可證明他的信古之情比較求是的信念強烈得多，所以他看家派重於真理，看書本重於實物。他只是一個從經師改裝的學者！①

由是看來，把經書當作史料看、把聖賢當作凡人看的研究者未必便不是經師，於是經師與學者之別轉移為對真理、實物的重視程度，若"信古之情"凌駕於"求是信念"之上，則仍只能算是經師而已。

討論至此，追求真理、實事求是的西洋科學方法似乎順理成章地成為判分經師與學者的準則。②然而正如上節所言，把王國維的成就歸因於西洋方法，恐怕說服力不大，因為從操作的層面上看，他的研究方法與戴震等前賢開創的成法實無明顯差異。當然，清儒治學方法與西方科學方法本有重疊之處，因此說王國維的成就來自科學方法亦非不正確，然而這種解釋仍略嫌寬泛，未能準確道出王國維迥異前人以至時流之處。經過反覆思索，筆者以為王國維與經師最大的區別是：他能以現代的"析證法"取代傳統的"疏證法"，無論在學術觀念或研究方法上，俱能貫徹地放棄潛藏在經學研究中的學術教條。

近年不少學者已指出，古代經師注釋經典時隱含了許多不自覺的假設，如：

> 韓德林以為，即令是最樸素質直的經師，也不會如實解經，而難免對其所注經典懷抱以下假設。其一，經典內容廣博，鉅細靡遺，涵蓋一切重要知識與真理（comprehensive）。其二，經典層次井然，前後呼應，符合邏輯秩序、形上原則或教學原理（coherent）。其三，經典首尾一貫，內容圓足，不會自相矛盾（self—consistent）。此外，

---

① 《古史辨·自序》，上海：上海古籍出版社1982年版，第26—27頁。
② 參顧頡剛《悼王靜安先生》："靜安先生在廿餘年前治哲學，文學，心理學，法學等，他的研究學問的方法已經上了世界學術界的公路。……他用的方法便是西洋人研究史學的方法。"（第132頁）

某些經典還被認為具有若干特色：或富有道德性（moral），內容深奧（profound），或無浮詞贅語（non—superfluous），明白曉暢（clear）。①

這些假設基本上適用於傳統儒生對經書的瞭解，當中尤以第一條最為根本和重要，它與經典的神聖地位亦是互為表裏。"經也者，恒久之至道，不刊之鴻教也"，②經書載有垂型萬世的至理，這是歷代經師普遍信奉的教條。③基於這個假設，經學研究的目的便不在於"發見"新道理或新知識，因為一切真理早已涵蘊在經典之內，經師須要做的是"發明"經之大義，演繹經書固有的道理，使聖人之道重現於個人和社會之中。焦循對經學的理解正表述了經師的治學理念：

> 經學者，以經文為主，以百家子史、天文術算、陰陽五行、六書七音等為之輔，彙而通之，析而辨之，求其訓故，核其制度，明其道義，得聖賢立言之指，以正立身經世之法。④

"得聖賢立言之指"是通經，"以正立身經世之法"是致用。傳統經師並沒有注意到現代詮釋學所謂"時間距離"的問題，他們都是在相對封閉、有限的經籍材料中發明經義，彌縫經文內部的矛盾以及古今時空的差異，令經書的道理能呼應當代的情況，無意之間實現並且鞏固了經義的永恒性。經學詮釋的起點是經文，終點是聖賢立身經世之道，經師的工作乃連結二者，疏通經文，證明當中所含至理。如《周易》六十四卦有一定次序：《乾》、《坤》、《屯》、《蒙》、《需》、《訟》、《師》……古代經師相信這些卦序不會毫無道理，於是撰《序卦傳》解釋其中深意："物生必蒙，故受之以《蒙》；蒙者，蒙也，物之稺也。物稺不可不養也，故受之以《需》；

---

① 參李淑珍《當代美國學界關於中國註疏傳統的研究》，第 8—9 頁。載《中國文哲研究通訊》1999 年 9 月，第 9 卷第 3 期，第 3—31 頁。cf. John B. Henderson, *Scripture, Canon, and Commentary:A Comparison of Confucian and Western Exegesis*. New Jersey: Princeton UP, 1991, pp. 89 – 138.
② 劉勰著，范文瀾註：《文心雕龍註》，香港：商務印書館 1986 年版，第 21 頁。
③ 就是陸九淵亦經常稱引《孟子》之言，所謂"'六經'皆我註腳"不過魚荃之辨。
④ 《與孫淵如觀察論考據著書》，見焦循《雕菰集》，臺北：藝文印書館影文選樓叢書本 1967 年版，卷 13，第 22 頁。

需者，飲食之道也。飲食必有訟，故受之以《訟》……"①這類疏證旨在把經文合理化，務求圓通無礙，重點不在人盡皆知的結論，而是建立富有說服力的雄辯論證，令讀者理解及接受經文所含深意，產生教化的作用。《序卦》多附會、意必之辭（如飲食何以必然會有爭訟），②不如後世經說那樣精巧嚴密，③然而就治經旨趣而言，它與那些經注並沒有顯著的差異。

清代經學雖有漢宋今古之別，但各派經師大抵緊守上述教條，鮮有異議，就是開創小學專門之風的戴震亦不例外。他屢言"聖人之道在《六經》"，④"《六經》者，道義之宗，而神明之府也"，⑤至於文字音韻之學，不過是求道的工具而已：

> 經之至者道也，所以明道者其詞也，所以成詞者字也。由字以通其詞，由詞以通其道，必有漸。⑥

他的思路基本上與一般經師相若，但他開創專門小學，實有劃時代的意義，因為他嘗試根據語言的規律訓釋經文的言語，所謂"一字之義，必本六書，貫群經，以為定詁"，⑦故能於言人人殊的經傳訓詁傳統中樹立判別是非的準則，不因成說，亦不作臆測。譬如段玉裁述東原釋《大學》"在明明德"句，略謂"古經籍言明明，皆煌煌、赫赫之類"，乃謂"明之至"，不能析為"明其明德"，並舉《毛詩》"明明上天"、"明明在下"、"明明天子"、"赫赫明明"、"在公明明"、"明明魯侯"，《尚書》"明明揚仄陋"、"明明在下"等用例為證。⑧除非偏執地堅持語文訓詁與義理探究毫無

---

① 王弼、韓康伯注，孔穎達疏：《周易正義》，臺北：藝文印書館影十三經注疏 1989 年版，第 187 頁。
② 故韓康伯云："《序卦》之所明，非《易》之蘊也。"《周易正義》，第 186 頁。
③ 如焦循《易圖略·原序第三》便較為複雜精微了，參《皇清經解易類彙編》，臺北：藝文印書館 1992 年版，第 1195—1196 頁。
④ 《與方希原書》，《戴震文集》，第 144 頁。
⑤ 《古經解鉤沈序》，《戴震文集》，第 145 頁。
⑥ 《與是仲明論學》，《戴震文集》，第 140 頁。
⑦ 段玉裁：《戴東原先生年譜》，附見於《戴震文集》，第 216 頁。
⑧ 段玉裁：《在明明德在親民說》，《經韻樓集》卷 3，載《段玉裁遺書》，臺北：大化書局 1977 年版，第 912—913 頁。

關係，否則上述例證實在不能輕易加以否定，因為它們揭示了"明明"重言時的一些通則。這類語言通則有一定的客觀性，我們可以逐一考察這些例證，甚至通盤分析先秦時相關用例，藉此檢查戴說的可信性。在這類研究的過程中，經師的辯才讓位於語言的證據，於是經文訓釋有了可憑的依據，不再為成見臆說所惑。清代學者皆標舉實事求是，而皖派獨能"上溯古義，而斷以己之律令"，①原因正在於他們有一套較為客觀的準則。

不過戴震本人對義理有濃厚的興趣，②並未能貫徹地運用語言學的準則訓解經文，依然受到經師教條的干擾。他一方面強調"由詞以通其道"，另一方面卻又聲言："余謂《詩》之詞不可知矣，得其志則可以通乎其詞。作《詩》者之志愈不可知矣，斷以'思無邪'之一言，則可以通乎其志"，③反過來以《詩經》的道德教化意涵為前提，指導訓釋的工作，自亂其說，被錢鍾書譏諷為"梁上君子之一躍而下"。④根據這些信念，他在訓釋經籍時或會如一般經師那樣，引入臆想猜說，如其釋《尚書》"舜讓于德弗嗣"云：

堯舜之讓，本以天下為重任，而其身無樂有天下之心。既無樂有天下之心，則堯以重任授舜，舜豈宜辭而不受？如曰讓于有德之人，則便當舉此人，如岳之舉舜，否則讓屬虛文，聖人豈為之哉！然必無不讓者，臨事而懼之誠，雖小節必恐其不勝，況任天下重器，而不為之變動恐懼，則非也。是以至德猶懼德薄，史臣記其授受之時，不怡見於貌。不怡也者，惕然內變精誠外著也。古字"嗣""怡"聲同。《毛詩》"子寧不嗣音"，《韓詩》作"不詒音。"亦"怡""嗣"互出之證。若以不嗣帝位為解，則於聖人之仁以天下為己任，聖人之心不以己為至德，二者合而為一之極致，與夫聖人之誠讓非虛文，皆不

---

① 章炳麟：《清儒》，《章氏叢書》上冊，第562頁。
② 據段玉裁所言，戴震嘗謂："以六書、九數等事盡我，是猶誤認轎夫為轎中人也。"見《戴東原集序》，《戴震文集》，第2頁。另參章學誠《書朱陸篇後》述戴震之言："余於訓詁、聲韻、天象、地理四者，如肩輿之隸也；余所明道，則乘輿之大人也。當世號為通人，僅堪與余輿隸通寒溫耳。"見《章學誠遺書・文史通義內篇二》，北京：文物出版社1985年版，第16頁。
③ 《毛詩補傳序》，《戴震文集》，第147頁。
④ 《管錐編》，香港：中華書局1990年版，第1冊，第172頁。

可見。①

"嗣"、"怡"既然聲同義通,則"不怡"亦可作"弗嗣"解,必把"不怡"解為變動恐懼之貌,乃因聖人無樂有天下之心,聖人不為虛文,聖人有臨事而懼之情,聖人至德猶懼德薄,聖人以天下為己任,聖人不以己為至德……因此聖人不會辭讓,而會有不怡見於貌。這些有關聖人的假設純是美化的想像,與蘇軾"堯曰宥之三"之類想當然式的議論實屬同類,至於聖人是否必然具備這些特質,又這些特質能否作為訓詁的根據,讀者只能姑妄聽之矣。類似例子絕非僅見,②反映戴震未能自覺理解專門之學的特殊價值。後來他的弟子段玉裁於小學雖能青出於藍,卻仍聲言"《六經》猶日月星辰也,無日月星辰則無寒暑昏明,無《六經》則無人道",③其《大學此之謂自謙鄭注釋》、《孟子聖之於天道也說》諸文亦是雄辯多於考證的典型經說,④可見經師教條對當時學者實有根深柢固的影響。戴、段、二王之中,能純粹地以專門之學說經的,恐怕只有王念孫一人而已。⑤此後揚州學者以通識說經,反不如皖派專門,至於常州今文學者以經世為務,附會發揮之言更是在所難免了。由此可知在清學的大傳統中,經師的教條並沒有受到嚴重的衝激。

從積極的角度看,傳統學者接受上述教條實在是非常自然和合理的事,因為該教條本來就是經學這門學科得以成立的重要條件。經學之所以

---

① 《尚書義考》,第1722頁。
② 參《尚書義考》釋"欽明文思安安"(第1676頁)、"慎徽五典……烈風雷雨弗迷"(第1720頁)等案語。此外在《經考》、《孟子字義疏證》等不同時期的著作中,也能找到不少把聖人視為超人而非凡人的語句。
③ 《十三經注疏釋文校勘記序》,《經韻樓集》,《段玉裁遺書》下冊,第867頁。
④ 《經韻樓集》,《段玉裁遺書》下冊,第914、931頁。
⑤ 王念孫對抽象的義理討論缺乏興趣,自言"於公餘之暇,惟就小學"。(見《致宋小城書》,《王石臞先生遺文》卷4,第11頁,載羅振玉《羅雪堂先生全集》,臺北:大通書局1976年版,第6編,第7998頁)據龔自珍所記,其子引之曾說:"吾治經,於大道不敢承,獨好小學。……吾治小學,吾之舌人焉。其大歸曰:用小學說經,用小學校經而已。"(見龔自珍《工部尚書高郵王文簡公墓表銘》,《龔自珍全集》,香港:中華書局1974年版,第147—148頁)這番話大體能道出王氏父子的治經理念,不過翻閱二人的著作,似乎只有王念孫真正能貫徹"用小學說經"。只要比較《經義述聞》(南京:江蘇古籍出版社2000年版)中"家大人曰"與"引之謹案"的文字(如卷一"豚魚吉"條、卷二"煇光日新"條等),不難發現二者的區別。

為經學,而非諸子學或史學,正在於學者以這種態度來研究它;反過來說,學者若不接受經學的教條,他們亦談不上是經師。然而,王國維的知識結構與這類經師大不相同,並不接受他們一向信守的學科假設。他認為"學有三大類:曰科學也,史學也,文學也"。①經書所載的知識也離不開這些範圍,因此他不贊成《奏定學校章程》分立經學科大學和文學科大學:

> 今徒于形式上置經學于各分科大學之首,而不問內容之關係如何,斷非所以尊之也。……若我孔、孟之說,則固非宗教而學說也,與一切他學均以研究而益明,而必欲獨立一科,以與極有關係之文學相隔絕,此則余所不解也。②

他的建議是"合經學科大學于文學科大學中",也就是把經學解散至其他學科中,當中經學科所當教授的科目則是:

> 一、哲學概論;二、中國哲學史;三、西洋哲學史;四、心理學;五、倫理學;六、名學;七、美學;八、社會學;九、教育學;十、外國文。③

也就是要通過這些來自西洋的學科來處理經學問題,④這與他早年從形而上學、倫理學、教育學、政治學等角度探討孔子學說的做法實相一致。⑤在這類研究中,孔子之說不再是恒久之至道,而是需要接受相關學科的檢討和考驗,因"聖賢所以別真偽也,真偽非由聖賢出也",⑥所以他

---

① 《觀堂別集》卷4《國學叢刊序》,《王國維遺書》,第3冊,第202頁。
② 《〈奏定經學科大學文學科大學章程〉書後》,載《靜庵文集續編》,《王國維遺書》,第3冊,第650—651頁。
③ 同上書,第653頁。
④ 後來吳其昌力辨"先生非經學家也",思路與此相近。參吳其昌〈王觀堂先生學述〉,清華學校研究院:《王靜安先生紀念號》,上海:商務印書館1928年版,第183—185頁。
⑤ 《孔子之學說》,王國維著,佛雛校輯:《王國維哲學美學論文輯佚》,上海:華東師範大學出版社1993年版,第23—71頁。
⑥ 《國學叢刊序》,《王國維遺書》,第3冊,第204頁。

大膽地批評孔子的人生觀"雖甚高潔,然一不慎,則流於保守、退步、極端之宿命說,此則於今日進化之理法上決不能許者也"。①王國維接受過西方現代哲學的洗禮,對經書那些立身經世的大道理不甚感興趣,嘗跋《禮記注疏》云:

> 沖遠此疏,除大典制度尚存魏晉六朝古說外,可取殊少,其敷衍經旨處,乃類高頭講章,令人生厭,不及賈氏二禮疏遠甚。②

他研究經書的目的並不是要汲取當中的經旨教訓,而是因為經書有史料的價值,"自史學上觀之,則不獨事理之真與是者足資研究而已,即今日所視為不真之學說,不是之制度、風俗,必有所以成立之由,與其所以適於一時之故"。③他後來轉向經史研究的其中一個原因,乃是這些未必適用於世的舊學,反而更能彰顯學術自身的價值:

> 夫今日欲求真悅學者,寧於舊學中求之。以研究新學者之真為學問歟?抑以學問為羔雁歟?吾人所不易知。不如深研見棄之舊學者,吾人能斷其出於好學之真意故也。④

他希望通過舊學研究來體現"為學術而學術"的態度,這與講求通經致用的傳統學者有非常重大的區別。

討論至此,需要進一步追問的是:面對西潮的衝激,清末較為開明的學者亦多已放棄經學的教條,他們與王國維又有甚麼區別?譬如認同主張六經皆史的章太炎亦不相信經書的道理足以垂法萬世,嘗謂:

> 抑自周孔以逮於今茲,載祀數千,政俗迭變,凡諸法式,豈可施于輓近?故說經者,所以存古,非所以適今也。……皇漢迄今,政在

---

① 《孔子之學說》,《王國維哲學美學論文輯佚》,第70頁。
② 轉引自袁英光、劉寅生《王國維年譜長編》,天津:天津人民出版社1996年版,第94頁。
③ 《國學叢刊序》,《王國維遺書》,第3冊,第204頁。
④ 《教育小言十則》,《靜庵文集續編》,《王國維遺書》,第3冊,第684頁。

專制，當代不行之禮，于今無用之儀，而欲肆之郡國，漸及鄉遂，何異寧人欲變今時之語，返諸三代古音乎？……故知通經致用，特漢儒所以干祿，過崇前聖，推為萬能，則適為桎梏矣。①

章氏同樣拋棄了經學的教條，認為說經旨在存古，把六經"歷史文獻化"，②為甚麼顧頡剛仍批評他只能算是一個"從經師改裝的學者"？細讀章氏遺書，可以發現章太炎雖然不接受經師信守的學科假設，但他本人並沒有另外一套完整的治學信念和原則，足以取代拋棄教條之後的虛空狀態，結果間或不自覺地沿襲了經師的"疏證法"，未能徹底擺脫教條的影響，因此他的研究與現代學術仍然有一段距離。反觀王國維卻能貫徹地放棄經學的假設，以理性的"批判法"取代傳統的研究方法，這是他能受到現代學者推崇的重要原因。

第五節　現代學術觀念的洗禮

"現代"（modern）既是一個時序觀念，同時指涉與傳統不同的思想觀念和社會模態。不少研究者已指出，現代人一些不證自明的觀念，其實都是人類意識進入現代性（modernity）過程中建立起來的認識裝置（epistemological constellation），譬如"文學"、③"民族"，④以至"風景"和"兒童"等都是著名的例子。⑤有趣的是，這些觀念得以確立的同時，"其

---

①《與人論樸學報書》，《章氏叢書》，下冊，第722頁。

② 參王汎森《章太炎的思想》，臺北：時報文化出版企業有限公司1992年版，第189—199頁。

③ cf. Terry Eagleton, *Literary Theory:an Introduction*. Oxford: Blackwell Publishing, 1996, pp. 15-20.

④ cf. Benedict Anderson, *Imagined Communities:Reflections on the Origin and Spread of Nationalism*. London: Verso, 1983.

⑤ See Karatani Kōjin, *Origins of Modern Japanese Literature*. Ed. Brett de Bary. Durham: Duke UP, 1993, pp. 11-44, 114-135。中譯見柄谷行人《日本現代文學的起源》，第1—34、110—134頁。

自身的歷史性也被掩蓋起來了"，令人習焉不察。①近代中國學術同樣經歷了一個現代化的建構過程，所謂中國現代學術的建立，並不單純地意味着中國的"學術"經歷了一個從古代至現代的演變，因為"中國學術"這個觀念本來就是現代性的產物，在西方學術輸入之前，中國並沒有這種認識。②正是這種認識確立以後，人們才有可能叩問中國學術從古到今的歷史發展。因此探討中國現代學術的建立，其中一個重要任務是要弄清現代學術觀念在中國確立的情況。

受到西學的影響，生於鴉片戰爭之後的先進學者並不完全接受傳統經師信守的教條。然而學術研究不可能毫無準則，否定了傳統的學科假設和規範後，必須有新的原則指導和限制研究工作，否則研究成果的是非對錯根本無從判斷。破壞總較重建容易，晚清學者激於國情，大多勇於否定傳統的價值信念，可是真能領會和實踐現代學術的精神，藉此建立新規範的學者實在極為罕見。就像之前在緒論所言，現代學術觀念與笛卡兒以迄康德的知識論有非常密切關係。③在王國維那一輩學人之中，亦恐怕只有他一人能真切地掌握有關理念，以此取代傳統經學信條丟失之後的真空狀態。儘管當時也有一些學者聽聞這些學說，如梁啟超早已於1902年撰文表揚笛卡兒的貢獻，④但他對那些觀念只有表面的理解，⑤而且沒有運用有關方法從事專門的經書研究。其餘學有所承、基礎堅實的學者如章炳麟、劉師培等，對現代學術觀念亦僅有若存若亡的認識，結果未能貫徹實踐新

---

① 柄谷行人：《日本現代文學的起源》，第3頁。
② 從早期的"中學"、"國粹"、"國故"、"國學"、"漢學"，到今天的"中國學"、"華學"等字詞，雖然內涵並非完全相同，卻都是西學東漸後的產物。
③ 幾乎任何一部哲學導論書籍都會強調笛卡兒對現代文明的重要貢獻。如馮俊《法國近代哲學》："笛卡兒哲學對後世發生了長久的影響，整個十七世紀的法國哲學是以笛卡兒哲學為中心展開的，十八世紀法國唯物主義也是以笛卡兒的自然哲學思想為來源，笛卡兒哲學塑造了法國近代哲學中理性主義和科學主義的傳統。"臺北：遠流出版事業股份有限公司2000年版，第19頁。
④ 《近世文明初祖二大家之學說》，《飲冰室文集》，臺北：中華書局1983年版，第5冊，第1—12頁。
⑤ 參王國維《論近年之學術界》："庚辛以還，各種雜誌接踵而起。其執筆者，非喜學之學生，則亡命之遺臣也。此等雜誌，本不知問為何物，而但有政治上之目的，雖時有學術上之議論，不但剿竊滅裂而已，如《新民叢報》中之汗德哲學，其紕繆十且八九也。"（見《靜庵文集》，《王國維遺書》，第3冊，第523頁）這番評論不僅適用於康德哲學，我們細讀梁氏介紹笛卡兒的文章，同樣有類似感覺。

的治學理念，只能徘徊在經師與學者之間。因此要說明王國維與清儒以至時賢的根本分歧，若不通盤考察他們的學術觀念，肯定會錯過許多重要的細節，妨礙我們認清問題的性質。

大家都知道王國維精研康德和叔本華的哲學，但較少人注意到他對培根和笛卡兒也有深入認識。根據佛雛的輯佚，他在1906年已介紹特嘉爾德（笛卡兒）的思考方法：

> 至方法上之規定有四：一曰，明確之法則。即明確認知者外，不可採以為真是也。二曰，分解之法則。即處置難事時，剖大為小，逐次分之，至分無可分而已是也。三曰，總合之法則。即從由簡漸繁之次序，以導思考之緒是也。四曰，包括的檢查。即廣而計之，期於確無遺漏是也。①

文中還比較了笛卡兒與柏庚（培根 Francis Bacon, 1561 – 1626）之異同，並且申論其說與教育理論的關係，反映王國維對所述學說有相當的認識，絕非當時稗販膚受的編譯者可比。

此外尤其值得注意的是，他本人的治學態度與笛氏的方法亦若合符節。費行簡嘗記其言云：

> 其論近世學人之敝有三：損益前言以申己說，一也；字句偶符者引為塙據，而不顧篇章，不計全書之通，二也；務矜創獲，堅持孤證，古訓晦滯，蔑絕剖析，三也。必瀹三陋，始可言考證。②

第一敝乃未能擺脫偏見私意，有違"明確之法則"；③第二敝是未能貫通全書，不符"總合之法則"；第三敝是未能博採旁證，確無遺漏，未合"包括的檢查"之要求。費行簡所記的學人之敝屬反面教材，姜亮夫則從

---

① 《述近世教育思想與哲學之關係》，《王國維哲學美學論文輯佚》，第10頁。
② 費行簡：《觀堂先生別傳》，《追憶王國維》，第50頁。
③ 王國維以文言介紹笛氏的學說，不免較為簡潔。若要清楚瞭解四條規定的涵義，可參Rene Descartes, *Discourse on method and the meditations*. Harmondsworth: Penguin Books, 1968, p. 41.

正面立說，申論王國維治學的特點："他要解決一個問題，先要把有關這個問題的所有材料齊全，才下第一步結論，把結論再和有關問題打通一下，看一看，然後才對此字下結論。這中間有一個綜合研究方法，他不僅綜合一次，再經過若干次總結，方成定論。"①這種研究態度與笛氏的方法正莫逆冥契。章太炎是當時著名學人，王國維又熟悉其著作，②然則他所批評的"近世學人"會否包括章氏在內？這個問題不容易有確切的答案，不過比對他們訓解經書的著作，不難看出兩者之間的區別。

笛卡兒思考的起點是懷疑，"謂向之所信者，宜盡疑之，且凡為疑之對象者，宜盡除之"，③不輕信未經自己思考和確認的說法。王國維治學亦首重"闕疑"，④嘗序《金文編》云：

  余案闕疑之說出於孔子，蓋為一切學問言……至於他學，無在而不可用此法。古經中若《易》若《書》，其難解蓋不下於古文字，而古來治之者皆章疏句釋，與王、薛諸氏之釋彝器款識同。余嘗欲撰《尚書注》，盡闕其不可解者，而但取其可解者著之，以自附於孔氏闕疑之義。⑤

他對王、薛諸君那種附會穿鑿的態度頗為反感，並且認為前代經師於未能理解的經文章疏句釋，實際上亦是強不知以為知的表現：

  以弟之愚闇，於《書》所不能解者殆十之五，於《詩》亦十之一二。此非獨弟所不能解也，漢魏以來諸大師未嘗不強為之說，然其

---

  ① 姜亮夫：《憶清華國學研究院》，見姜亮夫著，姜昆武選編《姜亮夫文錄》，昆明：雲南人民出版社1999年版，第173頁。

  ② 據姜亮夫憶述，他投考清華大學時"小學"一卷乃王國維親自主持，他因精熟《章氏叢書》，故答題時多用章說。王國維看了他的卷子後，即問他是否章氏的學生，又問他："怎麼說的都是章太炎先生的話呢？"可見王國維相當熟悉章炳麟的學說。（姜亮夫：《憶清華國學研究院》，第169頁）

  ③ 王國維：《述近世教育思想與哲學之關係》，《王國維哲學美學論文輯佚》，第10頁。

  ④ 參洪國樑《王國維之詩書學》臺北：臺灣大學出版委員會，1984年，第21—26頁。

  ⑤ 《金文編序》，《觀堂別集》卷4，《王國維遺書》，第3冊，第197頁。

說終不可通，以是知先儒亦不能解也。①

他有意撰寫的《尚書注》雖未成書，但從其晚年為清華諸生講授的《尚書》筆記中，亦可清楚看到闕疑的態度。

王國維所授《尚書》分別有吳其昌和劉盼遂的記錄，②二者互有詳略。以章句條目數量而論，劉本近 330 條，較吳本 150 餘條為多。劉本條目較多的其中一個原因是他把王國維"不解"、"未解"、"真義不知"、"二字不解"、"三字不解"、"此語不解"、"此句不能解釋"、"全句不解"之類條目均記錄在案。這些條目佔全書四分之一以上，雖未至於"十之五"，但多少反映了王國維"闕其不可解者"的做法。劉盼遂把它們記錄下來實在是明智之舉，因為這些句子或詞語不但是王氏所不能解者，也是王氏認為漢魏以來諸大師所不能解者，雖然這些經師對此亦嘗章疏句釋。如《大誥》"爽邦由哲"舊說一般釋為"明國事、用智道"，③爭議不大，④劉氏卻錄下王國維的簡短意見："未解"；⑤又《康誥》"不率大戛"，《傳》云："凡民不循大常之教"，⑥劉記曰："師云：大戛不解，《孔傳》訓戛為常，不知何以然"。⑦前人之說要是未能通過理性的檢查，即使言之鑿鑿，亦當在闕疑之列。這些表示闕疑的筆記絕大多數極為簡略，只有少數例外，如《堯典》"靜言庸違象共滔天"，吳記曰：

此事不能深考，以天問考之："康回憑怒，地何以故東南傾'？似指共工觸不周之山事；康回或即庸回之誤，然《詛楚文》云："今

---

① 《與友人論〈詩〉〈書〉中成語書》，《觀堂集林》卷 2，《王國維遺書》，第 1 冊，第 89 頁。

② 吳其昌：《觀堂尚書講授記》，載《觀堂授書記》，臺北：藝文印書館 1975 年版，第 1—43 頁；劉盼遂：《觀堂學書記》，《觀堂授書記》，第 45—95 頁。

③ 孔穎達疏：《尚書正義》，臺北：藝文印書館影十三經注疏 1989 年版，第 194 頁。

④ 如孫星衍據《漢書》訓爽為勉，釋為"勉于邦事者，由明智之人"，與舊說區別不大。參《尚書今古文注疏》，北京：中華書局 1986 年版，第 352 頁。

⑤ 劉盼遂：《觀堂學書記》，第 63 頁。

⑥ 《尚書正義》，第 204 頁。

⑦ 劉盼遂：《觀堂學書記》，第 65 頁。

楚王熊相康回無道",似康回又未嘗誤,且不似人名,此事不能深考。①

以康回為庸回之誤是前人說法,②此說看似合理,惜未能通過"包括的檢查",有待更多的證據支持,因此暫時不能深考。這種嚴謹的治學態度與後來"有幾分證據說幾分話"的說法實屬同一機杼。在學術研究中,發現問題的重要並不亞於解決問題,因此闕疑的筆記雖然簡略,依然極具價值,仔細參詳王氏不滿舊說的原因,仍然可以獲得不少啟發。

章太炎於王國維逝世後,亦因新材料的刺激而疏解《尚書》。③他是皖派嫡傳,又不接受經師的教條,自然重視語言材料證據,不輕從古說了。可是他未能充分領會現代學術的信念,每於不能深考的地方騁辭博辯,的確令人有"從經師改裝的學者"的印象。如其釋《多方》"乃惟爾辟,以爾多方大淫圖天之命屑有辭"云:

> 案據馬本《多士》"大淫屑有辭",屑即今洩字,此亦當言:"乃惟爾辟,以爾多方圖天之命,大淫屑有辭。"不知古文本自錯亂邪?抑後人顛倒之也?愚竊謂訓誥大篇,皆由主者直言,侍史旁記。口說速而作篆遲,故常有文字脫漏,於後越次補入者;至於助詞閑語,省略尤多。《尚書》記事皆明瞭,記言或不比順,大率由此,非古人文辭詰詘,亦不得以讀應《爾雅》,處處順文求解也。苟不知此,但見虞夏易知,商周難讀,乃謂《堯典》一篇,由孔子翦截浮辭,裁成雅誥,何其妄歟!④

經文是否真有顛倒錯亂是一個問題,至於顛倒錯亂的原因是否因為作篆遲,故"于後越次補入"又是另一問題。這兩個問題都需要證據支援,

---

① 吳其昌:《觀堂尚書講授記》,第7頁。
② 參王鳴盛《尚書後案》,載《皇清經解尚書類彙編》,臺北:藝文印書館1986年版,第538頁。
③ 章炳麟:《古文尚書拾遺》,《章氏叢書》,總第999—1014頁。據《後序》可知該書草於1932年,此前他"以為《尚書》必不可通,未甚研精"(第1014頁)。
④ 章炳麟:《古文尚書拾遺》,卷2,第1—2頁,《章氏叢書》下,第1008頁。

不能光以"當言"、"愚竊"等臆想作根據,否則它們與"孔子翦截浮辭,裁成雅誥"之類"妄說"並不見得有甚麼區別。章氏這段議論與王氏所批評的學人之敝,如"損益前言以申己說"、"字句偶符者引為確據"、"務矜創獲,堅持孤證"等實在只有一線之差。類似例子並不罕見,直接對照王、章對同一經文的訓解,尤能看出他們的區別。

《微子》"我舊云刻子",吳記王說云:"此語實不能解,王充《論衡》引《今文尚書》作'孩子',更不易知。"①劉記大抵接近,只是增加了自己的意見:"師云:此語不解,王充引《今文尚書》作孩子,更奇離。盼遂謹案:孫仲容引焦循說為箕子。箕刻古聲通,較可解。"②章太炎同樣不滿王充之說,並提出自己的說法:

《論衡》引刻子作孩子,以為微子之辭。馬云:"刻,侵刻也",似謂紂侵刻微子,于義各不妥帖。今謂瞽知天道,"我舊云刻子"者,豫言刻定甲子紂必亡也。如《春秋傳》裨竈言:"七月戊子,晉君將死",史墨言:"六年此月庚辰,吳必入郢",斯類甚多。既自陳豫筭,恐微子與其難,故復促言。"王子不出,我乃顛隮",此我,我商也。愚立此義,亦未敢以為必然,惟較王、馬二說似優。③

章說在事理上也許講得通,但是否較王、馬二說為優,尚須更多實質證據支持,不能單憑"瞽知天道"這種想當然的話作為論證的根據。從這類疏釋可見,章炳麟雖然放棄了經師的教條,卻未能建立完整的學術信念填補虛空,結果以師法辯才為尚的傳統疏證法依然如幽靈般在其著作中若隱若現,限制著他的研究。章氏的論說予人難以掌握的感覺,④這跟他缺乏明晰的學術信念恐怕不無關係。

在新舊觀念之間游離不定原是清末知識分子常見的症候,缺乏堅實明

---

① 吳其昌:《觀堂尚書講授記》,第 15 頁。
② 劉盼遂:《觀堂學書記》,第 55 頁。
③ 章炳麟:《古文尚書拾遺》,卷 1,第 7 頁,《章氏叢書》下,第 1004 頁。
④ 姜亮夫與孫思昉同為章炳麟門生。他們對師說各有不同理解,卻又各有根據,反映章氏的論點不易捉摸。參一士《章太炎弟子述師說》,載陳平原、杜玲玲編《追憶章太炎》,北京:中國廣播電視出版社 1997 年版,第 417—438 頁。

晰的學術理念亦非章氏一人的問題，與他齊名的另一位經學大師劉師培同樣未能擺脫疏證的習慣，而且情況可能更為嚴重。劉師培是清代揚州學派的殿軍，出身於著名經學世家。他的天資優厚，博聞強記，①在短暫紛擾的生命中完成了數量驚人的著作，以致有人竟懷疑它們的原創性。②這些著作雖然雜糅了許多西學的新觀念，然而疏證法的運用比章炳麟還要明顯。譬如他早年撰寫的《中國民約精義》，試圖論證中國聖賢亦有盧梭民約之論，"因搜國籍，得前聖曩哲言民約者若干篇，篇加後案，證以盧說，玫其得失"。③書中比附引伸之論與前述經師疏通經文的做法沒有兩樣，④如論《周易》云：

> 吾觀《周易》之書，咸卦言"君子以虛受人"，謙卦言"天道下濟而光明，地道卑而上行"，泰卦言"上下交而其志同"，孰非取決於眾人之意乎？……無識陋儒據"列貴賤者存乎位"之文，以為君尊臣卑定於自然之理，而辨上下定、民志之說遂深中民心，則是大《易》一書為聖人助君權專制之書矣，豈聖人作易之旨哉？⑤

原文並無進一步推論說明，因此很難明白他的說法為甚麼會比無識陋儒可取。這種附會的研究方式不能歸因或歸咎於當時排滿的政治需要，因為劉師培後來在《國粹學報》刊登的其他著作如《羣經大義相通論》、《國學發微》等均運用了相同的手法。今天的學者自然很難接受這種治學

---

① 據黃焯《黃季剛先生年譜》所記，黃侃嘗言："劉先生之博，當世殆無其匹。其強記復過絕人。嘗屬予借書，予隨持往，即於筵間匆閱一過，遽行擲還。予愕然曰：'君不云需閱是書耶？'君曰：'吾己得其旨要矣。'即背誦書中要語數十處。其經目不忘如此。"見《黃侃日記》，第 1110 頁。

② 顧頡剛《湯山小記》（十八），《〈劉申叔遺書〉卷帙之富》條記章行嚴於 1960 年"謂《劉申叔遺書》甚多非出彼手，彼蓋竊取其父、祖父、曾祖父之眉批以為其一人之發見，故古籍補釋獨多也"。見《顧頡剛讀書筆記》，臺北：聯經出版事業公司 1990 年版，第 5573 頁。

③ 劉師培：《中國民約精義序》，《劉申叔遺書》，上海：江蘇古籍出版社 1997 年版，第 563 頁。

④ 徐雁平認為劉師培"說經淵源家學，務徵古說，並不妨礙他對西學的攝取"。（見《胡適與整理國故考論——以中國文學史研究為中心》，合肥：安徽教育出版社 2003 年版，第 30 頁）然而務徵古說以附會西學，這種做法本身已妨礙了他對西學的攝取。

⑤ 劉師培：《中國民約精義序》，《劉申叔遺書》，第 564—565 頁。

方法,①然而在《讀左劄記》這部"思述先業"的嚴肅論著中,②劉師培卻是以正面的態度來看待附會的問題的:

> 輓近數年,晳種政法學術播入中土。盧氏民約之論、孟氏法意之編,咸為知言君子所樂道,復援引舊籍,互相發明,以證晳種所言君民之理,皆前儒所已發。由是治經學者,咸好引公、穀二傳之書,以其言民權多足附會西籍,而《春秋左氏傳》則引者闕如。予案隱公四年經云:"衛人立晉。"左氏傳云:"書曰:衛人立晉,眾也。"以證君由民立,與公穀二傳相同。……且《左傳》所載粹言,多合民權說。……彼世之詆排左氏者,何足以窺左氏之精深哉?③

他不但沒有批評當時"附會西籍"的做法,反而以同樣的方式證明《左傳》的精深,顯示那時候的知識界仍然深受經師傳統的影響,以近乎格義的方式疏通西學。劉氏後期的論著"以竺信古義為鵠,近于惠學",④古貌古心,與現代學術的距離就更加遙遠了。

章、劉學問淹博,記誦侈富,久為時人推許。"二叔"馳名海內之時,王國維仍舊默默無聞,不過當現代學術意識日漸成熟和普及,他們的地位很快轉變過來。新範式的領導人物除了發現章學誠、姚際恒、曹雪芹等人的價值外,也意識到王國維在學術上的重要貢獻。

第六節 範式楷模的更替

新學和舊學之辨是晚清以來學界關注的一個焦點問題。⑤探討這個問

---

① 如李孝遷、修彩波《劉師培論學觀初探》即以"主觀隨意地"、"毫無學理根據地"、"更為可笑的是"等字眼來評論《國學發微》的論點。載《福建論壇》(人文社會科學版)2002年第3期,第17—22頁。
② 劉師培:《讀左劄記·小引》,《劉申叔遺書》,第292頁。
③ 《讀左劄記》,《劉申叔遺書》,第293—294頁。
④ 錢玄同:《劉申叔遺書序》,《劉申叔遺書》,第28頁。
⑤ 如王國維在《國學叢刊序》中嘗辨"學無新舊"之論,不過他以"科學"、"史學"等科目來說明有關問題,這種取向本身已反映了新學的影響。參《王國維遺書》,第3冊,第202頁。

題的困難首先在於新、舊原屬相對的觀念，二者指涉的對象經常因應論述者的角度而變化。譬如與俞樾以至劉師培相比，章太炎算得上是有條理的學問家，胡適在《中國古代哲學史》再版序中即表示了他對章氏的尊重："對於近人，我最感謝章太炎先生。"①他認為章氏是清代學術的押陣大將，也是傑出的文學家，其《國故論衡》是這兩千年中七八部精心結構的著作之一，因為"他的古文學工夫很深，他又是很富於思想與組織力的，故他的著作在內容與形式兩方面都能'成一家言'"。②不過在胡適心目中，章太炎只是舊學的結束人物而已，倒是王國維的研究更值得留意。他曾在日記中表示：

> 現今的中國學術界真凋敝零落極了。舊式學者只剩王國維、羅振玉、葉德輝、章炳麟四人；其次則半新半舊的過渡學者，也只有梁啟超和我們幾個人。內中章炳麟是在學術上已半僵了，羅與葉沒有條理系統，只有王國維最有希望。③

這條材料直接披露了胡適對當時著名學者的評價，頗為今人所重視。他一方面把王國維視為學術上"最有希望"的人，肯定了他的成就，另一方面又把他歸入"舊式學者"的行列，與章太炎等人並列。然則王國維的學術到底是新是舊？或者說學術上所謂新與舊，究竟根據甚麼標準？

作為新範式的樞紐人物，胡適倡言"新思潮的精神是一種評判的態度"，④所有習俗相傳的制度風俗、古代遺傳的聖賢教訓、社會公認的行為信仰等，都得以評判的態度重新估價。在這種"重新估定一切價值"的視野下，王國維的政治取向以及他對白話文的態度，的確有趨於保守的地方，可是他的治學信念和方法卻與其他舊式學者大不相同，不能一概而論。當新思潮的精神日漸普及，大家開始認識到這位遺老的著作其實並不陳腐，甚至可能比那些"過渡學者"更接近整理國故的理想模範。顧頡

---

① 胡適：《中國古代哲學史·再版自序》，《胡適文集》，第6冊，第157頁。
② 《五十年來中國之文學》，《胡適文集》，第3冊，第228—229頁。
③ 胡適著，曹伯言整理：《胡適日記全編》，第3冊，1922年8月28日，合肥：安徽教育出版社2001年版，第775頁。
④ 胡適：《新思潮的意義》，《胡適文集》，第2冊，第558頁。

剛和楊樹達（1885—1956）對於章炳麟、王國維的回憶，即生動地見證了當時學術範式的轉移過程。

就像大多數人一樣，顧頡剛在民國初年親聞章氏演講後，心情極是興奮：

> 聽了太炎先生的演講，覺得他的話既是淵博，又有系統，又有宗旨和批評，我從來沒有碰見過這樣的教師，我佩服極了。①

然而由於喜歡獨立思考，並且不滿附會的研究方式，②他對章太炎的著作並不完全滿意，例如他認為《國故論衡》中最為人所稱道的《文學總略》"除了'經傳論業'一段考證以外幾乎完全是廢話，既不能自堅其說，即攻擊別人的地方也反復自陷"。③可是如何建立自己的學問，他卻沒有頭緒，直至1917年遇上胡適後，發現"他有眼光，有膽量，有斷制"，"他的議論處處合於我的理性"，④始從中領悟到研究歷史的方法。四年後他擔任北大國學門助教，在北大和研究所豐富的藏書中接觸到羅、王的著述，眼界因而大開。他當時仍然熱衷於疑古，而王國維卻早已以批判、闕疑的態度整理舊學，"由疑得信"了。顧頡剛從此知道破壞偽史之後要有新的建設，必須走王國維的路，王氏於是成為他最佩服的當代學者。1922年夏他探訪王國維後，經常夢見與他來往：

> 夢王靜安先生與我相好甚，攜手而行，同至蔣企翬家。……我如何自致力於學問，使王靜安先生果能與我攜手耶！⑤ 予近年之夢，以祖母死及與靜安先生游為最多。祖母死為我生平最悲痛的事情，靜安先生則為我學問上最佩服之人也。今夜又夢與靜安先生同座吃飯，因

---

① 《古史辨自序》，第1冊，第23頁。
② 他說："余讀書最惡附會；更惡胸無所見，作吠聲之犬。……吾今有宏願在：他日讀書通博，必舉一切附會影響之談悉揭破之，使無遁形，庶幾為學術之豸。"《古史辨自序》，第1冊，第27頁。
③ 《古史辨自序》，第1冊，第28頁。
④ 同上書，第36頁。
⑤ 顧頡剛：《顧頡剛日記》，臺北：聯經出版事業公司2007年版，第1卷，1923年3月6日，第333頁。

識於此。①

這些日記表明王氏在他心中的地位遠較胡適為高:"數十年來,大家都只知道我和胡適的來往甚密,受胡適的影響很大,而不知我內心對王國維的欽敬和治學上所受的影響尤為深刻。可見,任何事情都不可能只看表面現象的。"②顧頡剛對章、胡、王三人態度的轉變,體現了新範式由開創以至成熟的過程。他的同學傅斯年後來在《歷史語言研究所工作之旨趣》中,亦呼應了顧氏對章太炎的看法:

> 章氏在文字學以外是個文人,在文字學以內做了一部文始,一步倒退過孫詒讓,再步倒退過吳大澂,三步倒退過阮元,不特自己不能用新材料,即是別人已經開頭用了的新材料,他還抹殺著。至於那部新方言,東西南北的猜去,何嘗尋揚雄就一字因地變異作觀察?這麼竟倒退過二千多年了。③

這種評價上的轉變並非顧、傅那類得風氣之先的人物所獨有,一些被視為舊式的學者同樣經歷了類似的變化,顯示新的學術觀念正在學界廣泛傳播和滲透。

楊樹達被陳寅恪譽為"今日赤縣神州訓詁小學之第一人",④其著作至今仍有盛譽。⑤可是在蔣廷黻一類學人眼中,他"研究歷史的方法現在已經落伍",是應該被放棄的"舊學者"。⑥與其他舊學者一樣,楊樹達與章門弟子有密切的交往。他與吳承仕惺惺相惜,其侄兒楊伯峻則是黃侃的弟子,因此他對章太炎亦甚推重,以後輩自居。雖然他早年讀過《靜安文

---

① 《顧頡剛日記》,第 1 卷,1924 年 3 月 31 日,第 471 頁。
② 同上。
③ 傅斯年:《歷史語言研究所工作之旨趣》,《傅斯年文集》,第 4 冊,第 255—256 頁。
④ 陳寅恪:《楊樹達積微居小學金石論叢續稿序》,載《金明館叢稿二編》,上海:上海古籍出版社 1982 年版,第 230 頁。
⑤ 如李學勤謂楊樹達"所著《積微居金文說》,真是妙義紛呈,創獲獨多"。見《綴古集》,上海:上海古籍出版社 1998 年版,第 215 頁。
⑥ 見蔣廷黻英文口述稿,謝鍾璉譯《蔣廷黻回憶錄》,臺北:傳記文學出版社 1979 年版,第 124 頁。

集》，認為該書"談教育甚有識解"，①然而直至王國維自沉之日，他對這位"清華同僚"的古學成就似乎不甚瞭解。翻閱其日記，他在20世紀30年代研治小學時仍然十分留意章太炎的著作，雖然覺得《文始》有"牽強無理"之處，②然其講演集中"說小學者甚佳"。③到了40年代，隨著學問的增進，他才體會到王國維學問之精湛：

閱王靜安《殷先王先公考》。讀書之密如此，可謂入化境矣。④

讀王靜安《顧命禮徵》，精湛絕倫，清代諸師所未有也。⑤

閱《觀堂集林》。勝義紛披，令人驚倒。前此曾讀之，不及今日感覺之深也。靜安長處在能於平板無味事實羅列之中得其條理，故說來躁釋矜平，毫不著力。前儒高郵王氏有此氣象，他人無也。⑥

讀王靜安《爾雅艸林蟲魚釋例》，穿穴全卷，千百黃侃不能到也。⑦

王靜安於小學頗有功夫，故能多識字，餘人皆不及也。⑧

閱《說文籀文考證》。取王靜安《史籀篇疏證》對勘，功力深淺，較然明白。甚矣學力之不可誣也。⑨

楊樹達雖然亦有不同意王國維的地方，⑩並且自信有超越之處，⑪但整體而言，他對王氏仍是推崇備至的。他的評論是否完全公允，專家學者自

---

① 楊樹達：《積微翁回憶錄》，上海：上海古籍出版社1986年版，第9頁。
② 楊樹達：《積微翁回憶錄》，1933年8月7日，第65頁。
③ 楊樹達：《積微翁回憶錄》，1936年5月3日，第114頁。
④ 楊樹達：《積微翁回憶錄》，1941年2月16日，第169頁。
⑤ 楊樹達：《積微翁回憶錄》，1941年3月22日，第172頁。
⑥ 楊樹達：《積微翁回憶錄》，1941年5月1日，第173頁。
⑦ 楊樹達：《積微翁回憶錄》，1944年1月19日，第208頁。參1947年3月1日記云："閱劉申叔《外集》。《物名溯原》一文，王靜安《爾雅草木蟲魚釋例》所說，申叔多已言之。"（第253頁）
⑧ 楊樹達：《積微翁回憶錄》，1945年2月12日，第220頁。
⑨ 楊樹達：《積微翁回憶錄》，1948年1月1日，第265頁。
⑩ 楊樹達：《積微翁回憶錄》1945年6月9日（第225頁）、1950年3月25日（第298頁）、5月26日（第300頁）、12月31日（第312頁）、1951年5月4日（第320頁）等。
⑪ 楊樹達：《積微翁回憶錄》，1951年12月12日，第337頁。

有公論。這裏想要指出的是，楊樹達的歷史研究法雖然停留在文獻考訂的層次，但他在小學方面的研究並不落伍，不宜籠統地與其他舊學者混為一談：

> 段氏謂其注《說文》為"以經證許，以許證經，又以許證許"，固矣；然學問之事，不止證明一節可了也。近來學者所為則以甲、金、經訂許，又以許訂許，故所得在段氏之上。蓋段氏之所為不過法庭之上證人，而近來學者則法官也。近所以能為此者，乃受時代之賜：思想無所束縛，一也；新材料特豐，二也；受科學影響，方法較為鎮密，三也。①

他認為學問之事不止證明一節，近來學者受時代之賜，已由證人變為法官云云。從他所列出的三點可見，這類舊式學者亦已受到時代的影響，不再全盤接受傳統疏通證明的方法。正是基於這種學術觀念，他才會如顧頡剛那樣發現王國維的著作有非比尋常的價值。

從以上討論可見，中國現代學術發展的大方向是憑藉理性批判的力量，擺脫權威的教條和習俗的信念。假如以理性貫徹的深度為縱軸，以理性運用的廣度為橫軸，我們可以得出一個評量學人新舊的坐標。在這個坐標上，王國維是新與舊的試金石，因為越是趨新的學者越能欣賞他，越是保守的學者則越是痛恨他。狩野直喜說："無論甚麼派系的人，只要能理解中國的學問，沒有不推賞王君的"，②這恐怕是過分樂觀的說法。因為真正守舊的學者不會認同王國維的成就，他們是新思潮內一股特殊的逆流。

黃侃在1928年6月18日的日記中表示：

> 國維少不好讀注疏，中年乃治經，倉皇立說，挾其辯給，以眩燿後生，非獨一事之誤而已。……要之經史正文忽略不講，而希冀發見新知以掩前古儒先，自矜曰：我不為古人奴，六經注我。此近日風氣

---

① 楊樹達：《積微翁回憶錄》，1947年12月3日，第263頁。又他在1952年8月15日（第348—350頁）的日記中，詳細地說明其學與乾嘉以來常用之法的區別。

② 狩野直喜：《回憶王靜安君》，《追憶王國維》，第347頁。

所趨，世或以整理國故之名予之，縣牛頭，賣馬脯，舉秀才，不知書，信在于今矣。①

他雖然是章太炎、劉師培的入室弟子，但治經路數非皖非揚，反與吳派相近，認為"所貴乎學者，在乎發明，不在乎發見"，又謂"治經，須先明家法。明家法，自讀唐人義疏始"。②這種保守態度與當時學術發展的方向恰好背道而馳，難免惹來爭議，如楊樹達便表示：

> 近日學界人談及季死，均謂季生時聲望雖高，百年後終歸岑寂。……季剛受學太炎，應主實事求是；乃其治學力主保守，逆轉為東吳惠氏之信而好古。……此俗所謂開倒車。世人皆以季剛不壽未及著書為惜，余謂季剛主旨既差，雖享伏生之年，於學術恐無多增益也。③

這番批評或許過分嚴厲，卻非無的放矢。章太炎亦注意到黃侃的治學傾向與他不盡相同，不過他以同情的態度理解這個問題：

> 元和惠氏出，獨以漢儒為歸，雖迂滯不可通者，猶順之不改。非惠氏之戇，不如是不足以斷倚魁之說也。自清末迄今幾四十歲，學者好為傀異，又過於明清間，故季剛所守視惠氏彌篤焉。④

在一個趨新的時代抱殘守缺，這種行為本身就是一種標新立異。為了

---

① 黃侃：《黃侃日記》，第302頁。另參同書1928年6月29日，第311—312頁。
② 吉川幸次郎：《與潘景鄭書》，載黃季剛先生誕生一百周年和逝世五十周年紀念委員會編《量守廬學記：黃侃的生平和學術》，北京：三聯書店1985年版，第101頁。
③ 楊樹達：《積微翁回憶錄》，1935年11月1日，第106頁。另參1928年1月1日（第34頁）、1934年6月30日（第84頁）、7月12日（第84頁）、7月18日（第85頁）、1935年10月10日（第104頁）、10月22日（第105頁）、1936年6月29日（第117—118頁）、12月27日（第126頁）、1943年11月9日（第206—207頁）、1945年5月20日（第224頁）。
④ 章太炎：《中央大學文學叢刊黃季剛先生遺著專號序》，《量守廬學記：黃侃的生平和學術》，第7頁。另參黃侃《上章先生書》"今之臆說穿鑿者太眾，思欲遏止其流"諸語，見《黃侃日記》，第621頁。

與新範式劃清界線，黃侃選擇了極端的態度，以始變、獨殊為鵠的，①比他的老師輩更為保守。在黃侃的演繹下，新與舊不再是程度的問題，而是截然對立的學術觀念。

　　純就學術而言，黃侃勸人潛心讀書，玩索全文，不輕蔑古說，這些都是無可厚非的事。當新範式所強調的理性精神被理解為科學主義（scientism）以至實證主義（positivism），②研究者只知道把古代典籍當作電話簿般翻查檢索，舊派學者的經驗和教訓仍然值得珍視。由於細心考索原文，這些學者對文本有許多獨特、敏銳的感悟。他們在古典文學方面取得矚目的成績，至今仍廣受推許，絕不是偶然的事。此外他們擅長以條例歸類，③雖然未必能建立完整的體系，但發凡起例，對後學理解古籍亦有一定的幫助。不過由於缺乏問題意識（problematic）以及相關的方法和工具，這些心得的表述不一定能夠通過理性的公開考驗，讀者有時只能信任他們的權威而加以接受，否則亦只能姑妄聽之，因此疏證法在語言、文獻一類較為容易量化的學科中，影響力逐漸減退。楊樹達曾撰《溫故知新說》："溫故不能知新者謂黃侃；不溫故而求知新者，謂胡適也。"④這番評論不免過於嚴苛，卻能從反面說明他推崇王國維的原因。王氏的著作既能通過舊式學者的考驗，⑤又能不斷開拓新的學術疆域，他能成為現代學者一致推崇的人物，正是理所當然的事。

第七節　結語

　　正如奎因（W. V. O. Quine）所說，我們整套知識或信念就像一個人

---

　　①　《黃侃日記》1922年1月18日云："學術有始變，有獨殊。一世之所習，見其違而矯之，雖道未大亨，而發露尚題，以詒學者，令盡心力，始變者之功如此。一時之所尚，見其違而去之，雖物不我貴，而抱守殘缺，以報先民，不怨矩蔓，獨殊者之力也。"（第51頁）

　　②　參郭穎頤：《中國現代思想中的唯科學主義1900—1950》，雷頤譯，南京：江蘇人民出版社1989版。

　　③　《黃侃日記》中即有許多例子，如"宋詞用字蓋有三例"（第128頁）、"字音之變、六道而已"（第145頁）等。

　　④　《積微翁回憶錄》，1939年7月12日，第152頁。

　　⑤　姜亮夫《思師錄》記章炳麟論王國維云："王君證《史記·殷本紀》無虛言，說明史公書之可貴，而《殷周制度論》亦能服人心腹。"見《姜亮夫文錄》，第20頁。

工編織的網，它只有最邊沿的地方始與經驗相接觸。①因此持有不同信念的學者無妨運用相同的材料，甚至使用相近的操作方法，就像古代大夫與現代西醫儘管有不同的醫學觀念，卻都會要求病人張開嘴巴，檢查舌頭一樣。過去學者單從方法或材料的層次理解王國維的治學特色，這種想法實在不全面。學術的信念、方法與材料就像三個同心圓一樣，一層一層向外伸延，它們可以有複雜的組合模式，如清代皖派學者持舊信念、舊材料，卻能以新方法治學；劉師培持半新半舊的信念，羼雜新、舊材料，卻沿襲舊有的方法。單從材料或方法著眼，未必能看到中心信念的差異。王國維說："古來新學問起，大都由於新發見"，②這是側重材料的說法。從另一個角度看，材料有時需要在新的學術視野下，才有可能被發現。王國維在《宋元戲曲史》序言中說："世之為此學者自余始，其所貢於此學者以此書為多，非吾輩才力過於古人，實以古人未嘗為此學故也"，③正道出現代學術觀念對學科建設的影響。

　　本章從經學解體的情況入手，詳細地考察了王國維與清代經師以及並世學人在經書研究方面的異同，展示新、舊典範的根本差別，並且透過後來學者的評論，說明王國維在中國現代學術中承先啟後的重要地位。接著我們將把討論範圍收窄，重點考察王國維在中國文學現代化進程中，究竟發揮過甚麼作用。

---

① W. V. O. Quine, "Two dogma of empiricism", pp. 39–40.
② 《最近二三十年中中國新發見之學問》，載《靜庵文集續編》，《王國維遺書》，第 3 冊，第 699 頁。
③ 《王國維遺書》，第 9 冊，第 494 頁。

第 二 章

王國維純駁互見的文學觀

第一節　現代文學觀念的確立問題

　　王國維的學術觀念與研究方法俱能與現代學術接軌，遠遠超越前賢和時人，那麼他在中國文學方面的著述是否同樣走在時代的尖端？這個問題要分兩個方面來看。若說研究方法，王國維的先進地位始終是無可置疑的，他以析證之法研究宋元戲曲，得到新文化學者的高度讚揚。胡適說他離開中國留學的七年間，中國的出版界"簡直沒有兩三部以上可看的書"，"文學書內，只有一部王國維的《宋元戲曲史》是很好的"。①一年後傅斯年仍持相同意見："近年坊間刊刻各種文學史與文學評議之書，獨王靜庵宋元戲曲史最有價值。其餘亦間有一二可觀者，然大都不堪入目也。"②然而若說文學觀念，這個問題便比較複雜。

　　毫無疑問，王國維的文學觀念的確較同輩學者進步。他在20世紀初已對康德、叔本華和席勒等人的美學有深入認識，③並嘗試運用西方觀念詮釋《紅樓夢》。④只要稍為比勘當時名家學者的文學觀，都不得不承認王國維的識見確實卓爾出羣。

---

　　①　《歸國雜感》，《胡適文集》，第 2 冊，第 470—471 頁。

　　②　《王國維著宋元戲曲史》，《傅斯年全集》，第 4 冊，第 382 頁。原文刊於 1919 年 1 月 1 日《新潮》第 1 期第 1 卷。

　　③　王國維早期的西學著述可參洪國樑《王國維著述編年提要》，臺北：大安出版社 1989 年版，第 2—9 頁。此外，佛雛亦找到王氏早年討論康德和叔本華的佚文，參王國維著，佛雛校輯《王國維哲學美學論文輯佚》，上海：華東師範大學出版社 1993 年版，第 154—173 頁。

　　④　錢鍾書雖然批評"王氏附會叔本華以闡釋《紅樓夢》，不免作法自弊也。"（見《談藝錄》上卷，第 89 頁），但這無損王國維導夫先路的地位。

1905年，年僅22歲的劉師培先後寫成《論文雜記》、《文章原始》、《文說》等文章，①反復申論"自古詞章，導源小學"、②"欲溯文章之緣起，先窮造字之源流"一類乾嘉考證學者津津樂道的論述。③這位出生於經學世家的天才型學者雖然勇於接受各種新思潮，但其文學觀念始終囿於清代揚州學者阮元的範圍。④1910年，國學大師章太炎刊行《國故論衡》三卷，⑤中卷《文學總略》開篇即云："文學者，以有文字著於竹帛，故謂之文。"⑥該文耗費大量篇幅駁斥阮元之說，正是針對劉師培而發。章太炎與劉師培乃當時齊名的大學者，時人尊稱為"二叔"，二人對文章涵義的理解雖然貌似衝突，卻不過是同一傳統內的小分歧。筆者已指出，劉師培所代表的駢文派與章太炎所代表的樸學派，只是清代揚州學派兩種不同文論取向的又一體現，前者承襲凌廷堪、阮元一脈的論述，後者則與汪中、焦循遙相呼應。⑦此後黃侃在《文心雕龍札記》中嘗試提出折衷之說，⑧仍然在兩位老師的樊籬內打轉，與王國維不能相提並論。

　　然而必須鄭重補充的是，在現代中國文學研究範式的轉換過程中，王國維最重要的貢獻是把析證法具體運用在文學研究中，而非文學觀念的建立。儘管他有較時人進步的文學觀，但其說法與現代意義的純文學觀仍有細微的差別。所謂"純文學"，乃20世紀以降中國文學研究的基礎觀念。這個源自西方的觀念引領國人以現代學術的眼光重新理解"文學"，於是過去被視為不登大雅之堂的小說、戲曲等獲得前所未有的重視，反而那些長居廟堂的頌贊祝盟、制藝詩文等，卻被摒棄在文學的範圍之外。在這個新觀念的啟發下，我國學者陸續撰寫出不同類型的文學史著作，確立了

---

①　參萬仕國編著《劉師培年譜》，揚州：廣陵書社2003年版，第76、79、85頁。
②　劉師培《文說》，載劉師培著，陳引馳編校《劉師培中古文學論集》，北京：中國社會科學出版社1997年版，第190頁。
③　劉師培：《文章源始》，載劉師培著，陳引馳編校《劉師培中古文學論集》，第210頁。
④　除了在《文說》諸文引用阮元的說法外，他又特撰《廣阮氏文言說》，證成阮說。他在1917年編輯的《中國中古文學史講義》（參萬仕國編著《劉師培年譜》，第264頁），仍以阮氏《文筆對》為本，辨章文體（參劉師培著，陳引馳編校《劉師培中古文學論集》，第5頁）。
⑤　參姚奠中、董國炎《章太炎學術年譜》，太原：山西古籍出版社1996年版，第161頁。
⑥　章太炎著，傅杰編校：《章太炎學術史論集》，北京：中國社會科學出版社1997年版，第43頁。
⑦　詳參拙著《傳統的終結——清代揚州學派文論研究》，第181—183頁。
⑧　黃侃：《文心雕龍札記》，上海：華東師範大學出版社1996年版，第5—10頁。

20世紀"中國文學史"、"中國新文學"及"中國文學批評史"等各門學科的研究範圍,①影響極為深遠。

過去學者探討現代中國文學觀念的形成過程時,都會不約而同地強調王國維的重要。例如袁進表示:

> 早在金松岑、黃人等介紹西方近代文學思想之前,王國維便已介紹西方近代文學觀念,他是近代中國最早認識文學本體,因而提出中國傳統文學觀念急需變革的理論家。②

趙敏俐、楊樹增也認為:

> (王國維)是第一個把具有現代意義的文學、美學觀念應用於文學研究,首先承認了文學所具有的獨立於其他意識形態之外的性質,它的美學價值。③

此後學者對這個問題的理解仍然十分一致。舉較後的著作為例,尹康莊說:

> 文學純粹論,就是主張文學的純粹性,認為文學除了追求美和表現自我之外不再有其他目的,而美在這裏又被確認為一種形式的體現。……對於中國來說,較完整意義上的文學純粹論,應當是自20

---

① 例如陳平原在《〈嘗試叢書〉總序》中指出:"文學史書寫的內在理路,其中一個關鍵點,便是所謂的'大文學史'與'純文學史'之爭。"見《博覽羣書》2005年第9期,第77頁。除了"中國文學史"外,"中國新文學"與"中國文學批評"的研究也是建基於類似的觀念上。如周作人亦以純文學與原始文學、通俗文學等觀念,劃分文學的範圍,見《中國新文學的源流》,上海:華東師範大學出版社1995年版,第4—5頁。又郭紹虞也是以純文學觀念理解中國文學觀念的演進,認為"'文''筆'之分也就和近人所說的純文學雜文學之分有些類似了"。見《中國文學批評史》,上海:上海古籍出版社1986年版,第4—5頁。
② 袁進:《中國文學觀念的近代變革》,第78頁。
③ 趙敏俐、楊樹增:《二十世紀中國古典文學研究史》,第41頁。

世紀開始……而此過程中，王國維扮演了先導和奠基者的角色。①

又王劍說：

真正獨立自覺的現代的"純文學"意識，是王國維在現代美學的基礎上開始建立起來的。……而王國維卻是將文學置於藝術的範疇，探討文學本身的獨立價值、內在規律以及文藝美學的各種問題。②

這些意見均肯定王國維與純文學觀念輸入的關係，儼然已成為學界的共識。然而，此一共識背後其實潛藏著頗為重要的分歧，必須小心辨析。

學界普遍認同王國維是較早引入現代文學觀念的學者，可是他所引入的新觀念，到底確指甚麼？對於這個問題，學者之間的見解顯然不甚一致。從上述引文可見，有人從"文學本體"的角度理解這個觀念，也有人認為它指"文學所具有的獨立於其他意識形態之外"的"美學價值"、或是一種"追求美和表現自我"的"形式的體現"，甚或指"文學本身的獨立價值、內在規律以及文藝美學"等。這些表述涉及不同的觀念內涵，當中既有彼此涵蘊，也有互相牴牾的地方，究竟哪種說法才是王國維實際引進的文學觀念？

學者們莫衷一是的意見，反映了他們對有關問題只有相當籠統的理解。其實純文學這個觀念，可以有不同程度的深淺層次。今天大家聽到"純文學"一詞，通常會聯想到著重形式表現的文學觀念，就像著名文學理論家韋勒克（René Wellek）和沃倫（Austin Warren）所說："文學研究的合情合理的出發點是解釋和分析作品本身"，③而非外部的研究。不過很

---

① 尹康莊：《王國維與中國文學純粹論的理論體系構建》，《廣東社會科學》2005 年第 6 期，第 125—126 頁。
② 王劍：《中國文學現代演進的三個環節——以梁啟超、王國維、周作人為個案的考察》，《周口師範學院學報》2006 年 1 月，第 23 卷第 1 期，第 35 頁。
③ 韋勒克、沃倫：《文學理論》，劉象愚等譯，北京：三聯書局 1984 年版，第 145 頁。按：此書早在 1976 年已有王夢鷗、許國衡的譯本（《文學論——文學研究方法論》，臺北：志文出版社 1976 年版），後又有梁伯傑的翻譯（《文學理論》，臺北：水牛圖書出版事業有限公司 1986 年版）。幾種譯本各有優劣，針對本段所引用的部分，劉象愚等人的譯文較為簡潔清楚。

少人意識到，這種"純度"較高的文學本體論，實際上是眾多學者經年累月地引介和推廣的共同成果。毫無疑問，王國維的文學研究有其前瞻性，可是他所介紹的純文學，並非大家今天熟悉的現代文學觀念。現在不少學者簡單地把王國維所介紹的純文學觀與文學自足論等量齊觀，①這種"過度的詮釋"不但抹煞了其他學者的功勞，為王國維添上不虞之譽，同時犯上時代錯置（anachronism）的毛病，影響了我們對歷史發展過程的認知。

為了澄清各種不必要的誤解，在以下的篇幅裏，我們首先釐清純文學的觀念層次，建立後設的評鑑架構；繼而以這套架構為參考指標，逐一考察王國維的文學批評理論觀念，分析其文學觀念的純粹程度，藉此為王國維的實際貢獻作出恰當的定位。

第二節　純文學觀念的光譜

要建立一個足以評量文學觀念"純粹"程度的批評架構，必須先回顧"文學性"這個更為基礎的觀念，從中找出評鑑標準和參考指標。所謂"文學性"，乃指文學有別於其他文類的特性，亦即文學之為文學的基本性質。這些特性是現代文學觀念得以確立的基石，由此派生出合乎標準的"純文學"、尚未完全達標的"雜文學"，以及與文學無關的"非文學"等不同觀念。卡勒（Jonathan D. Culler）曾經指出，關於"文學性"的探討乃近代專門的文學研究興起之後的結果：

> 19世紀末以前，文學研究還不是一項獨立的社會活動：人們同時研究古代的詩人和哲學家、演說家——即各類作家，文學作品作為更為廣闊意義上的文化整體的不可分割的組成部分而成為研究對象。

---

① 這類例子可謂俯拾皆是，除上文提及的論著外，類似的說法還見於郝宇民《二十世紀中國文學觀念發展及演變論綱》，《承德民族師專學報》1997年第1期，第1—8頁；曠新年：《現代文學觀的發生與形成》，《文學評論》2000年第4期，第5—17頁；何郁：《梁啟超〈論小說與群治之關係〉和王國維〈紅樓夢評論〉之比較批評》，《東方論壇》2002年第2期，第49—53頁；閻文傑：《王國維與中國近代文學批評、美學思想的轉型》，《陝西師範大學繼續教育學報》2002年12月，第19卷第4期，第63—64頁。

因此，直到專門的文學研究建立後，文學區別於其他文字的特徵問題才提出來了。①

這段話為我們提供了釐定文學觀念純粹程度的基本原則。文學性既然旨在回應文學有別於其他文字的特徵問題，那麼越是能展示文學與一般文字表達之間的差別的文學觀念，自然越是純粹了。有了這條基本原則，接著便要考慮能夠評量不同觀念的概念架構。

回顧過去眾多的後設文學理論，艾布拉姆斯（M. H. Abrams）在20世紀50年代提出來的批評座標，在今天看來仍然有很大的參考價值：②

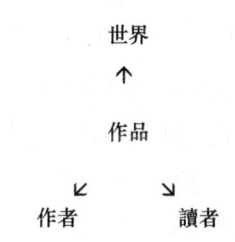

世界
↑
作品
↙ ↘
作者　讀者

這個圖式基本上窮盡了藝術理論的四個基本元素。儘管後來不少學者如雅克慎（Roman Jakobson）、施友忠、劉若愚、葉維廉等，都曾對這個圖式作出富有意義的發揮和補充，③然而就像艾氏所預期："增門添類固然加強了我們的辨識力，卻使我們喪失了簡便性和進行提綱挈領式分類的能力。"④艾氏圖式的好處是簡單而全面，在這套座標之下，他臚列了四種偏向不同的文學理論類型，包括：

---

①　喬納森·卡勒:《文學性》，載［加拿大］馬克·昂熱諾、［法國］讓·貝西埃、［荷蘭］杜沃·佛克馬、［加拿大］伊娃·庫什納主編:《問題與觀點：20世紀文學理論綜論》，史忠義、田慶生譯，天津：百花文藝出版社2000年版，第30頁。

②　Abrams, M. H. *The Mirror and The Lamp: Romantic Theory and the Critical Tradition* (New York: Oxford University Press, 1971), pp. 6–7. 中譯本見 M. H. 艾布拉姆斯《鏡與燈》，酈稚牛等譯，北京：北京大學出版社1992年版，第5—7頁。

③　參見黃慶萱《文學義界的探索——歷史、現象、理論的整合》，《中國文哲研究集刊》1994年第5期，第30—36頁。

④　M. H. 艾布拉姆斯:《鏡與燈》，酈稚牛等譯，第7頁。

(1) 偏重"世界"的模仿說；
(2) 偏重"讀者"的實用說；
(3) 偏重"作者"的表現說；
(4) 偏重"作品"的客觀說。①

當然，現實世界中的文學理論不一定專屬某一種類型，譬如大家熟悉的《詩大序》便既有"情動於中而形於言"的表現成分，同時又有"主文而譎諫"的實用功能。不過，這種跨類型的現象完全無損艾氏圖式的作用；恰恰相反，正是在這套圖式框架的幫助下，我們才能細緻分辨《詩大序》潛藏的不同取向，進而辨析哪一種取向佔有更為主導的位置，甚至把它與其他文論互作比較。

艾氏主要從描述（descriptive）而非規範的（prescriptive）立場闡明他的圖式，因此上述四種模式原則上只反映不同的理論取向，當中並不一定蘊涵深淺高下之別。然而，假如以"文學有區別於其他文字的特徵"作為判分的準則，不難發現從世界、讀者、作者到作品這個序列，其實已經蘊含一套觀念結構，正可用來評量文學理論的純粹程度。假如用數字表示這種遞進的關係，可以得出以下的圖表：

(1) 世界 →(2) 讀者 →(3) 作者 →(4) 作品

在這一架構中，偏重"世界"的取向顯然純度最低，因為任何文字表達最基本的功能就是記錄或表述世界，以達到溝通的作用。試想像街上的路標、草地上的告示牌、電話簿上的記錄等，這些文字的價值主要在於它們能否正確表達某些訊息；假如文學也僅僅是關於世界的表達，那麼它與這些文字便不見得有清晰的界線了。相較之下，偏重"讀者"的取向無疑更能揭示文學之為文學的特性，因為這類理論強調文學有感動人心的功能，能夠令讀者產生愉悅的審美效果，或能有效地達到說教、感化的目的，這些特殊的作用已超出描述世界的範圍。接著是從"讀者"到"作者"的轉向，此一轉向稱得上是文學觀念演進過程中的一次跳躍，因為

---

① Abrams, M. H. *The Mirror and The Lamp*, pp. 8–29.

它淡化了文學的溝通功能,進一步劃清文學與其他文字的疆界;從此"詩人的聽眾只剩下孤單的一個,即詩人自己",①文學的地位越來越獨立,不再為世界或他人而存在。這種取向繼續深化下去,很自然會發展出以"作品"為中心的文學本體論。布拉德雷(A. C. Bradley)在1901年發表的《為詩而詩》聲稱文學有獨立自足的價值,清晰地展現了這種純度最高的文學觀念:

(詩本質上)是一個自足的世界,獨立、完整而自律(autonomous)。要充分掌握它,你必須進入這個世界,遵從它的法則,並且暫時撇下你在另一真實世界中的信仰、目標和特殊狀態。②

布氏認為所有關於作者及讀者的外在考慮,都會減損詩歌本身的價值。這些說法後來被新批評文論家發揚光大,他們通過"意圖謬誤"和"情感謬誤"等理論否定過去那些訴諸作者和讀者的文學批評,③堅持文學有獨立的範疇、自足的世界,與其他文字表達有鮮明的界線。

從以上的推演可見,艾氏圖式中四種取向的順序,基本上漸次反映了文學觀念的純粹程度。有了這個參照框架,我們便可以系統地剖析王國維的文學觀念了。王國維早年借鑒西洋哲學和美學的成果研究文學,其後鑽研中國傳統詞曲之學,因此不少學者把他的文學研究分為前後兩期。④前期以引介西方美學的雜文及《紅樓夢評論》為代表,後期的重要著作則有《人間詞話》、《宋元戲曲考》等。這種分法大體上能夠客觀反映王氏文學研究的實況,為了方便討論,下文我們也將按時間的先後次序,逐一考察王氏的主要文學觀念與純文學之間的關係。

---

① M. H. 艾布拉姆斯:《鏡與燈》,酈稚牛等譯,第29頁。
② Bradley, A. C. *Oxford Lectures on Poetry* (New York: St Martin's Press, 1965), p. 5.
③ Abrams, M. H. *The Mirror* and *The Lamp*, pp. 27–28.
④ 如葉嘉瑩在《王國維及其文學批評》(香港:中華書局1980年版)中把王國維的文學批評分為兩章:"靜安先生早期的雜文"及"《人間詞話》中批評之理論與實踐",又佛雛《王國維詩學研究》(北京:北京大學出版社1987年版)則分別稱二者為"第一時期"和"第二時期"。

第三節　猶有未達的前期探索

一　非實用的真理觀

要瞭解王國維早期的文學觀，《論哲學家與藝術家之天職》無疑是不可忽視的關鍵文章。在這篇名文中，王國維開宗明義地表述了他的非功用文藝觀：

> 天下有最神聖、最尊貴而無與於當世之用者，哲學與藝術是已。天下之人囂然謂之曰無用，無損於哲學美術之價值也。①

他強調美術有超越實用的獨立價值，並且感嘆說：

> 嗚呼！美術之無獨立價值也久矣，此無怪歷代詩人，多托忠君愛國、勸善懲惡之意，以自解免，而純粹美術之著述，往往受世之迫害而無人昭雪也。……甚至戲曲小說之純文學亦往往以懲勸為旨，其有純粹美術上之目的者，世非惟不知貴，且加貶焉。②

文中屢見"獨立價值"、"純粹美術"、"純文學"等字眼，難免令人產生錯覺，以為王國維與布拉德雷《為詩而詩》的觀點一樣，主張文學有完全自足的純粹價值。這類解讀似乎也有一定的根據，因為王國維在《論近年之學術界》也說：

> 又觀近數年之文學，亦不重文學自己之價值，而唯視為政治、教育之手段，與哲學無異。如此者，其褻瀆哲學與文學之神聖之罪，固不可逭，欲求其學說之有價值，安可得也！故欲學術之發達，必視學術為目的，而不視為手段而後可。③

---

① 《論哲學家與藝術家之天職》，載《靜安文集》，《王國維遺書》，第 3 冊，第 534 頁。
② 同上書，第 536—537 頁。
③ 《論近年之學術界》，《靜安文集》，第 523—524 頁。

文學有"自己之價值",不能被視為一種手段,言下似指文學確有獨立自足的內在價值。我們認為這種論調不能說是完全錯誤,卻也不夠準確,很容易令人誤解王國維的主張。

細閱原文,王國維所說的獨立價值,僅指文學有獨立於政治、教育等實用層面以外的價值而已,它與完全獨立的文學自足論仍然存在相當大的差異,因為後者完全脫離了世界、讀者和作者等各個範疇,而前者不過是獨立於這些範疇之內的某些成分而已。從上文下理可見,王國維從來沒有說過美術或文學有無復依傍的獨立價值,更沒有說過它們毫無用處:

> 夫哲學與美術之所志者,真理也。真理者,天下萬世之真理,而非一時之真理也。其有發明此真理(哲學家)或以記號表之(美術)者,天下萬世之功績,而非一時之功績也。唯其為天下萬世之真理,故不能盡與一時一地之利益合,且有時不能相容,此即其神聖之所存也。①

美術之所以有超越一時一地的神聖價值,純然因為它是有關萬世不變的"真理"的表述而已。換句話說,美術從屬於真理,它的地位也是由真理所賦予的。參觀王氏其他著作,不難看出他對美術與真理的獨特理解,深受叔本華哲學的影響:

> 叔氏謂直觀者,乃一切真理之根本,唯直接間接與此相聯絡者,斯得為真理。……而美術之知識全為直觀之知識,而無概念雜乎其間,故叔氏之視美術也,尤重於科學。②

王國維對美術的見解完全適用於文學的範疇,因為他相信"美術中以詩歌、戲曲、小說為其頂點"。③美術以直觀的方式獲得真理,這種無概念雜乎其間的知識就是"實念"的知識:

---

① 《論哲學家與藝術家之天職》,《靜安文集》,第534—535頁。
② 《叔本華之哲學及教育學說》,《靜安文集》,第401、409—410頁。
③ 《紅樓夢評論》,《王國維遺書》,第3冊,第422頁。

問此實念之知識為何？曰：美術是已。夫美術者，實以靜觀中所得之實念，寓諸一物焉而再現之。由其所寓之物之區別，而或謂之雕刻，或謂之繪畫，或謂之詩歌、音樂。然其惟一之淵源，則存於實念之知識，而又以傳播此知識為其惟一之目的也。①

詩歌、繪畫、音樂等不同的藝術門類全都可以溯源於實念知識，並且以傳播這種知識為其"惟一之目的"。"美之知識，實念之知識也"，②所以詩歌的"價值全存於其能直觀與否"，③並沒有完全自足的價值。

由是而言，王國維與其他文論家只是百步與五十步之別。他雖然希望大家不要把文學視為政治或教育的手段，但他本人卻把文學視為表述和傳播實念知識的手段，不斷從內容角度理解文學的本質，如謂：

美術之務，在描寫人生之苦痛與其解脫之道。④
文學中有二原質焉：曰景，曰情。前者以描寫自然及人生之事實為主，後者則吾人對此種事實之精神的態度也。⑤
詩歌者，描寫人生者也（用德國大詩人希爾列爾之定義）。此定義未免太狹，今更廣之曰：描寫自然及人生，可乎？⑥

根據上節的評量架構，這種追求純粹"真理"或實念知識的文學觀仍然停留在表述"世界"的層次，也就是四種模式中純度最低的層次。艾布拉姆斯曾明確表示，世界"既可能是想象豐富的直覺世界，也可能是常識世界或科學世界"。⑦實念知識此一觀念脫胎自柏拉圖的理念（Ide-

---

① 《叔本華與尼采》，《靜安文集》，第459頁。
② 《叔本華之哲學及教育學說》，《靜安文集》，第392頁。
③ 同上書，第470頁。
④ 《紅樓夢評論》，《王國維遺書》第3冊，第430頁。
⑤ 《文學小言》（四），《靜安文集續編》，第626頁。
⑥ 《屈子文學之精神》，《靜安文集續編》，第633頁。
⑦ M. H. 艾布拉姆斯：《鏡與燈》，酈稚牛等譯，第6頁。

a）論，不過是直覺世界的其中一個面相而已。①當然，王國維並沒有像柏拉圖那樣貶低美術的地位，反而申論美術有超越一時一地的普遍價值。這種想法與亞里士多德《詩學》中的名言遙相呼應：詩歌比歷史更富哲學性，高於歷史，因為詩歌表述普遍的事物，而歷史則敘述個別的事件。②然而無論是柏拉圖的先驗理論還是亞里士多德的經驗主義，二者均致力描繪人們理想中的世界，只是模仿論（Mimetic Theories）兩種不同的表現形式罷了。③由此可見，王氏腦海中的文學獨立價值，跟文學自足論根本是兩回事，不可混為一談。

二 永久的精神利益說

在王國維的非實用文學觀中，尚有一點必須予以澄清，那就是他所謂文學"無與於當世之用"一說，絕不表示文學完全無用。相反，正是由於文學無與於當世的政治和教育之類功用，有超越一時一地的大用，所以我們才不能以短淺的實用眼光來衡量其神聖的價值。為了闡明其說，王國維比較了美術家與政治家的作用，認為後者只滿足人類與禽獸共有的生活之欲，而前者則能針對人類異於禽獸的特質，滿足人們對"純粹之知識與微妙之感情"的訴求，二者"性質之貴賤，固以殊矣"；④此外，美術家表述恒久的真理，能裨益千載以下、四海以外的人類，而政治家的事業卻只能維持數代，二者的影響亦有"久暫之別"。⑤這兩項意見在《文學與教育》中有更為簡潔的綜述：

> 生百政治家，不如生一大文學家。何則？政治家與國民以物質上之利益，而文學家與以精神上之利益。夫精神之於物質，二者孰重？且物質上之利益，一時的也；精神上之利益，永久的也。⑥

---

① 參王攸欣《選擇‧接受與疏離：王國維接受叔本華、朱光潛接受克羅齊美學比較研究》，北京：三聯書店1999年版，第63—66頁。
② See Aristotle, *Poetics*. Trans. Ingram Bywater. New York：Modern Library, 1984. p. 235.
③ M. H. 艾布拉姆斯：《鏡與燈》，酈稚牛等譯，第48—62頁。
④ 《論哲學家與藝術家之天職》，《靜安文集》，第535頁。
⑤ 同上。
⑥ 《教育偶感四則》，《靜安文集》，第546頁。

總而言之，文學能為世人帶來永久的精神利益。此說雖然也是源自叔本華，卻又不完全囿於叔氏的美學觀。

王國維曾引述叔本華的哲學云：

> 吾人之本質，既為生活之欲矣。故保存生活之事，為人生之唯一大事業。……然則，此利害之念，竟無時或息歟？吾人於此桎梏之世界中，竟不獲一時救濟歟？曰：有。唯美之為物，不與吾人之利害相關係，而吾人觀美時，亦不知有一己之利害。何則？美之對象，非特別之物，而此物之種類之形式；又觀之之我，非特別之我，而純粹無欲之我也。①

根據以上的敘述，叔本華只表示人在審美時能忘記一己之利害，暫時離開為利害之念所桎梏的世界，卻沒有說過這種作用就是美術的終極功能，更沒有說過這是美術存在的目的。然而，王國維在《紅樓夢評論》中對叔氏的理論作了非常獨特的推演：

> 茲有一物焉，使吾人超然於利害之外，而忘物與我之關係。……然物之能使吾人超然於利害之外者，必其物之於吾人無利害之關係而後可。易言以明之，必其物非實物而後可。然則，非美術何足以當之乎？②

這段話固然與叔氏之說如出一轍，然而王國維進而申論：

> 美術之務，在描寫人生之苦痛與其解脫之道，而使吾儕馮生之徒，於此桎梏之世界中，離此生活之欲之爭鬥，而得其暫時之平和，此一切美術之目的也。③

---

① 《叔本華之哲學及教育學說》，《靜安文集》，第390—391頁。
② 《靜安文集》，第418—419頁。
③ 《紅樓夢評論》，《王國維遺書》，第3冊，第430頁。

叔本華只認為美術有救濟的功用，但王國維卻把這種功用演繹為美術存在的目的和任務。

嚴格地說，這種從功用的角度衡量美術的價值，視美術為達致解脫的手段，實際上等於否定美術本身的價值，與那些視美術為政治或教育之手段的論者並無二致。難怪他在《紅樓夢評論》第三章"《紅樓夢》之美學上之價值"之後特立"《紅樓夢》之倫理學上之價值"一章，並謂：

> 《紅樓夢》者，悲劇中之悲劇也。其美學上之價值，即存乎此。然使無倫理學上之價值以繼之，則其於美術上之價值，尚未可知也。今使為寶玉者，於黛玉既死之後，或感憤而自殺，或放廢以終其身，則雖謂此書一無價值可也。①

他從倫理學的角度理解《紅樓夢》的價值，認為賈寶玉要是自殺或終身放廢，未能直面憂患，尋求解脫，此書便一無價值了。倫理價值既然是美學價值的必要條件，那麼後者根本談不上獨立之價值。

反過來說，要是作品毫無意義，卻能感發讀者忘記一己之利害，安慰讀者的心靈，王國維認為它們仍然有一定的閱讀價值：

> 《三國演義》無純文學之資格，然其敘關壯繆之釋曹操，則非大文學家不辦。《水滸傳》之寫魯智深，《桃花扇》之寫柳敬亭、蘇崑生，彼其所為，固毫無意義。然以其不顧一己之利害，故猶使吾人生無限之興味，發無限之尊敬，況於觀壯繆之矯矯者乎？若此者，豈真如汗德所云，實踐理性為宇宙人生之根本歟？抑與現在利己之世界相比較，而益使吾人興無涯之感也？則選擇戲曲小說之題目者，亦可以知所去取矣。②

葉嘉瑩雖然注意到"靜安先生在衡量文學作品之內容時，卻自有其

---

① 《紅樓夢評論》，《王國維遺書》，第3冊，第439頁。
② 《文學小言》（十六），《靜安文集續編》，第631頁。

一套倫理學上的價值標準",①可是她根據上引文字,把王氏的倫理標準理解為對崇高人格之重視,斷言王說"與傳統之獎善懲惡的狹隘的載道說之觀念"等關注"一己之名利"絕不相同。②這種說法忽視了王國維對"美術之務"的基本看法,並未能全面反映王氏的見解。要真切理解王國維的倫理標準,我們必須正視他所強調的永久精神利益說,承認文學能為知識分子帶來的精神慰藉。在王氏心目中,這些慰藉作用,甚至可與宗教相提並論:

> 吾人之獎勵宗教,為下流社會言之,此由其性質及位置上有不得不如是者。……若夫上流社會,則其知識既廣,其希望亦較多,故宗教之對彼,其勢力不能如對下流社會之大,而彼等之慰藉,不得不求諸美術。美術者,上流社會之宗教也。③

可見他所標舉的"非實用"、"非功利"之類說法只是從反面立論,描述文學不是甚麼而已,但要是從正面立說,他則主張文學要能感動讀者、洗滌讀者的精神,這些說法仍然屬於文學功用說的範疇。在艾氏的架構中,這種以影響讀者、教化讀者為目的的理論屬於第二層次,其純粹程度較崇尚真理的文學觀僅略勝一籌。

三 天才之遊戲事業

在王國維早期引介的西方美學觀念中,純文學程度最高的,當推其天才遊戲說。《文學小言》第二則云:

> 文學者,遊戲的事業也。人之勢力用於生存競爭而有餘,於是發而為遊戲。……故民族文化之發達,非達一定之程度,則不能有文學;而個人之汲汲於爭存者,決無文學家之資格也。④

---

① 葉嘉瑩:《王國維及其文學批評》,第159頁。
② 同上書,第160頁。
③ 《去毒篇》,《靜安文集續編》,第658—659頁。
④ 《靜安文集續編》,第624—625頁。

文學是一種遊戲，這種遊戲乃人類追求溫飽之後，發洩多餘精力的結果，因此一個缺乏閒暇、只能掙扎求存的人，並沒有做文學家的資格。當然，這不表示所有不愁衣食的有閒人士都能成為文學家，《文學小言》第四則便補充說：

> 文學者，不外知識與感情交代之結果而已。苟無銳敏之知識與深邃之感情者，不足與于文學之事。此其所以但為天才遊戲之事業，而不能以他道勸者也。①

文學的確是一種發洩多餘勢力的遊戲，但這種遊戲需要有"銳敏之知識與深邃之感情"，所以不是一般人可以參與的遊戲，而是"天才"專擅的事業。

王國維的說法顯然綜合了叔本華的"天才"說與席勒（Friedrich Schiller）的"遊戲"說而成。不過就像他對美術之務的理解一樣，王國維對叔本華的天才說也有個人的發揮和演繹。如叔本華明明表示"故美者，實可謂天才之特許物也"，②又云："美術之知識全為直觀之知識，而無概念雜乎其間"。③他相信天才乃是直觀能力特別強的人物，而這些能力並不是知識所能取代的："書籍之不能代經驗，猶博學之不能代天才"，④甚至進而把直觀之能力與讀書之能力對立起來：

> 且人苟過用其誦讀之能力，則直觀之能力必因之而衰弱，而自然之光明反為書籍之光所掩蔽。且注入他人之思想，必壓倒自己之思想，久之，他人之思想遂寄生於自己之精神中，而不能自思一物。故不斷之誦讀，其有害於精神也必矣。⑤

---

① 《靜安文集續編》，第626頁。
② 《叔本華之哲學及教育學說》，《靜安文集》，第392頁。
③ 同上書，第409頁。
④ 同上書，第408頁。
⑤ 同上書，第408—409頁。

可是王國維卻認為文學上之天才需要有"莫大之修養",①不能光靠直觀:

> 天才者,或數十年而一出,或數百年而一出,而又須濟之以學問,帥之以德性,始能產真正之大文學。②

天才也須輔以學問,此說與叔氏反對誦讀的主張截然不同。這種獨特的理解到底是出於無心的誤讀還是有意的引申,並非我們關注的問題。無論如何,正是基於這些不甚準確的解讀,他才會把叔本華與席勒的學說融合起來。

從學理上說,叔氏的天才說與席勒的遊戲說分屬不同的哲學體系,二者不能隨便混為一談。叔本華所說的天才擁有超越常人的知力,而這些知力既非概念的、亦非感性的。因為如前所述,天才純以直觀的方式獲得美術知識,並無概念雜乎其間;此外,他們能夠脫離意志的桎梏,諦觀事物,③由於意志又與身體有不可分割的關係,④所以天才的知力與感性器官的感受和能力原則上應該有所區別。然而,席勒所說的"遊戲驅動力"卻兼有感性與理性的成分。⑤他認為人有兩種相反的內在驅動力:

---

① 《文學小言》(五),《靜安文集續編》,第627頁。
② 《文學小言》(七),《靜安文集續編》,第627頁。
③ 《叔本華之哲學及其教育學說》:"獨天才者,由其知力之偉大,而全離意志之關係,故其觀物也,視他人為深,而其創作之也,與自然為一。"
④ 這個問題可參叔本華著,石沖白譯,楊一之校《作為意志和表象的世界》(北京:商務印書館1997年版)第二篇"世界作為意志初論"。當中明言:"感性器官也屬於意志的客體性之一種",又云:"我對於自己的意志的認識,雖然是直接的,卻是和我對於自己身體的認識分不開的。"(第153頁)
⑤ "遊戲驅動力"原文為 des Spieltriebes,英譯為 play-drive,王國維把它譯為"遊戲衝動"。參見席勒著《人的美學教育書簡》,張佳珏譯,載席勒著,張玉書選編《席勒文集》,張佳珏、張玉書、孫鳳城譯,北京:人民文學出版社2005年版,第6冊,第167—276頁;Schiller, Friedrich. *On the Aesthetic Education of Man*. Ed & trans. Elizabeth M. Wilkinson & L. A. Willoughby (Oxford: Clarendon Press, 2002);又王國維《叔本華與尼采》有云:"此說雖本於希爾列爾(Schiller)之遊戲衝動說,然其為叔氏美學上重要之思想,無可疑也"(第461頁),這種譯法亦見於近人譯作,參見弗里德里布·席勒《審美教育書簡》,馮至、范大燦譯,北京:北京大學出版社1985版。

第一種驅動力我想稱為感性驅動力，它來源於人的肉體存在或人的感官天性……這些內在驅動力中的第二種可稱為形式內在驅動力，它源出於人的絕對存在或他的理性的天性。①

感性驅動力的對象包括"感官中的一切物質存在和一切直接現實"，而形式驅動力的對象則"囊括了事物的一切形式特性和事物對於思考力的一切關係"。②遊戲驅動力可以被視為第三種驅動力。在這種驅動力裏，感性驅動力與形式驅動力"二者相互結合起來發揮作用"。③因此它並不像叔本華所描述的天才知力那樣，全然脫離身體感官和理性概念的範疇。

王國維並沒有注意到叔本華與席勒兩套學說之間的差異，反而在《人間嗜好之研究》中，以大而化之的方式融會天才說與遊戲說：

人類之於生活，既競爭而得勝矣，於是此根本之欲復變而為勢力之欲，而務使其物質上與精神上之生活超於他人之生活之上。……若夫最高尚之嗜好，如文學、美術，亦不外勢力之欲之發表。希爾列爾（筆者按：今譯席勒）既謂兒童之遊戲存於用剩餘之勢力矣，文學美術亦不過成人之精神的遊戲。④

文學既是勢力之欲的發表，而勢力之欲又是由生存的欲望變化而來，那麼文學便是源自人不可抗拒的內在力量。根據這種說法，文學家之所以創作，並不是為了描述世界，也不是為了影響讀者，而是為了宣洩一己的勢力之欲，以遊戲的方式表現出"吾人之勢力所不能於實際表出者"。⑤順著勢力遊戲論的思路，文學便不再只是天才專利，大詩人與一般人的區別僅僅在於前者的勢力更為充實雄厚而已：

若夫真正之大詩人，則又以人類之感情為其一己之感情。彼其勢

---

① 席勒：《人的美學教育書簡》，張佳珏譯，第206—207頁。
② 同上書，第217頁。
③ 同上書，第215頁。
④ 見《靜安文集續編》，第581、585頁。
⑤ 《人間嗜好之研究》，《靜安文集續編》，第585頁。

力充實，不可以已，遂不以發表自己之感情為滿足，更進而欲發表人類全體之感情。①

他的主張已突破了叔氏所謂美乃"天才之特許物"的說法。這種以作者為中心的表現論文學觀，強調文學並不是為了自身以外的功能而存在，而是因應作者的內在需求而出現，其純粹程度與前面提及的崇尚真理和精神利益的取向並不相同，屬於更高的層次。

四 功虧一簣的古雅說

討論至此，我們已清楚看到王國維並不是毫無批判地接受西方的哲學和美學觀念。他在1904年撰寫的《紅樓夢評論》便嘗批評叔本華的哲學未夠圓融："故如叔本華之言一人之解脫，而未言世界之解脫，實與其意志同一之說，不能兩立者也。"②其後他對美術之務與天才特質的見解，亦與叔本華不盡一致，反映出他對西方哲學實有個人的消化和理解。王國維雖然謙稱自己充其量只能做一個哲學史家，不能成為一個哲學家，③但他在《古雅之在美學上之位置》中卻作出極富原創性的貢獻，體現了現代學者所崇尚的"東西對話"的研究氣魄。

該文開篇即否定西方美學的"定論"：

"美術者，天才之製作也"，此自汗德以來百餘年間學者之定論也。然天下之物，有決非真正之美術品，而又決非利用品者。又其製作之人，決非必為天才，而吾人之視之也，若與天才所製作之美術無異者。無以名之，名之曰"古雅"。④

在闡釋"古雅"的涵義時，王國維聲言："一切之美，皆形式之美也"，⑤並且進而區別"第一形式"和"第二形式"。

---

① 《人間嗜好之研究》，《靜安文集續編》，第585—586頁。
② 見《靜安文集》，第445頁。
③ 《自序二》，《靜安文集續編》，第612頁。
④ 《古雅之在美學上之位置》，《靜安文集續編》，第614—615頁。
⑤ 同上書，第616頁。

就美術之種類言之,則建築、雕刻、音樂之美之存於形式,固不俟論,即圖畫、詩歌之美之兼存於材質之意義者,亦以此等材質適於喚起美情故,故亦得視為一種之形式焉。……一切形式之美,又不可無他形式以表之。惟經過此第二之形式,斯美者愈增其美,而吾人之所謂"古雅",即此第二種之形式。……故古雅者,可謂之"形式之美之形式之美"也。①

這番論述實有不少意義含糊、模稜兩可之處,難怪學者言人人殊,莫衷一是。如有學者認為"形式"本身不是"材質",所以第一形式"實質上近乎藝術的種類,乃至體裁"②;另有學者恰好持相反的意見:"王國維之'形式'(第一形式)主要是繼承了從柏拉圖到康德的西方理論,是類似'內容'的那種東西"。③

他們的見解到底孰是孰非,並非本書想要解決的問題。這裏只想指出,王氏的主張之難以索解,其中一個原因乃是他所闡述的美學觀念有極高的抽象性,涵蓋了不同的藝術媒體,包括音樂、繪畫、建築、文學等,而這些媒體之間又有很大的差異,結果令人難以恰當歸納他的觀點。試看他所列舉的實例:

即同一形式也,其表之也各不同。同一曲也,而奏之者各異;同一雕刻繪畫也,而真本與摹本大殊;詩歌亦然。"夜闌更炳燭,相對如夢寐"(杜甫《羌村詩》)之於"今宵剩把銀釭照,猶恐相逢是夢中"(晏幾道《鷓鴣天》詞),"願言思伯,甘心首疾"(《詩·衛風·伯兮》)之於"衣帶漸寬終不悔,為伊消得人憔悴"(歐陽修《蝶戀花》詞),其第一形式同。而前者溫厚,後者刻露者,其第二形式異也。④

---

① 《古雅之在美學上之位置》,《靜安文集續編》,第616—617頁。
② 黃霖:《近代文學批評史》,上海:上海古籍出版社1993年版,第821頁。
③ 李鐸編著:《中國古代文論教程》,北京:北京大學出版社2000年版,第400頁。
④ 《古雅之在美學上之位置》,《靜安文集續編》,第617—618頁。

在音樂的領域裏，第一形式可以指個別的樂曲，其第二形式則是該曲實際演奏的具體情態，而在雕刻和繪畫中，真本屬於第一形式，摹本則是第二形式。根據這些例子，說第一形式沒有材質的成分固然不當，因為繪畫之美"兼存於材質之意義"，①而真本與摹本在材質上也不見得有甚麼區別；可是說第一形式有"類似'內容'的那種東西"也有不妥之處，因為一首樂曲不一定會有類似內容的東西。

當然，本章主要關注王國維的文學思想，要是撇開其他藝術不談，僅著眼於文學的範疇，那麼王國維對第一形式和第二形式的解說，其實仍然算是相對清楚的。王國維舉出杜甫《羌村詩》與晏幾道《鷓鴣天》的作品為例，認為二者的第一形式相同，第二形式則有區別。按說兩首作品所描述的情景十分相似，但卻予人"溫厚"與"刻露"的不同感覺，然則他所理解的文學的第一形式，的確是類似內容的東西，而第二形式則較為接近我們現在所說的形式。反覆細讀王氏原文，這種理解大體站得住腳：

> 雖第一形式之本不美者，得由其第二形式之美（雅）而得一種獨立之價值。茅茨土階與夫自然中尋常瑣屑之景物，以吾人之肉眼觀之，舉無足與於優美若宏壯之數，然一經藝術家（繪畫若詩歌）之手，而遂覺有不可言之趣味。此等趣味，不自第一形式得之，而自第二形式得之無疑也。②

文中清楚表明第一形式近乎題材和內容，第二形式則是第一形式的展現方式。前者針對文學作品表達"甚麼"（what），而後者則涉及作品"怎樣"（how）表達的問題。王國維對第二形式的發明和重視，與20世紀初在俄國興起的形式主義文論非常相似。③在艾氏的架構中，第二形式的純粹程度已高於以作者為中心的表現論，儼然進入文學自足論的範疇。

令人惋惜的是，王國維雖然揚棄了康德的美學觀念，聲稱"一切之

---

① 《古雅之在美學上之位置》，《靜安文集續編》，第617—618頁。
② 同上書，第618頁。
③ 如俄國形式主義文論家什克洛夫斯基說："文學作品是純形式，它不是物，不是材料，而是材料的對比關係。"參見方珊《形式主義文論》，濟南：山東教育出版社1999年版，第54頁。

美皆形式之美"，①並且詳細地剖析了第二形式在文學上的獨立價值，可是他的見解仍然囿於康德的架構，未能如文學自足論者那樣，從語言形式的角度確立文學之為文學的獨特性。佛雛認為王國維是"一位最徹底的'美在形式'論者"，②可是根據第一手材料，我們認為這位形式論者仍然不夠徹底，功敗垂成。③

首先要指出的是，王國維未能認清第二形式就是文學有別於其他文字之處，因此在他的美術理論中，第二形式並沒有核心的位置。儘管他說"一切之美皆形式之美"，但按上文下理，這句話中的"形式"乃指兼存材質意義的第一形式，而非第二形式。假如模擬王國維的行文用語，一個徹底的"美在形式"論者應該主張："一切之美，皆形式之美之形式之美也"。④此外他說第一形式之美"惟經過此第二之形式，斯美者愈增其美"，⑤一個文學自足論者大概不會同意這番話，因為他們相信第一形式之美源自第二形式，沒有第二形式之美，第一形式根本沒有美可言，所以王氏應該說："惟未經此第二之形式，斯美即不成其美"。

王國維對第二形式的核心地位既然缺乏清晰的掌握，自然難以完全突破康德的限制，所以他在文章開頭即說"古雅"這種第二形式之美，"決非真正之美術品"。⑥儘管他之後舉出各種例子論證第二形式有獨立之價值，並且指出美術評論中，"曰'神'、曰'韻'、曰'氣'、曰'味'，皆就第二形式言之者多，而就第一形式言之者少"，⑦但他並沒有注意到第二形式在美術中的根本位置，最後仍然沿襲康德美學的標準，貶低了它的地位：

---

① 《古雅之在美學上之位置》，《靜安文集續編》，第616頁。
② 佛雛：《王國維詩學研究》，第93頁。
③ 過去也有不少學者評論"古雅"說，如夏中義《世紀初的苦魂》（上海：上海文藝出版社1995年版）謂王國維"不明確'古雅'從屬於純形式……並非泛指形式"（第25頁），又"未能圓說'古雅'與優美及宏壯的關係……割裂了'古雅'與優美及宏壯的有機關聯"（第27頁），然而這些討論均未注意到王國維對第二形式的貶抑。
④ 王國維曾說："古雅者，可謂之'形式之美之形式之美'也。"見《靜安文集續編》，第617頁。
⑤ 見《靜安文集續編》，第617頁。
⑥ 同上書，第615頁。
⑦ 同上書，第619頁。

若夫優美及宏壯，則非天才殆不能捕攫之而表出之。今古第三流以下之藝術家，大抵能雅而不能美且壯者，職是故也。……故古雅之價值，自美學上觀之誠不能及優美及宏壯。然自其教育眾庶之效言之，則雖謂其範圍較大成效較著可也。①

形式主義者相信，一件作品不論屬於第一流還是第三流，均取決於作品的第二形式，但王國維卻把第二形式之美看成第三流以下作品常見的特色。令人尤其惋惜的是，他在這篇鴻文的末段甚至直接否定了古雅在美學上的優先位置，反而肯定它在教育上的成效。這一表述使得原來極富原創性的第二形式觀念，又再淪為以讀者為中心的文學論，亦令王國維也未能成為真正的文學自足論者。

第四節　每況愈下的後期實踐

一　境界說的內容性

1907 年標誌著王國維治學生涯的一個重要轉折，他在該年四五月期間撰寫《古雅之在美學上之位置》後，即於同年十一月匯集自己的詞作。②根據他的自述，當時他"疲於哲學有日矣"，而填詞方面的成功則促使他把研究嗜好"移於文學"。③告別哲學後，他很快便在《國粹學報》上連載《人間詞話》，提出享負盛名的"境界"說。王國維選擇以傳統"詞話"的形式撰寫這部詞學論著，正如夏中義所言，這種文體雖然"不乏伏脈千里之暗線，但較之演繹周正、辨析細密為特徵的西學思辨範式，畢竟稍遜明晰"。④也許由於這個緣故，經過近一百年的討論，學者對境界說的涵義至今仍然未有定讞。⑤這裏無意比較哪一位學者的說法更為高明可信，也沒有興趣再多添一種新解釋，只希望從原文入手，弄清境界這個

---

① 《古雅之在美學上之位置》，《靜安文集續編》，第 621、623 頁。
② 參袁英光、劉寅生《王國維年譜長編》，第 43—46 頁。
③ 《自序二》，《靜安文集續編》，第 612 頁。
④ 夏中義：《世紀初的苦魂》，第 165 頁。
⑤ 要瞭解過去近百年有關《人間詞話》的重要解讀，可參王國維著，劉鋒傑、章池集評《人間詞話百年解評》，合肥：黃山書社 2002 版。

觀念在純文學範疇中所佔有的位置。

王國維聲稱"詞以境界為最上",①並且自信"境界"二字較前人所謂"興趣"、"神韻"等說法更為深入透闢。②從他對造境與寫境的論述可見,他所說的"境"首先是指自然界的景物:

> 有造境,有寫境,此理想與寫實二派之所由分。然二者頗難分別。因大詩人所造之境,必合乎自然,所寫之境,亦必鄰於理想故也。③
>
> 自然中之物,互相關係,互相限制。然其寫之于文學及美術中也,必遺其關係限制之處。故雖寫實家,亦理想家也。又雖如何虛構之境,其材料必求之於自然,而其構造,亦必從自然之法律。故雖理想家,亦寫實家也。④

理想派的詩人所創造出來的虛構之境必須合乎自然,不能天馬行空,所以他們所做之境也有寫實的元素;寫實派的詩人雖然致力描寫自然,但這些素材必須經過作者的提煉剪裁,才能成為藝術品,因此這些作品也有作者的理想成份。王國維在討論時特別用上"自然中之物"一語,足證他所理解的境界乃以自然景物為基礎,儘管這些景物或多或少經過創作者的加工。淡化了造境與寫境之別後,他進而區分"有我之境"與"無我之境":

> "淚眼問花花不語,亂紅飛過秋千去。""可堪孤館閉春寒,杜鵑聲裡斜陽暮。"有我之境也。"采菊東籬下,悠然見南山。""寒波澹澹起,白鳥悠悠下。"無我之境也。有我之境,以我觀物,故物皆著我之色彩。無我之境,以物觀物,故不知何者為我,何者為物。⑤

---

① 《人間詞話》,《王國維遺書》,第9冊,第459頁。
② 同上書,第461頁。
③ 同上書,第459頁。
④ 同上書,第460頁。
⑤ 同上書,第459頁。

文中引用的四句詞均提及自然景物，它們的區別在於前二者明顯帶有作者（我）的感情色彩，而後二者則近乎客觀的白描，未能看出作者的主觀判斷。既然作者的主觀感情也可以構成境界，那麼詩人所寫、所造之境便不能只局限於客觀超然的自然之物，而應該包括人的情感在內，所以王國維又說：

> 境非獨謂景物也。喜怒哀樂，亦人心中之一境界。故能寫真景物、真感情者，謂之有境界，否則謂之無境界。①

我們認為這一則詞話是瞭解整套境界說的鑰匙，因為王國維在此用了邏輯學上所謂"雙條件"（biconditional）的方式來說明"境界"賴以成立的充要條件（sufficient and necessary condition），②那就是："真景物"與"真感情"。後世學者對此無太大爭議，他們之間的分歧僅僅在於大家對"真"、"景物"、"感情"的涵義，以及三者之間的關係有不盡相同的理解而已。

蔣永青曾把前人對境界說的理解歸納為三大類，第一類認為境界說是"真情實感"的問題，能夠充分描寫人生、表現情感的作品就是有境界；第二類認為境界指"情景交融"，作者的主觀感受須與客觀的景物融會一起才稱得上有境界；第三類則相信"真"始是境界的核心，③這種"真"指"由'直觀'而達到的'勢力之悟'"，④而意境正是"'勢力之欲''所發明所表示'的世界"。⑤三類意見其實都指向作品所表達的東西，可見王國維所說的境界，主要側重內容方面問題。縱使像佛雛那樣，強調王國維的境界並非單純地再現自然之物，所謂寫景者"必遺其關係限制"，⑥乃指"一種超時間超關係的'真'，是叔本華式的'純粹'的'真'"，⑦

---

① 《人間詞話》，第460頁。

② cf. Quine, W. V. *Methods of Logic* (Cambridge, Mass.: Harvard University Press, 1982), pp. 25–26.

③ 參見蔣永青《境界之真》北京：中國社會科學出版社2001年版，第2—5頁。

④ 同上書，第14頁。

⑤ 同上書，第82頁。

⑥ 《人間詞話》，第460頁。

⑦ 王國維著，劉鋒傑、章池集評：《人間詞話百年解評》，第48頁。

而他們所寫之境"必鄰於理想",① "是'鄰於'柏拉圖式的對於'理念的回憶'"。②然而正如前文所言,這種超越自然的理想追求仍然屬於艾布拉姆斯所謂"模仿說"的範圍。艾氏把模仿說分成"經驗主義理想中的模仿對象"和"超驗主義的理想"兩類,後者與叔本華相似,認為"藝術作品比不盡完善的自然更加準確地反映了這一理想物",能夠模仿柏拉圖的那些理念。③因此我們可以確定,植根於真景物與真感情的境界說,仍然停留在表述世界的層次,它與王國維早期崇尚實念知識的文學觀有一脈相承的關係。

二 "不隔"說與瑞恰慈

境界說雖然主要側重於內容方面,但這不表示它與藝術形式或表達技巧完全無關。葉嘉瑩在解釋境界的涵義時,即已注意到藝術表現方面的問題:

> 凡作者能把自己所感知之"境界",在作品中作鮮明真切的表現,使讀者也可得到同樣鮮明真切之感受者,如此才是"有境界"的作品。④

境界固然指作品中富於內容性的東西,但要把這些境界鮮明真切地傳給讀者,便不得不涉及表現手法的問題了。王國維在《人間詞話》中間或以具體的評點方式帶出他對寫作技巧的看法,如謂:

> "紅杏枝頭春意鬧",著一"鬧"字,而境界全出。"雲破月來花弄影",著一"弄"字,而境界全出矣。⑤

可惜這類源自傳統詩話詞話的印象式評斷意旨含糊,缺乏系統。縱觀

---

① 《人間詞話》,第 459 頁。
② 王國維著,劉鋒傑、章池集評:《人間詞話百年解評》,第 48 頁。
③ M. H. 艾布拉姆斯:《鏡與燈》,酈稚牛等譯,第 57 頁。
④ 葉嘉瑩:《王國維及其文學批評》,第 221 頁。
⑤ 《人間詞話》,第 460 頁。

全書,大概只有"隔"與"不隔"這組對立觀念,最能展示他對藝術表現的看法:

> 白石寫景之作,如"二十四橋仍在,波心蕩、冷月無聲"、"數峰清苦,商略黃昏雨"、"高樹晚蟬,說西風消息"雖格韻高絕,然如霧裡看花,終隔一層。①
>
> 問"隔"與"不隔"之別,曰:陶、謝之詩不隔,延年則稍隔矣。東坡之詩不隔,山谷則稍隔矣。……即以一人一詞論,如歐陽公《少年遊》詠春草上半闋云:"闌杆十二獨凭春,晴碧遠連雲。二月三月,千里萬里,行色苦愁人",語語都在目前,便是不隔。至云:"謝家池上,江淹浦上",則隔矣。②

與"不隔"有密切關係的是使用典故或代字的問題。要做到"語語都在目前"便不宜增加讀者在理解上的隔閡,所以王國維認為"詞忌用替代字",③並且批評沈義父《樂府指迷》所謂"說桃,不可直說桃,須用'紅雨'、'劉郎'等字"這類"惟恐人不用代字"的主張。④

錢鍾書並不十分推崇王國維的境界說,卻獨賞其"不隔"之論:

> 王氏其他的理論如"境界"說等都是藝術內容方面的問題,我們實在不必顧到;祇有"不隔"纔純粹地屬於藝術外表或技巧方面的。……假使我們祇把"不隔"說作為根據,我們可以說:王氏的藝術觀是接近瑞恰慈(Richards)派而跟科羅采(Croce)派絕然相反的。⑤

瑞恰慈公認是英美新批評(New Criticism)的奠基人物,在艾氏的框架內屬於偏重"作品"的客觀論者。錢鍾書說王國維接近瑞氏一派,豈

---

① 《人間詞話》,第468頁。
② 同上。
③ 同上書,第466頁。
④ 同上書,第467頁。
⑤ 錢鍾書:《論不隔》,見《寫在人生邊上的邊上》,北京:三聯書店2001年版,第95頁。

不表示前者的理論也接近文學自足論？經過進一步的思考，我們認為錢鍾書對王氏"不隔"說的演繹不免有過度詮釋之嫌，他本人對此也有一定的自覺，所以屢次明言其論"祇把'不隔'說作為根據"，"祇從'不隔'說推測起來，而不顧王氏其他的理論"。①我們同意"不隔"說確實牽涉到藝術表現的問題，但這不表示王氏的意見足可與新批評派相提並論。

首先，"不隔"說並非《人間詞話》的主旨，王國維只說"詞以境界為上"，卻從未說過"詞以不隔為上"。徵諸原文，"不隔"並非境界的必要條件，詞雖忌用代字，但有代字的作品亦可以有境界：

> 詞忌用替代字。美成《解語花》之"桂華流瓦"，境界極妙。惜以"桂華"二字代"月"耳。②

以"桂華"代"月"字雖然有點可惜，但無礙其語"境界極妙"。"有境界則自成高格，自有名句"，③但徒有"不隔"，卻不一定有高格、有名句。前人引述《人間詞話》第四十則"問'隔'與'不隔'之別"時，經常忽視末後數語：

> 然南宋詞雖不隔處，比之前人，自有淺深厚薄之別。④

有境界的詞自是好詞，但"不隔"的詞卻不一定是好詞，南宋詞亦有"不隔"處，但這種"不隔"只造就淺薄的意蘊。白石也能寫出"不隔"的作品，⑤且詞格亦高，"惜不于意境上用力"，⑥結果始終不能成為第一流之作者。可見在王氏的理論中，境界與"不隔"有主從之別，後者最終要以前者為依歸，不能喧賓奪主。

---

① 錢鍾書：《論不隔》，第 95 頁。
② 《人間詞話》，第 466 頁。
③ 同上書，第 459 頁。
④ 同上書，第 469 頁。
⑤ 《人間詞話》云："白石《翠樓吟》：'此地。宜有詞仙，擁素雲黃鶴，與君游戲。玉梯凝望久，嘆芳草，萋萋千里。'便是不隔。"（第 468—469 頁）
⑥ 《人間詞話》，第 469 頁。

退一步說，即使像錢鍾書那樣把"不隔"說孤立起來處理，不理會它在《人間詞話》的位置，我們仍可發現此說與文學自足論有很大的距離。錢鍾書認為"不隔"可演繹為"美學上所謂'傳達'說（theory of communication）"：①

"不隔"不是一椿事物，不是一個境界，是一種狀態（state）……在這種狀態之中，作者所寫的事物和境界得以無遮隱地曝露在讀者的眼前。作者的藝術的高下，全看他有無本領來撥雲霧而見晴天，造就這個狀態。②

從文學性的角度著眼，錢氏所說的"傳達"說只是重申語言文字傳情達意的功能，並未能抓住文學的特性。根據他的說法，作者的藝術高下取決於他能否無遮隱地展現他所要表達的事物和境界；換而言之，"不隔"這種表現手法最終仍然只是為內容服務，它本身並沒有客觀獨立的價值。在艾布拉姆斯筆下，這類"追求藝術與其應當反映的事物之間的某種一致性"的理論只是模仿說的其中一種類型，這種把藝術視為一面鏡子的理論，③旨在準確無誤地反映事物和觀念，所謂藝術形式只是達致目的的手段而已。反觀文學自足論者認為，文學的形式就是文學之為文學的本質特徵，也是文學有別於其他文字之處，因此文學的表現形式本身即有獨立於內容以外的自足價值。這種取向與"不隔"說顯然不可同日而語。

最後不得不提的是，要求語言文字準確反映思想之說，幾乎無代無之。假如"'不隔'的正面就是'達'"，④這種主張可謂毫無新意。二千多年前的孔夫子便已說過"辭達而已矣"。⑤司馬光遵從傳統注家的看法，從消極的角度把這句話理解為"明其足以通意，斯止矣，無事於華藻宏

---

① 錢鍾書：《論不隔》，第95頁。
② 同上書，第98頁。
③ M. H. 艾布拉姆斯：《鏡與燈》，酈稚牛等譯，第47頁。
④ 錢鍾書：《論不隔》，第95頁。
⑤ 劉寶楠：《論語正義》，北京：中華書局1990年版，第642頁。

辯也"。①蘇軾則別出心裁,認為"辭至於能達,則文不可勝用矣",因為"求物之妙,如繫風捕影,能使是物了然於心者,蓋千萬人而不一遇也。而況能使了然於口與手者乎?"②司馬光的意見可與鍾嶸"吟詠情性,亦何貴於用事"之議互相發明,③而蘇軾之說則遙承陸機所謂"恒患意不稱物,文不逮意"之旨,④所以陸機相信作者若要對事物了然於心,必須要有"收視反聽,耽思傍訊"等準備。⑤王國維的"不隔"說強調寫情寫景要豁人耳目,忌用代字,又謂"詩人對宇宙人生,須入乎其內,又須出乎其外"。⑥這些意見雖有啟人神思之處,卻不見得能夠超越前人的樊籬。

錢鍾書企圖發揮王氏之說,把"不隔"說"和偉大的美學緒論組織在一起,為它襯上了背景,把它放進了系統,使發生了新關係,增添了新意義"。⑦這種嘗試自然有其學術意義,然而他申論王國維的文學觀接近瑞恰慈派,卻有必要認真澄清,因為這種牽強的比附會令人產生錯覺,以為王國維的文學觀已臻於偏重作品的"客觀說"層次。

三 一仍舊貫的自然說

王國維全身投入古史研究之前,耗費了大量精神鉤沉古代戲曲史料,先後完成《曲錄》、《戲曲考原》、《唐宋大曲考》等多種論著,並在1912年寫成《宋元戲曲考》,總結了他對這個課題的見解。儘管這些著作主要以考據的方法重構史實,然而當中仍有少數篇幅涉及文學批評理論方面的問題,如《宋元戲曲考・元劇之文章》謂:

> 元曲之佳處何在?一言以蔽之,曰:自然而已矣。……其文章之妙,亦一言以蔽之,曰:有意境而已矣。何以謂之有意境。曰:寫情

---

① 司馬光:《答孔司戶文仲書》,見司馬光《司馬溫公文集》卷10,上海:中華書局1936年版,第2頁。
② 蘇軾:《答謝民師書》,見蘇軾著,孔凡禮點校《蘇軾文集》,北京:中華書局1996年版,第1418頁。
③ 王叔岷:《鍾嶸詩品箋證稿》,臺北:中研院中國文哲研究所1992年版,第93頁。
④ 張少康:《文賦集釋》,上海:上海古籍出版社1984年版,第1頁。
⑤ 同上書,第25頁。
⑥ 《人間詞話》,第474頁。
⑦ 錢鍾書:《論不隔》,第96頁。

則沁人心脾，寫景則在人耳目，述事則如其口出是也。古詩詞之佳者無不如是，元曲亦然，明以後，其思想結構儘有勝於前人者，唯意境則為元人所獨擅。①

同書述及"南戲之文章"時亦云：

元南戲之佳處，亦一言以蔽之，曰自然而已矣。申言之，則亦不過一言，曰有意境而已矣。②

不少學者相信，文中所說的"意境"其實就是《人間詞話》的"境界"。③王國維在此以"寫情則沁人心脾，寫景則在人耳目"解釋意境，跟"語語都在目前"的"不隔"說若合符節；難怪葉嘉瑩亦謂此書的"思想見解則大多仍為《人間詞話》之延續"，④因此索性略而不談。當然，也有學者注意到王國維在上引兩段文字中，均以"自然"二字概括元曲之佳處，並非完全蹈襲《人間詞話》的舊調，因此認為"意境"與"境界"並不完全相同。⑤我們認為，王國維既已表明"意境"乃"自然"的"申言之"，然則無論"意境"與"境界"是否確有區別，這種區別仍當從"自然"的涵義中求取，因此針對本章的主題，我們的討論焦點應該是"自然"說的意思，以及這個觀念的純粹程度。

聶振斌根據上述引文，認為"自然"就是"意境"這種審美價值的根源，二者"形成了因果關係，是有機的統一"。⑥他綜合王國維的其他曲論著作，指出王氏所說的"自然"主要包括三個方面：

---

① 《宋元戲曲考》，《王國維遺書》，第9冊，第640—641頁。
② 同上書，第672頁。
③ 黃永健在《境界、意境辨——王國維"境界"說探微》(《雲南藝術學院學報》2005年第1期，第69—74頁)中便清楚指出："絕大多數學者認為，王國維的'境界'說，其實等同於'意境'說"(第70頁)，並舉出聶振斌、陳元暉等人的說法為證。
④ 葉嘉瑩：《王國維及其文學批評》，第125頁。
⑤ 如李鐸《王國維的境界與意境論》(《華南師範大學學報》(社會科學版)2004年第4期，第51—59頁)認為"王國維的'意境'論是以'自然論'為目標的而建立的"(第56頁)，與《人間詞話》的"境界"並不相同。
⑥ 聶振斌：《王國維美學思想述評》，瀋陽：遼寧大學出版社1997年版，第204頁。

第一，語言通俗，語義易解，音韻也是"自然之聲音"。……第二，最為重要的表現，是能真切生動地刻劃人物性格，描寫景物和命運遭遇，起伏迭宕，合情合理。……第三，元曲的"自然"也表（現）在對社會歷史的真實反映。①

我們大體上同意他的歸納，不過這三個特點卻又的確與《人間詞話》的觀點十分接近，似曾相識。如《人間詞話》早已提及第一和第二點，強調語言通俗易解及真切刻劃人物景物的重要：

大家之作，其言情也必沁人心脾，其寫景也必豁人耳目，其辭脫口而出，無矯揉妝束之態。以其所見者真，所知者深也。②

又書中亦曾批評運用代字、典故的不當之處，希望語言能夠做到"不隔"。至於說元曲可以真實地反映當時的社會情況和語言現象，不過是前兩點派生出來的自然結果而已。由是而言，自然說的主要觀點均已蘊含在《人間詞話》中，前者只是後者的推展和應用而已。假如繼續深究下去，我們還可以發現，王國維對元曲的評斷基本上與他早期的文學觀念遙相呼應，反映出他對文學的性質實有相當一貫的看法。

前面說過"自然"是元曲意境的根源，然則"自然"這種特質的根源又是甚麼？王國維的答案十分清楚，《錄曲餘談》云：

士大夫之作雜劇，唯白蘭谷（樸）耳。此外雜劇大家，如關、王、馬、鄭等，皆名位不著，在士人與倡優之間，故其文字誠有獨絕千古者，然學問之弇陋與胸襟之卑鄙，亦獨絕千古。③

為甚麼名位不著、學問鄙陋的元劇作者能夠寫出獨絕千古的文字？

---

① 聶振斌：《王國維美學思想述評》，第204—205頁。
② 《人間詞話》，第469頁。
③ 《王國維遺書》，第9冊，第258頁。

《宋元戲曲考》對此有詳盡的申說：

> 古今之大文學，無不以自然勝，而莫著於元曲。蓋元劇之作者，其人均非有名位學問也；其作劇也，非有藏之名山、傳之其人之意也。彼以意興之所至為之，以自娛娛人。關目之拙劣，所不問也；思想之卑陋，所不諱也；人物之矛盾，所不顧也；彼但摹寫其胸中之感想與時代之情狀，而真摯之理與秀傑之氣，時流露於其間。故謂元曲為中國最自然之文學，無不可也。若其文字之自然，則又為其必然之結果，抑其次也。①

王國維很早已注意到元曲的故事情節和人物描寫大有問題："元人雜劇，辭則美矣，然不知描寫人格為何事"，②"其理想及結構，雖欲不謂至幼稚、至拙劣，不可得也"。③元曲之所以能夠獨步古今，躋身於偉大文學的殿堂，純因元劇的作者發乎自然，直抒胸臆。他們並沒有崇高的地位或淵博的學問，亦沒有想過要寫出藏之名山的偉大作品，只是隨興之所，摹寫胸中所知所感，藉此"自娛娛人"。

王氏這種見解與他早年提倡的非實用文學觀如出一轍：

> 披我中國之哲學史，凡哲學家無不欲兼為政治家者，斯可異已！……豈獨哲學家而已，詩人亦然。……至詩人之無此抱負者，與夫小說、戲曲、圖畫、音樂諸家，皆以俳儒倡優自處，世亦以俳儒倡優畜之。……此無怪歷代詩人，多託于忠君愛國勸善懲惡之意，以自解免，而純粹美術上之著述，往往受世之迫害而無人為之昭雪者也。此亦我國哲學美術不發達之一原因也。……甚至戲曲小說之純文學亦往往以懲勸為恉，其有純粹美術上之目的者，世非惟不知貴，且加貶焉。④

---

① 《宋元戲曲考》，第640頁。
② 《文學小言》（十四），《靜安文集續編》，第630頁。
③ 《自序二》，《靜安文集續編》，第613頁。
④ 《論哲學家與藝術家之天職》，《靜安文集》，第536—537頁。

那些沒有政治抱負的文學家,地位猶如俳儒倡優,不過這種卑微的地位反而有助他們拋開功利與實用的心態,表現個人的感想,創作戲曲、小說等"純文學"的作品。王國維在《文學小言》中甚至聲言這些戲曲小說家是"專門之文學家":

> 吾人謂戲曲小說家為專門之詩人,非謂其以文學為職業也。以文學為職業,餬餟的文學也。職業的文學家,以文學得生活;專門之文學家,為文學而生活。①

參觀同篇文字,可以看到"為文學而生活"除了不"以文學為生活"外,尚有更深一層的涵義。《文學小言》第二則云:

> 文學者,遊戲的事業也。人之勢力用於生存競爭而有餘,於是發而為遊戲。……而個人之汲汲於爭存者,決無文學家之資格也。②

元曲作者的"專門"之處,尚須結合王國維引介的遊戲衝動說,才能獲得較為全面的理解。

總括而言,王國維對元曲的評論只是綜合地運用他在早期雜文及《人間詞話》所發展出來的批評觀念,當中並沒有特別新穎的見解。根據他的說法,元曲的偉大價值在於作者順應內在的遊戲衝動,以不帶半點功利實用的心態,自然地展現個人的襟懷,因而營造出獨特的意境。至於元曲文章之妙,亦不過是作者真摯地流露一己感受的必然結果而已:"若其文字之自然,則又為其必然之結果,抑其次也"。③王國維把作者的地位置於文學形式之上,屬於"表現說"文學觀的層次,跟以文學文本為中心的"客觀說"仍有一段距離。

---

① 《文學小言》(十七),《靜安文集續編》,第630頁。
② 《文學小言》(二),《靜安文集續編》,第624—625頁。
③ 《宋元戲曲考》,第640頁。

第五節　結語

經過以上的剖析，王國維前後期各個文學觀念的純粹程度已經相當清楚，再無賸義。假如用圖表來表示，王氏的文學觀念與艾氏的評量架構之間的關係，可以歸納如下：

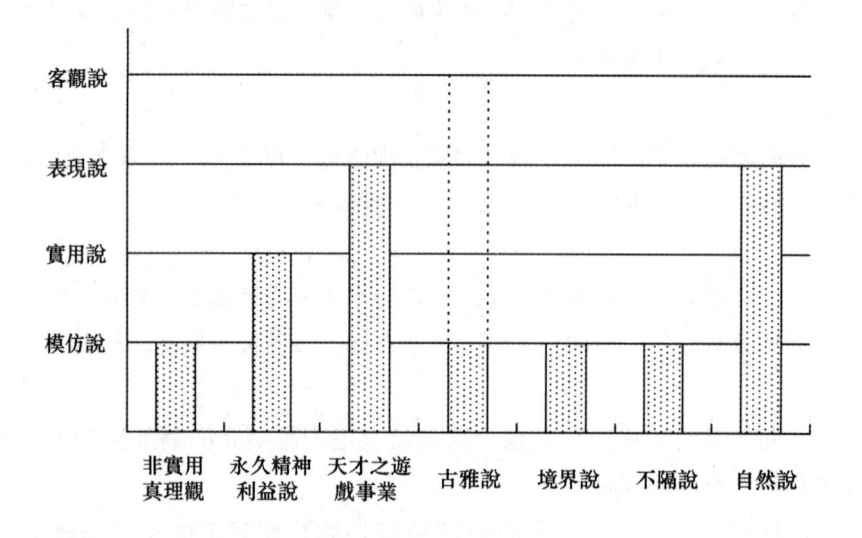

	非實用真理觀	永久精神利益說	天才之遊戲事業	古雅說	境界說	不隔說	自然說
客觀說							
表現說			▓				▓
實用說		▓					
模仿說	▓			▓	▓	▓	

當中純粹程度最高的觀念，無疑是王國維早年折衷叔本華和席勒學說而得來的天才遊戲論，以及後期以此為基礎發展出來的自然說。至於古雅說所闡揚的第二形式，本來相當接近文學客觀說的層次，可惜正如前文所指出，王國維並未能認識第二形式在文學上的優先地位，結果功虧一簣，所以圖中只能用虛線勾勒它的位置。

王國維的文學觀念儘管未夠純粹，卻完全無損他在這個領域上的先導地位。根據英國文論家伊格爾頓（Terry Eagleton）的考察，20世紀的西方文論到1917年才出現重大的變化，[①]開始自覺地從語言運用的角度理解文學，認為文學有自身特定的規律、結構和方法，不只是思想的載體，也

---

① See Terry Eagleton, *Literary Theory: an Introduction* (Oxford: Blackwell Publishing, 1996), p. viiii.

不只是社會現實的反映或超驗真理的展現。①王國維深受 19 世紀德國哲學的沾溉，其文學觀念未能達至文學本體論的高度，根本不足為怪。

　　號稱"中國美育之父"的蔡元培雖然同樣熟悉西方美學，卻也未能掌握現代意義的文學觀，只能參照傳統方法研究文學。可見現代文學觀念的建立與析證方法的實踐，並非同步進行，亦非一蹴而就的事。

---

① See Terry Eagleton, *Literary Theory: an Introduction* (Oxford: Blackwell Publishing, 1996), pp. 2 - 3.

第三章

蔡元培紅學的研究歷程與學術淵源

第一節 作為學術研究的索隱方法

蔡元培的年輩雖然稍長於王國維，還當過清末翰林，但他的思想前進，不但屢次遊學歐洲，四十歲以後還學習德文、法文，是新文化熱情的倡導者。他對西方學問極感興趣，"在德國進大學聽講以後，哲學史、文學史、文明史、心理學、美學、美術史、民族學，統統去聽"，後來才把範圍收窄，"以美學與美術史為主，輔以民族學"。①他在民國成立後一直大力推動美育，甚至提倡"以美育代宗教"，還寫過《賴斐爾》、《康德美學述》等文章。②令人意外的是，他雖然熟悉西方美學，但他的文學觀念和研究方法卻仍沿襲傳統的疏證之學。

在《石頭記索隱》這部名著中，蔡元培嘗試把中國固有的索隱方法提升到較高學術的層次。余英時很早便意識到此書帶有普遍的學術意義，認為它代表了胡適新紅學出現之前的研究範式，"蔡元培實際上乃是索隱派'典範'的總結者"。③蔡元培自信其研究"審慎之至，與隨意附會者不同"，④因為他兼用"一、品性相類者；二、軼事有徵者；三、姓名相關者"三種推求方法。⑤

---

① 蔡元培：《我的讀書經驗》，《蔡元培自述》，臺北：傳記文學出版社1985年版，第6頁。
② 參蔡元培著，高平叔編《蔡元培美育論集》，長沙：湖南教育出版社1987年版，第26—47、206—207頁。
③ 《近代紅學的發展與紅學革命———一個學術史的分析》，《紅樓夢的兩個世界》，臺北：聯經出版事業公司1991年版，第6—7頁。
④ 蔡元培：《石頭記索隱第六版自序》，《石頭記索隱》，上海：上海書店出版社2008年版，第1頁。
⑤ 同上。

從學術範式的角度看，這三種方法尚屬研究的技術層面，若要作出全面和恰當的評斷，我們還須考察這些方法背後的學術信念或價值根據，否則我們很難知道蔡元培為甚麼會認為這些方法乃審慎的學術研究。

可惜自從胡適在《紅樓夢考證》中對蔡元培提出猛烈、尖刻的批評後，他的索隱紅學便長期與"猜笨謎"、"穿鑿附會"、"牽強"、"無稽"等詞語連結起來，①被主流紅學家摒棄在嚴肅學術的範圍之外，②結果導致大家對這一流派所代表的學術典範，仍然缺乏足夠的認識。誠如陳維昭所言："在以胡適為代表的'新紅學'派的狂轟濫炸之下，'猜笨謎'似乎成為人們對索隱派的共識。"③儘管蔡元培以後，學界仍舊不斷湧現索隱式著述，間或迫使大家反思這個派別存在的理由，但研究者大多受制於胡適的觀點，試圖在猜笨謎此類評價的共識上，找出索隱派死而不僵的原因，④鮮會認真正視蔡元培內在的學術信念。⑤

為了突破積習已久的先入之見，弄清現代中國文學範式建立的曲折歷

---

① 胡適：《紅樓夢考證》，載歐陽哲生編《胡適文集》，第 2 冊，第 432—440 頁。

② 然而在學院派的範疇之外，索隱派仍然極有影響力。關於這一派在 20 世紀的發展，可參劉夢溪：《紅樓夢與百年中國》，石家莊：河北教育出版社 1999 年版，第 144—230 頁；陳維昭：《紅學通史》，上海：上海人民出版社 2005 年版，第 115—127、338—341、599—612 頁；郭玉雯：《紅樓夢學——從脂硯齋到張愛玲》，臺北：里仁書局 2004 年版，第 179—241 頁。

③ 陳維昭：《紅學通史》，第 96 頁。

④ 類似研究數量繁多，它們通常會先承認索隱派的勢力，再重申胡適的共識。如孫勇進《無法走出的困境——析索隱派紅學之闡釋理路》（《紅樓夢學刊》2003 年第 2 輯，第 260—278 頁）先指出"索隱派紅學不但沒有因一些紅學家的嚴厲批評乃至奚落嘲諷而消亡，反有轉加興盛的勢頭"（第 261 頁），而最後的結論則是"考證派戰勝索隱派，實為學理上的必然結果"（第 277 頁）。其他如王平《觀念與方法：百年紅學的啟示》（《文史哲》1998 年第 5 期，第 28—32 頁）、朱東根：《論〈紅樓夢〉索隱研究》（《廣州大學學報（社會科學版）》2008 年 10 月，第 71—76 頁）等均表達相似的意思。郭豫適更有多篇文章批評索隱派，並結集為《擬曹雪芹"答客問"——論紅學索隱派》（上海：華東師範大學出版社 2006 年版）。

⑤ 少數同情索隱派的學者，亦難以擺脫這種共識。如陳維昭《考證與索隱的雙向運動——關於兩種紅學方法的哲學探討》一方面承認索隱是一種考證方法，指出胡適的自傳說也有索隱的成份，模糊了兩派的界線，引起一些異議（參王平《也談〈索隱派〉與〈考證派〉——兼與陳維昭兄商榷》，《紅樓夢學刊》2004 年第 3 輯，第 184—199 頁；以及陳維昭《索隱、考證與"新紅學"的本質——答王平兄兼論紅學史諸問題》，《洛陽師範學院學報》2005 年第 3 期，第 76—80 頁）。然而另一方面，陳氏談到索隱派與傳統經學的關係時，表示經學家詮釋本意"必須運用還原法"，而"猜謎法即是還原方法之一"（參《索隱派紅學與詩騷學術傳統》，《汕頭大學學報》（人文科學版）1995 年第 11 卷第 1 期，第 46 頁）。姑勿論他對索隱派學術淵源的理解是否正確，但以"猜謎法"描述索隱派紅學，甚至以此理解傳統經學的方法，顯然深受胡適的影響。

程，下文將從蔡元培本人的著作入手，仔細觀察他的研究過程，從中尋繹其學術信念和方法基礎。接著，我們將深入分析他的紅學研究與傳統學術的關係。由於近代學者論及索隱派的學術淵源時，多籠統地上溯至中國經學的傳統，以為蔡元培的紅學同時受到《詩經》比興之義與《春秋》詮釋傳統的影響。這類寬鬆浮泛的解說並不能確切展示蔡氏紅學與傳統經學的獨特連繫，因此下文將深入闡明《詩經》傳箋之學對蔡元培紅學的詮釋取向以及操作方法的實際影響，並且指出源出《春秋》此一流行說法的不足之處，藉此揭示傳統疏證之法與現代中國文學研究之間的微妙張力。

第二節　《石頭記索隱》的成書經過及其學術信念

一　錙珠積累的未成之作

翻閱蔡元培的日記，可以知道 1916 年刊載的《石頭記索隱》乃蔡氏積貯二十多年的讀書心得，絕非率爾之作。早在 1894 年，蔡元培已讀過陳康祺《郎潛紀聞二筆》（又名《燕下鄉脞錄》），[①]並且於 1896 年首次寫下他推敲《紅樓夢》人物本事的結果，值得詳作徵引：

《郎潛筆記》述徐柳泉（時棟）說《紅樓夢》小說，十二金釵皆明太傅食客：妙玉即姜湛園，寶釵即高澹人。以是推之，黛玉當是竹垞。所謂西方靈河岸上，謂浙西秀水。絳珠草，朱也。鹽政林如海，以海鹽托之。瀟湘館影竹宅，還淚指詩。史湘雲是陳其年，其年前身是善卷山中誦經猿，故第四十九回有"孫行者來了"之謔。第五十回所制燈謎，是耍的猴兒。寶琴是吳漢槎，漢槎嘗謫寧古塔，故寶琴有從小兒所走過地方的古跡不少，又稱見過真國女孩子。三春疑

[①] 蔡元培：《日記》1894 年 9 月 6 日條下云："閱《郎潛紀聞》十四卷、《燕下鄉脞錄》十六卷竟，鄞陳康祺（鈞堂）著，皆取國朝人詩文集筆記之屬，刺取記國聞者。"《蔡元培全集》，第 15 卷，第 36 頁。

指徐氏昆弟，春者東海也。劉老老當是沈歸愚。①

這條材料顯示他在起始階段即已運用"姓名相關"（絳珠草，朱也）、"品性相類"（其年前身是善卷山中誦經猿）和"軼事有徵"（漢槎嘗謫寧古塔，故寶琴有從小兒所走過地方的古跡不少，又稱見過真國女孩子）三法。同年9月，他又"閱太平閒人所評《紅樓夢》一過"，並謂"閒人評紅樓，可謂一時兩無覺，王雪香、姚梅伯諸人所綴，皆囈語矣"，②反映他一直關注《紅樓夢》的相關評論，並且對各書的水平有不同的軒輊。

經過兩年的探索，他在1898年7月27日的日記中，寫下較詳細的考證：

余喜觀小說，以其多關人心風俗，足補正史之隙，其佳者往往意內言外，寄托遙深，讀詩逆志，尋味無窮。前曾刺康熙朝士軼事，疏證《石頭記》，十得四五。近又有所聞，雜志左方，用資印證。固知唐喪筆札，庶亦賢於博弈：

林黛玉	（朱竹垞）	薛寶釵	（高澹人）	
寶琴	（冒辟疆）			
妙玉	（姜湛園）	王熙鳳	（余國柱）	
李紈	（湯文正）			
探春	（徐澹園）	惜春	（嚴蓀舲）	元春
史湘雲	（陳其年）	賈母	（明太傅）	迎春
寶玉	（納蘭容若）	劉老老	（安三）	秋菱③

這段話不但完整地記錄了蔡元培當時的研究成果，還直接點出他對小說索隱的看法，實在是不容忽視的一手材料。材料顯示，蔡元培認為他的索隱是一種"疏證"，而他的研究成果更是認真琢磨、逐漸增訂而成的。如他兩年前只考出林黛玉、史湘雲等，這裏卻已多增賈寶玉、王熙鳳數

---

① 《日記》1896年6月17日，《蔡元培全集》，第15卷，第81頁。
② 《日記》1896年9月4日，《蔡元培全集》，第15卷，第93頁。
③ 《日記》1898年7月27日，《蔡元培全集》，第15卷，第187頁。

人；又他本以為寶琴是吳漢槎、劉老老是沈歸愚，這裏卻修訂說二人分別影冒辟疆和安三。此外更為重要的是，他在此交待了自己好讀小說及從事索隱的原因，這番夫子自道實在非常重要，稍後我們會再作分梳。

在這些觀念的引領下，蔡元培繼續探索十六年，始有付梓的打算。1914年10月2日，他寫信給商務印書館的蔣維喬，表示自己正"著手於《紅樓夢疏證》，寫定即寄奉"。①幾個月後，他再致函蔣氏說：

《石頭記索隱》本未成之作，故不免有戛然而止之狀。加一結束語，則閱者不至疑雜誌所載為未完，甚善。特於別紙寫一條，以備登入。②

至此《紅樓夢疏證》已易名為《石頭記索隱》，並且加入結束語。1915年12月25日，張元濟致函蔡元培，謂已收悉"《石頭記》後半部"，並於1916年1月開始在商務印書館轄下的《小說月報》連載全文。③文章發表後，蔡元培本想繼續修訂這部"未成之作"，然後自行結集發行，但後來張元濟得悉王夢阮、沈瓶菴的《紅樓夢索隱》快將出書，即向他建議：

兄前撰《紅樓夢疏證》，奉示擬再加修飾，自為發行。……現在上海同業發行《紅樓夢索隱》一種，若大著此時不即出版，恐將來銷路必為所佔，且駕既回國，料亦未必再有餘閒加以潤飾，似不如即時出版為便。④

結果蔡元培同意由商務印書館代為發行，⑤《石頭記索隱》單行本終於在1917年9月正式問世。

---

① 《致蔣維喬函》，《蔡元培全集》，第10卷，第226頁。
② 《覆蔣維喬函》，《蔡元培全集》，第10卷，第241頁。
③ 全文分別載於《小說月報》第7卷第1號第1—6頁、第2號第7—14頁、第3號第15—20頁、第4號第21—26頁、第5號第27—32頁及第6號第33—42頁。
④ 1916年11月22日張元濟致蔡元培函，見張樹年、張人鳳編《張元濟蔡元培來往書信集（附與其他名人往來書札）》，香港：商務印書館1992年版，第35頁。
⑤ 1916年12月8日張元濟致蔡元培函云："前得覆書，允將大著《石頭記索隱》發行，謹悉。"見《張元濟蔡元培來往書信集（附與其他名人往來書札）》，第38頁。

比勘1917年的單行本與《小說月報》的連載本，可以發現二者文字幾乎完全相同，只有極微末的差異，如單行本在文末倒數第二段少了"寶玉之出家，似影清世祖為僧事。世祖之為僧，由於悼董妃，寶玉之出家，亦發端於悼黛玉也"數語，並不影響全書主旨和論證。①不過蔡元培對《紅樓夢》的研究卻沒有就此完結，從他的日記可見，②他並沒有放棄"再行修飾"的心願，仍然用心搜集材料，補充《索隱》的意見。如謂：

閱司空圖《詩品·典雅》，落花無言，人澹如菊。《石頭記》中以花襲人影高澹人，又其兄名花自芳。③

閱易蔚儒《新世說》德行篇，引《池北偶談》朱之錫遣婢事，疑《石頭記》中七十四回惜春遣入畫事所本。④

宋秦太虛，為秦可卿及太虛幻境所托。⑤

《曝書亭集》第一卷有《太極圖賦》。憶《石頭記》曾有一條，黛玉說詠太極圖，全用某韻。⑥

《石頭記》：探春所居曰秋爽齋，秋者，秋官也，爽者，驦騻也。即指健庵為刑部尚書。⑦

可惜這些增訂並沒有補入《石頭記索隱》中，究其原因，恐怕與1921年胡適《紅樓夢考證》的出現不無關係。蔡元培雖然不贊同胡適"於索隱一派，概以'附會'二字抹煞之"，⑧並於1922年1月30日寫成

---

① 《小說月報》，第6號，第41頁。
② 這類的增訂由1917年7月開始，一直持續至1919年7月。詳參《日記》1917年7月30日（《蔡元培全集》，第10卷，第36—38頁）、1918年1月26日（第46頁）、1918年7月10日（第56頁）、1918年9月29日（第61—62頁）、1919年5月15日（第71頁）、1919年6月3日（第75頁）、1919年7月18日（第86—87頁）和1919年7月24日（第90頁）。此外，蔡元培在1919年7月30日（第93頁）及8月3日（第94頁）抄錄了《越縵日記》中有關《紅樓夢》的資料。
③ 《日記》1918年1月26日，《蔡元培全集》，第16卷，第46頁。
④ 《日記》1918年7月10日，《蔡元培全集》，第16卷，第56頁。
⑤ 《日記》1919年5月15日，《蔡元培全集》，第16卷，第71頁。
⑥ 《日記》1919年7月18日，《蔡元培全集》，第16卷，第87頁。
⑦ 《日記》1919年7月24日，《蔡元培全集》，第16卷，第90頁。
⑧ 蔡元培：《致胡適函》（1921年9月25日），《蔡元培全集》，第11卷，第32頁。

《石頭記索隱第六版自序》作出反駁，但他讀過胡適、顧頡剛等後學嚴苛的批評，只怕也有點意興闌珊。此後，他雖然仍有留意紅學的發展，甚至協助胡適搜求材料，但他本人卻停止了這方面的研究，放棄《索隱》的增訂工作。十二年後，他在日記中寫道：

> 張君子敬貽我徐仲可同年《康居筆記匯函》，閱之。三十六葉，稱故宮凡十三所。十三葉，絳雪軒，為高宗與廷臣賦詩之所，隆裕後以之為休憩室，遜帝嘗宴外賓於此，今日茶會亦在是，云云。案《石頭記》有白雪紅梅及夢兆絳芸軒等回目。①

這條材料大概是新紅學出現以後蔡元培最後的一則索隱筆記。然而，他雖然不再修訂舊著，卻不表示他對《紅樓夢》的理解有任何的改變，因為在此之前他仍有"慫恿"壽鵬飛出版索隱式的著作，②並且為他作序，重申自己的立場。此外他在臨終前的自述中，還一再強調《石頭記索隱》"決不是牽強附會的"。③

對蔡元培研究紅學的過程作一鳥瞰後，可以確定他雖然熱情擁護新文化運動，並且熟悉西方近代的美學教育，但他對《紅樓夢》的解讀，由此至終植根於中國傳統的學術。他在日記中自言："余喜觀小說，以其多關人心風俗，足補正史之隙，其佳者往往意內言外，寄托遙深，讀詩逆志，尋味無窮。"④這番話提出兩個重要的觀點：（1）小說多與"人心風俗"有關，"足補正史之隙"，以及（2）好的小說"往往意內言外，寄托遙深，讀詩逆志，尋味無窮"。前者涉及小說的內容和功能，後者則關乎小說的表達和解讀，從命意及用語兩方面看，二者均與傳統學術有極深的關係，值得逐一深究。

二　小說研究與史傳著述

蔡元培認為小說能補正史之隙，此說無疑遙承《漢書·藝文志》所

---

① 《日記》1934年9月13日，《蔡元培全集》，第16卷，第346頁。
② 參胡頌平編《胡適之先生年譜長編初稿》，第10冊，第3510頁。
③ 蔡元培：《自寫年譜》，《蔡元培全集》，第17卷，第475頁。
④ 《日記》1898年7月274日，《蔡元培全集》，第15卷，第187頁。

謂"小說家者流，蓋出於稗官"一類說法。①傳統學者認為小說與稗史同源，早期的小說如《漢志》所載的佚書《周考》、《青史子》、《臣壽周紀》、《虞初周說》，以及今傳的《說苑》、《漢武帝故事》、《飛燕外傳》等，固然與歷史掌故有關；②其他如《山海經》、《穆天子傳》等古籍，以至後來的《十洲記》、《搜神記》等，今人或視之為怪誕不實的記述，古人卻認為它們可與歷史參證。③中國歷代的小說雖然迭有演變，但小說羽翼史傳之說，基本上廣為傳統學者所接受，如胡應麟便說：

> 小說者流，或騷人墨客遊戲筆端，或奇士洽人蒐羅宇外，紀述見聞，無所迴忌，覃研理道，務極幽深。其善者，足以備經解之異全，存史官之討覈，總之，有補於世，無害於時。④

"存史官之討覈"與蔡元培"補正史之隙"的思路，並無二致。

過去已有學者指出，索隱研究深受小說與稗史同源此一傳統觀念的影響。⑤然而作為一種研究範式，我們尚要追問，這種學術信念究竟是怎樣展現為實際的研究？或者再具體地說，傳統學者到底是通過甚麼方式，把小說的內容轉化為參證史實的資源？這個問題牽涉到古人對小說"研究"

---

① 班固：《漢書》，北京：中華書局1964年版，第1745頁。陳廣宏《小說家出於稗官說新考》對這個命題有頗詳細的回顧和探討，見氏著《文學史的文化敘事——中國文學演變論集》，上海：復旦大學出版社2012年版，第19—38頁。
② 參見魯迅《中國小說史略》，《魯迅全集》，第9卷，北京：人民文學出版社1987年版，第5—42頁。
③ 如干寶《搜神記》自序云："國家不廢注記之官，學士不絕誦覽之業，豈不以其所失者小，所存者大乎？今之所集，設有承於前載者，則非余之罪也。若使採訪近世之事，苟有虛錯，願與先賢前儒分其譏謗。及其著述，亦足以發明神道之不誣也。"（上海：上海古籍出版社1987年版，第366頁）可見他本人並不認為書中所記皆是虛妄不實，而是可與國史參證的材料。
④ 胡應麟：《少室山房筆叢·九流緒論下》，上海：上海古籍出版社1987年版，第306頁。
⑤ 如顧友澤論及索隱派的文化傳統時，便指出它受到"古代'小說'概念與史傳的同源性"這種觀念的影響。見《對紅學索隱派研究方法的再思考》，《蘇州教育學院學報》2005年9月，第39—42頁。

的理解,雖然並未受到足夠的注意,①卻是瞭解蔡元培把索隱視為嚴謹研究的關鍵,不容忽視。

　　要瞭解這個問題,我們可以從傳統學者考釋小說時所採用的著述體裁入手,看看他們如何"研究"小說。以《水滸傳》為例,自明代以來即有不少學者論及這個故事的歷史來源,不過這些探究並不是以專著或論說的方式寫成,而是以札記的形式,散見於各種小說隨筆之內,如郎瑛的《七修類稿》、胡應麟的《少室山房筆叢》、陳宏緒的《寒夜錄》、汪師韓的《韓門綴學續編》、阮葵生的《茶餘客話》,以至清代王士禎的《香祖筆記》、俞樾的《小浮梅閒話》和《茶香室叢鈔》等。②解鈴繫鈴,過去的小說研究正是以小說雜錄為載體,而這些解讀小說的小說筆記,又好引用其他方志文集、小說筆記為證,如《七修類稿》引用周公謹《癸辛雜志》,③楊慎《詞品》引用《瓮天脞語》,④而《少室山房筆叢》則復引《詞品》。⑤由此可見,小說雖然可補正史之隙,但箇中蘊含的歷史意義,卻有賴其他小說雜錄加以引申發明。過去的文人學士,包括曹雪芹本人身處的時代,大體都是通過軼史傳說之間的互相引證,解讀小說的內涵。難怪早期有關《紅樓夢》的論述,亦同樣雜見於《隨園詩話》、《樺葉述聞》、《棗窗閒筆》、《夢癡說夢》一類隨筆叢談中。⑥

　　瞭解傳統小說獨特的解讀模式後,即可明白蔡元培為甚麼會大量引用《郎潛紀聞》、《乘光舍筆記》、《東華錄》、《嘯亭雜錄》一類材料,證成其說。這裏有一點要特別留意,古代所謂"小說"本是一個含義廣泛的觀念,⑦並非所有敘述俱有同等地位或同樣可信。胡適便曾批評壽鵬飛的

---

　　① 近年也有一些涉及中國小說史學史方面的研究,如胡從經《中國小說史學史長編》(香港:中華書局1999年版)便回顧了20世紀的中國小說研究史,又黃霖等《中國小說研究史》(杭州:浙江古籍出版社2002年版)更屬通史式的著作。不過這些著作主要關注小說研究的流變和方法,並沒有論及小說轉化為歷史材料的具體方法和學術信念。
　　② 參見朱一玄、劉毓忱編:《水滸傳資料匯編》,天津:百花文藝出版社1984版。
　　③ 同上書,第85—86頁。
　　④ 同上書,第86頁。
　　⑤ 同上書,第87頁。
　　⑥ 參見一粟編《紅樓夢卷》,北京:中華書局1965年版,第12—15頁。
　　⑦ 胡應麟便把小說分為志怪、傳奇、雜錄、叢談、辯訂、箴規等六類,見《少室山房筆叢·九流緒論下》,第305頁。

著作"其說甚糊塗,甚至於引胡蘊玉《雍正外傳》一類的書!"①蔡元培視自己的索隱為嚴謹的研究,與隨意附會者不同,然則他又是以甚麼書為主要依據?前面提過,他在19世紀90年代的日記中即已重複表示自己因讀《郎潛筆記》所述徐柳泉之說,開始考辨《紅樓夢》的本事。此後他在《石頭記索隱》中謂"闡證本事,以《郎潛紀聞》所述徐柳泉之說為最合",②又第六版自序云:"余之為此索隱也,實為《郎潛二筆》中徐柳泉之說所引起"。③然而徐柳泉到底是甚麼人?《郎潛紀聞》又是甚麼書?

翻查史志,《郎潛二筆》又名《燕下鄉脞錄》,作者為同治十年進士陳康祺。陳氏嘗在京仕宦多年,官至刑部員外郎,④該書自序云:

>《郎潛紀聞》者,余官西曹時紀述掌故之書也。多採陳編,或詢耆耇,非有援據,不敢率登,刪併排比,約可百卷。⑤

作者強調自己以嚴謹的態度編著此書,"非有援據,不敢率登"。同時代的楊峴在《郎潛紀聞二筆序》中,亦視該書為"史部載紀類"之作:

>首梓《郎潛紀聞》十四卷,於中外政治,當代典章,人事奇怪,條撰而件擵焉,蓋史部載紀類也。今年又梓《燕下鄉脞錄》十六卷,燕下鄉者,遼地名,君京邸近之,故名書。讀之,猶初志也。⑥

後來《清史稿·藝文志》也把它列入史部的"雜史類",⑦可見它有別於一般的道聽塗說。

陳康祺在書中轉述"先師徐柳泉先生"有關《紅樓夢》的說法後,特別強調:

---

① 胡適著,曹伯言整理:《胡適日記全編》,1961年2月16日,第757頁。
② 蔡元培:《石頭記索隱》,第7頁。
③ 同上書,第1頁。
④ 《重修浙江通志》,見錢仲聯主編《廣清碑傳集》,蘇州:蘇州大學出版社1999年版,第873頁。
⑤ 《郎潛紀聞初筆序》,見陳康祺:《郎潛紀聞》,北京:中華書局1997年版,第3頁。
⑥ 同上書,第319頁。
⑦ 趙爾巽等:《清史稿》,北京:中華書局1994年版,第4277頁。

> 此編網羅掌故，從不採傳奇稗史，自汙其書。惟《紅樓夢》筆墨嫻雅，屢見稱於乾、嘉名人詩文筆札，偶一援引，以白鄉先生千載之誣，且先師遺訓也。①

為免"自汙其書"，作者強調自己不採用一般的傳奇稗史材料，這裏卻破例引用《紅樓夢》，除了因為《紅樓夢》筆墨嫻雅外，還因為當中涉及先師徐柳泉的遺訓，非比尋常。

徐柳泉名時棟，字定宇，乃道光二十六年舉人，嘗任內閣中書，是浙江甚負盛名的學人，史傳說他：

> 故居曰烟嶼樓，藏書六萬卷，盡發而讀之。自夜徹曉，丹黃不去手。覃思精詣，直造古人。其論經取先秦之說，以經解經，旁及諸子，引為疏證，無漢宋門戶之習。其論史，獨推《史記》，班、范以下，則條舉而糾之，多前人所未發。留心文獻，刻《四明宋元六志》，考異訂訛，允稱善本。②

這位精通經史、熟悉方志的名宿不但嘗"主四明壇坫三十餘年"，還有實際的修史經驗：

> 縣開志局，聘時棟主其事，發凡起例，總持大綱。次年移局於家，發藏書及借閱名家收藏，搜採繁富，至千數百種，仿國史館列傳例，註所引徵。殫精力十二年，病中猶強起治事，臨歿執董沛手，鄭重相委，語不及私。③

陳康祺以嚴謹的態度，錄下獻身史學的授業老師親述的《紅樓夢》本事，其說自然有極大的參考價值，值得認真重視。

---

① 陳康祺：《郎潛紀聞》，第404—405頁。
② 《重修浙江通志》，見錢仲聯主編：《廣清碑傳集》，第872頁。
③ 同上。

蔡元培以徐說為立論的起點，然後大幅引用《東華錄》、《嘯亭雜錄》、《漢名臣傳》，以及當時學人撰寫的詩文、墓志、行狀一類較為可靠的史傳材料，證成己說。倘若以前述小說雜錄互證的傳統學術標準來衡量，他的甄別確實稱得上嚴謹認真，有別於一般野史雜說。可惜後來的新紅學家從現代的析證方法出發，一筆抹煞過去小說研究的傳統，於是大而化之地把蔡元培與其他索隱研究者等量齊觀。

三　以意逆志與本事闡證

探討過蔡元培對小說功能的理解以及他所遵從的研究模式後，現在可以進一步考察他從事具體的索隱考證時，背後究竟有哪些指導觀念？這個問題涉及蔡氏對本事闡釋的操作方法的理解，須回到《郎潛筆記》中尋找解答的提示。《郎潛紀聞二集》"姜西溟典試獲咎之冤"條下略云：

> 嗣聞先師徐柳泉先生云："小說《紅樓夢》一書，即記故相明珠家事。金釵十二，皆納蘭侍御所奉為上客者也。寶釵影高澹人，妙玉即影西溟先生，妙為少女，姜亦婦人之美稱，如玉如英，義可通假。妙玉以看經入園，猶先生以借觀藏書，就館相府。以妙玉之孤潔，而橫罹盜窟，并被以喪身失節之名。以先生之貞廉，而瘐死圜扉，並加以嗜利受賕之謗。作者蓋深痛之也。"①

陳康祺轉述徐說後，隨即補充說："徐先生言之甚詳，惜余不盡記憶"。②他的缺漏大有可能激發起蔡元培鑽研的興趣，促使他遵從徐氏的方向，繼續發掘書中其他人物的歷史本事。蔡元培在早期的日記中自稱"刺康熙朝士軼事，疏證《石頭記》"，③並於開卷即引《郎潛筆記》為據，強調闡釋本事以"徐柳泉之說為最合"，正表示他多少有發明徐說的意圖。

從陳書可見，蔡元培所運用的三種推求方法，其實也是借鑒自徐時棟

---

① 陳康祺：《郎潛紀聞》，第 404 頁。
② 同上，第 404 頁。
③ 《日記》1898 年 7 月 274 日，《蔡元培全集》，第 15 卷，第 187 頁。

的解讀。前引徐說談到"妙玉之孤潔"與"先生之貞廉",正屬品性相類者;"妙玉以看經入園"與"先生以借觀藏書,就館相府",則為軼事有徵者;"妙為少女,姜亦婦人之美稱,如玉如英,義可通假",顯然屬姓名相關者。蔡元培不但接受徐時棟的論點,還根據他的探索模式,找出寶釵影射高澹人的根據,甚至還詳細申論徐氏本人未嘗明言的推求之法:

> 余觀《石頭記》中寫寶釵之陰柔、妙玉之孤高,與高、姜二人之品性相合。而澹人之賄金豆,以金鎖影之;其假為落馬墜積潴中,以薛蟠之似泥母豬影之。西溟之熱中科第,以走魔入火影之;其瘐死獄中,以被劫影之。又以"妙"字、"玉"字影"姜"字、"英"字,以"雪"字影"高"字。知其所寄託之人物,可用三法推求:一、品性相類者;二、軼事有徵者;三、姓名相關者。①

由於他"每舉一人,率兼用三法或兩法",其餘則蓋闕如,所以"自以為審慎之至,與隨意附會者不同"。②今人或以為這類索隱考釋與傳統的"春秋筆法"以至"西漢今文學"有關,③但蔡元培本人似乎不作如是觀。他在1898年的日記中表示,小說之佳者"往往意內言外,寄托遙深,讀詩逆志,尋味無窮",④當中"讀詩逆志"一語把詩歌與小說的解讀相提並論,誠然可圈可點。十多年後,他在《石頭記索隱》的末段再次提到這種想法:

> 右所證明,雖不及百之一二,然《石頭記》之為政治小說,決非牽強附會,已可概見。觸類旁通,以意逆志,一切怡紅快綠之文,春恨秋悲之跡,皆作二百年前之因話錄、舊聞記讀可也。⑤

---

① 《石頭記索隱》,第1頁。
② 同上。
③ 參孫勇進《一種奇特的闡釋現象:析索隱派紅學之成因》,《南開學報》(哲學社會科學版) 2002年第5期,第84—91頁;顧友澤《對紅學索隱派研究方法的再思考》,《蘇州教育學院學報》2005年9月,第39—42頁。
④ 《日記》1898年7月274日,《蔡元培全集》,第15卷,第187頁。
⑤ 蔡元培:《石頭記索隱》,第49頁。

足證"逆志"一詞並非一時興到的尋常套語,而是代表了他一以貫之的想法。

眾所周知,"以意逆志"出自《孟子》:"故說詩者,不以文害辭,不以辭害志。以意逆志,是為得之。"①原文本針對《詩經》而發,教人以自己的心意迎取作者撰述的志趣,不要斷章取義或墨守字面意思。後來這句話逐漸移施至一般的讀書方法,如《朱子語類》云:

> 董仁叔問"以意逆志"。曰:此是教人讀書之法:自家虛心在這裏,看他書道理如何來,自家便迎接將來。而今人讀書,都是去捉他,不是逆志。②

蔡元培提出以"逆志"的方式解讀小說,顯示他頗受傳統儒家文論的影響。然而,儒家文論其實是一個涵義複雜的觀念,當中"包含各種同質異構(isomeric)的理論模式"。③歷代學者表面上依據相同的經典,反覆引用幾句相同的名言,但實際上這些學者所表述的意思經常有許多重要而細微的差別。因此要準確瞭解蔡元培小說解讀方法背後的學術信念,我們還須認真注意"讀詩逆志"前面的"意內言外,寄托遙深",這八個字與清代著名的常州詞派明顯有密切的關係。

常州詞派好言"意內言外"和"比興寄托",藉此提高詞體的地位。張惠言《詞選序》便開宗明義說:

> 詞者,蓋出於唐之詩人,採樂府之音,以製新律,因係其詞,故曰詞。傳曰:"意內而言外者謂之詞。"其緣情造耑,興于微言,以相感動,極命風謠里巷男女哀樂,以道賢人君子幽約怨悱不能自言之情,低徊要眇以喻其致,蓋《詩》之比興,變風之義,騷人之歌,則近之矣。④

---

① 朱熹:《四書章句集注》,北京:中華書局 1995 年版,第 306 頁。
② 朱熹:《朱子語類》,長沙:岳麓書社 1997 年版,第 1214 頁。
③ 參拙著《傳統的終結——清代揚州學派文論研究》,第 173—175 頁。
④ 張惠言:《茗柯文編》,上海:上海古籍出版社 1984 年版,第 58 頁。

他以《說文》"意內言外"解釋詞，並且上擬《詩》、《騷》，主張詞的文字蘊含微言深意，符合風人之旨。儘管我們知道《說文》的詞本指語詞，並非詞這一文體，而且張惠言也不是第一個用"意內言外"來比附詞的學者，不過正如繆鉞所指出，這種附會雖"始於宋陸文圭《山中白雲詞序》，至張惠言而大暢其旨，於是意內言外之義，遂為論詞者所宗"，①因此說"意內言外"為常州詞派的核心觀念，恐怕亦不為過。②
　　至於寄託之說，更是常州詞派有別於其他流派的特色所在。周濟後來推衍張惠言之說，對寄託的性質有更為深入的說明：

　　　　夫詞、非寄託不入，專寄託不出。③
　　　　感慨所寄，不過盛衰……詩有史，詞亦有史，庶乎自樹一幟矣。④
　　　　初學詞求有寄託，有寄託、則表裏相宜，斐然成章。既成格調、求無寄託，無寄託、則指事類情，仁者見仁，知者見知。⑤

　　常州詞派的意內言外和寄託說，對晚清以至民國學人俱有深遠的影響。龍榆生在1941年發表的《論常州詞派》中，便多番強調該派的"流風餘沫，今尚未全衰歇"，"依被詞流，迄於今日而未有已"，"綿歷百載，迄未全衰"。⑥由此可見，蔡元培的意見雖仍以孟子的詩論為基礎，卻同時烙下了時代的印記，並非陳陳相因的浮泛之言。
　　討論至此，蔡元培索隱研究背後的學術信念已相當清楚。總括而言，他接受小說羽翼史傳的傳統觀念，以及過去小說雜錄互證的探索模式，並以徐時棟的說法為前提，仿效其方法，再以嚴謹的態度勾稽史料，考證小說人物的歷史本事。他把這類小說研究與古代《詩經》的解讀放在同一

---

① 繆鉞：《論詞》，見《繆鉞說詞》，上海：上海古籍出版社1999年版，第9頁。
② 孫克強《清代詞學》便特立"《詞選》與意內言外"一節（北京：中國社會科學出版社2004年版，第270—285頁）。
③ 周濟：《宋四家詞選目錄序論》，《介存齋論詞雜著》，北京：人民文學出版社1998年版，第12頁。
④ 周濟：《介存齋論詞雜著》，第4頁。
⑤ 同上，第4頁。
⑥ 參見《龍榆生詞學論文集》，上海：上海古籍出版社1997年版，第387、392、404頁。

個平面上，認為二者均須以"逆志"的方式，始能發掘寄托隱藏在文字之內的深意，可見他的方法深受傳統《詩經》學的影響。

第三節 《詩經》詮釋傳統的定向作用

顧頡剛很早已注意到蔡元培的《石頭記索隱》與古代經學的關係，他在1922年給胡適的信中，即敏銳地指出："實在蔡先生這種見解是漢以來的經學家給與他的"，並且特別提到《詩經》詮釋的影響："講《詩經》的，好詩可為刺詩，男女可為君臣，講《紅樓夢》亦何嘗不可男變為女，家事變為政事"，①句中雖然不無調侃嘲諷之意，卻也道出經學對索隱派的學術信念和詮釋方法，俱有不容忽視的影響。然而這種影響到底有甚麼具體內涵，尚有深入討論的必要。

為了確切描述以《毛傳》為基礎的《詩經》詮釋學對蔡元培紅學的實際影響，以下將從三個方面考察《詩經》傳箋之學的定向作用，然後逐一探討蔡元培的索隱三法與這種詮釋進路的關係。

一　以史證詩，轉虛為實

"詩史"一詞雖然於晚唐才出現，②但以史實詮釋詩歌的方法，早已見於先秦時代有關《詩經》的解讀中。從《詩經》的內容看，歷史解讀的方向有其內在的根據，因為書中不少篇章均與史事有關，尤以《雅》、《頌》所載為甚，如《玄鳥》、《長發》、《生民》、《公劉》等，原來就是商、周的開國故事；又《國風》中的《破斧》、《黃鳥》、《下泉》等，顯然亦有其歷史根據。③此外，從詩歌的結集編輯，以及當時賦詩言志的記述可見，《詩經》除了有會盟燕享的儀式功能外，還有以詩明事的"史

---

① 《胡適日記》，1922年3月13日，見胡適著，季羨林主編《胡適全集》，第17冊，合肥：安徽教育出版社2003年版，第539—540頁。
② 關於"詩史"一詞的流變，可參張暉《中國"詩史"傳統》，北京：三聯書店2012版。
③ 詳參潘秀玲：《〈詩經〉存古史考辨——〈詩經〉與〈史記〉所載史事之比較》，臺北：花木蘭文化出版社2006年版，第20—81頁。

鑑"作用，希望聞者可以鑑古知今。①於是探尋史實內容及其諷諫義蘊，逐漸成為《詩經》詮釋的基本目標，至漢代更發展成完整的傳箋之學。

《毛傳》一直被《詩經》學者奉為圭臬，影響深遠，其《小序》即以事實釋證為主。單是《邶》、《鄘》、《衛》三風提及的歷史人物便有衛頃公、衛莊姜、公孫文仲、衛宣公、黎侯、衛共伯、公子頑、衛宣姜、衛文公、衛懿公、衛武公、衛莊公、宋襄公、齊桓公等，其他泛稱的夫人、先君、國人、孝子、大夫、衛君、臣子、衛女之類，更是不在話下。②值得注意的是，《毛傳》雖然以史證詩，直接道出相關的人名，但這些歷史人物鮮有出現在詩歌的原文中。如《邶風·柏舟》"我心匪鑒"與《綠衣》"我思古人"，都沒有點出"我"的身份，但《序》卻分別把他們坐實為衛頃公時的"仁人"和"衛莊姜"。③再如《二子乘舟》，全詩只有八句：

二子乘舟，汎汎其景。願言思子，中心養養。
二子乘舟，汎汎其逝。願言思子，不瑕有害。

詩中"二子"屬泛稱，並非專有名詞，但《小序》認為他們就是衛宣公的兩個兒子公子伋和公子壽。④

《毛傳》的釋證與《春秋》以事證事的詮釋進路迥然有別，後者主要通過補敘史事，說明經文中筆削的意涵。如《春秋》經文中的"鄭伯"與《左傳》中的"鄭莊公"雖然褒貶義不同，卻仍屬同一敘述層次內的同一個人，沒有半點含糊之處。反觀《毛傳》對經文的解讀，卻有很大的詮釋空間，像《邶風·柏舟》中的"我"到底是"仁人"還是朱熹所說的"婦人"，這個問題聚訟千年，至今仍無結論。⑤《毛傳》轉虛證實，

---

① 參見劉毓慶、郭萬金《從文學到經學——先秦兩漢詩經學史論》，上海：華東師範大學出版社 2009 年版，第 3—51 頁。
② 孔穎達：《毛詩正義》，北京：北京大學出版社 2000 年版，第 128—292 頁。為了方便聚焦說明，以下主要圍繞這三卷與衛國有關的詩歌，展開討論。
③ 孔穎達：《毛詩正義》，第 134、138 頁。
④ 同上書，第 209 頁。
⑤ 這個問題的過去與現狀，可參晁福林《讚美憂愁：論上博簡〈詩論〉關於〈詩·柏舟〉的評析》，《北京師範大學學報》（社會科學版）2008 年第 4 期，第 60—67 頁。

然而原文與解釋之間，仍然存在無法統一的裂縫。這種解釋上的張力，與索隱紅學的探究正相一致。

小說人物富有廣泛的象徵性，蔡元培卻嘗試把他們還原為歷史上的特定人物。早在1898年，他已得出初步的成果，如林黛玉（朱竹垞）、薛寶釵（高澹人）、寶琴（冒辟疆）、妙玉（姜湛園）、王熙鳳（余國柱）、李紈（湯文正）、探春（徐澹園），惜春（嚴蓀斨）、史湘雲（陳其年）、賈母（明太傅）、寶玉（納蘭容若）、劉老老（安三）等。①他的索隱與《毛傳》一樣，不但指向歷史人物，同時不拘泥於性別。此外更重要的是，小說角色與歷史人物沒有必然的連繫，會隨解釋者的學養和視野而有所不同。蔡元培的說法固然有別於王夢阮等人的索隱，就是他本人前後期也有一些變化。在1896年，他還以為"寶琴是吳漢槎"，"劉老老當是沈歸愚"，但在不足兩年的時間，二人已分別變為冒辟疆和安三了。②

二　主題潛藏，表裏不一

不單歷史人物不見於詩歌中，《詩序》所揭示的全詩主旨及美刺取態，也是經常溢出於文字之外。如《毛傳》認為《淇奧》旨在"美武公之德"，但通讀全詩，只能找到那位如切如磋、如琢如磨的"君子"，原文中從來沒有顯示他與武公有任何關係。③主旨難以捉摸，詩的美刺內涵同樣飄忽莫測。《淇奧》內容是歌頌君子，說它是美詩亦不難理解，但緊接下來的《考槃》同樣是歌頌的性質，讚美考槃為樂的"碩人"，《毛傳》卻說它是刺詩："刺莊公也"。④這類不一致的解讀，難免啟人疑竇，令人覺得《小序》對《考槃》的解釋"似嫌牽強"，⑤但也有學者為舊說辯解云："美賢者隱退，刺莊公不用賢，美在此而刺在彼，言內言外之意可合而一，《詩序》未為不通。"⑥言內言外之意或可合而為一，不一定互相抵觸，但《詩序》之說不在言內，卻是可以肯定的。

---

① 《日記》1898年7月27日，《蔡元培全集》，第15卷，第187頁。
② 《日記》1896年6月17日，《蔡元培全集》，第15卷，第81頁。
③ 孔穎達：《毛詩正義》，第117頁。
④ 同上書，第259頁。
⑤ 余正培：《詩經正詁》，臺北：三民書局1993年版，第163頁。
⑥ 陳子展：《詩經直解》，上海：復旦大學出版社1983年版，第174頁。

《詩經》的美刺與《春秋》的褒貶均與政治諷諭有關，且都意在言外，強調超越經文表面的意義，很容易令人把兩者混淆起來。然而《春秋》的褒貶都與實際的史事有關，只要比對經文（鄭伯）與其他記述（鄭莊公），即有可能推敲出褒貶的涵義和理由。而且《春秋》筆法預設了一種常規的史書寫法（如《不修春秋》），作者正是因為背離了常態書寫，才有可能在一字之中帶出褒貶。這些有意識的背離自成系統，因而亦有例可循，後世學者便歸納作不少條例，如《春秋集傳纂例》記"殺君"例云："凡魯君見弒，止皆書薨，不可斥言也。他國公子篡，大夫弒，必書名，志罪也"，又"公薨"例云："凡公薨，必書其所，詳內事，重凶變也。若遇弒，則不地。"①換而言之，《春秋》經文中的"弒"、"薨"等字都是帶有特殊意義的符碼（code），它們與其他語詞結合後雖可產生不同的涵義，但這些隱密的微旨仍可系統地破譯。

　　反觀《詩經》除少數史詩外，鮮會指涉特定的人物和事件，很難找出與詩歌相對應的史實。加上詩中的文字多是局限於原詩之內的泛稱，各詩之間又無互文的關係，因而亦無法通過歸納的方式，獲得"君子"、"碩人"等字詞與主題美刺之間的通例；反過來說，讀者亦無法從《詩序》所述各詩主旨中，找到詩歌內容或語詞的共同點。如《小序》以為《綠衣》、《燕燕》、《日月》、《終風》一連四首詩，均述衛莊姜事，但各詩提及的綠衣、燕子等都是含義廣泛的象徵（symbol），並無統一的符碼足以標示衛莊姜的身份。《詩序》的說法固然有其外在的根據，②但這種抽離本文的泛歷史化解釋很容易出現過度詮釋的問題，難怪朱熹批評《毛傳》間或"傅會書史，依託名諡，鑿空妄語，以誑後人"。③

　　主題與詩歌內容的鬆散關係，同樣見諸於索隱紅學中。蔡元培雖聲稱自己受到徐時棟的啟發而展開紅學索隱，但他沒有全盤接受徐氏對全書主題的理解。查《郎潛紀聞二集》"姜西溟典試獲咎之冤"條下略云：

---

　　① 陸淳：《春秋集傳纂例》，上海：上海古籍出版社影四庫全書本1987年版，第146冊，第478、409頁。

　　② 參吳萬鍾《從詩到經——論毛詩解釋的淵源及其特色》，北京：中華書局2001年版，第94—102頁。

　　③ 朱熹：《詩序辨說》，見朱傑人等主編《朱子全書》（修訂本），第1冊，第361頁。

嗣聞先師徐柳泉先生云："小說《紅樓夢》一書，即記故相明珠家事。金釵十二，皆納蘭侍御所奉為上客者也。"①

徐時棟相信《紅樓夢》所記實為明珠家事，對姜西溟的遭遇尤其同情。蔡元培雖然接受他對個別人物身份的解讀，卻認為：

《石頭記》者，清康熙朝政治小說也。作者持民族主義甚摯。書中本事，在吊明之亡，揭清之失，而尤於漢族名士仕清者，寓痛惜之意。②

他與徐氏的意見不同，但二人所述主旨，均難以從原文中找到直接而又充分的證據。蔡元培把《紅樓夢》視為"揭清之失"的政治小說，與《毛傳》強調美刺諷諭的鮮明政治取向，倒是相當接近。

三 尋繹細節，證成題旨

儘管索隱紅學所述本事和主旨，均溢出於文字之外，但學者在闡明己見時，都會在書中尋找根據，佐證其說。為了說明《紅樓夢》是政治小說，蔡元培指出：

書中"紅"字，多影"朱"字。朱者，明也，漢也。寶玉有"愛紅"之癖，言以滿人而愛漢族文化也；好吃人口上胭脂，言拾漢人唾余也。……所謂賈府即偽朝也。其人名如賈代化、賈代善，謂偽朝之所謂化、偽朝之所謂善也。賈政者，偽朝之吏部也。賈敷、賈敬，偽朝之教育也。③

他以獨特的方法拆解書中象徵，揭示小說中的人物無論角色名字或行為習慣，都含政治的喻意，與全書主旨互相呼應。這類尋繹文本細節，歸

---

① 陳康祺：《郎潛紀聞》，北京：中華書局1997年版，第404頁。
② 蔡元培：《石頭記索隱》，第6頁。
③ 同上書，第7—8頁。

宗於主題的做法，與《毛詩》的箋釋同出一轍。

《衛風·柏舟》"汎彼柏舟，亦汎其流"原文只謂柏舟在河上飄浮，但《毛傳》既認定此詩主旨為"仁人不遇"，於是"汎"流的含義便不是如此簡單，而是表示"不以濟渡"之意。鄭玄解釋說："舟，載渡物者，今不用，而與物汎汎然俱流水中。興者，喻仁人之不見用，而與羣小並列"。①儘管馬瑞辰批評鄭氏誤解"亦"的用法，多添了"與群小並列"，②但對以舟之未能載渡喻仁人之不見用一說，基本上沒有甚麼異議。《二子乘舟》同樣取喻於汎舟："二子乘舟，汎汎其景"，可是這裏的"汎"流並非無所見用之意，而是"涉危遂往，如乘舟而無所薄，汎汎然迅疾而不礙也"，因為此詩的主題是"衛宣公之二子爭相為死"。③同樣是汎舟，卻會因應全詩主旨而有不同的解讀，可見主題一經確定，全詩的細節都要儘可能配合靠攏。

《詩經》原文中一些看似平平無奇的文字，經箋注家聚焦放大後，都會有意想不到的深意。如《綠衣》"綠兮衣兮，綠衣黃裏"，今人以為此純是睹物懷人之詩，詩中綠衣"既非妙喻，亦無深意"，④但《毛傳》指出："綠，間色。黃，正色"，間色在外，正色在裏，正是"妾上僭，夫人失位"之意。⑤《傳》、《箋》好以禮解釋男女愛情詩，⑥綠衣的涵義一經點明，似乎亦言之有理。然而，箋注家過分重視細節與主旨之間的融貫，間或予人牽強之感。如《匏有苦葉》首章云："匏有苦葉，濟有深涉。深則厲，淺則揭"。鄭玄認為前兩句暗指時間："瓠葉苦而渡處深，謂八月之時，陰陽交會，始可以為昏禮，納采、問名"；《毛傳》則謂後兩句表示"遭時制宜，如遇水深則厲，淺則揭矣。男女之際，安可以無禮義？將無以自濟也。"⑦為了呼應"公與夫人並為淫亂"、"不依禮以娶"的主

---

① 孔穎達：《毛詩正義》，第134頁。
② 馬瑞辰：《毛詩傳箋通釋》，北京：中華書局1989年版，第107頁。
③ 孔穎達：《毛詩正義》，第209頁。
④ 程俊英、蔣見元：《詩經注析》，北京：中華書局1991年版，第65頁。
⑤ 孔穎達：《毛詩正義》，第138—139頁。
⑥ 參吳萬鍾《從詩到經——論毛詩解釋的淵源及其特色》，第80—87頁；梁錫鋒：《鄭玄以禮箋〈詩〉研究》，北京：學苑出版社2005版。
⑦ 孔穎達：《毛詩正義》，第163頁。

題,①《鄭箋》由氣候物象引申至婚禮,《毛傳》亦由遭時制宜引申至男女以禮義自濟,表面看來彷彿字字緊扣,呼應主題,實際上已跡近草木皆兵,鑿之過深了。

第四節　索隱三法與《詩經》學的關係

傳統《詩經》學詮釋取向的好處或壞處,均在蔡元培的索隱研究中烙下不能磨滅的印記。至於他深深相信的一套嚴謹考釋程序,即品性相類、軼事有徵、姓名相關三種推求方法,同樣濫觴於傳箋之學。他"每舉一人,率兼用三法或兩法,有可推證,始質言之",②所以自信與前人輕率的索隱不同。細察這三種方法,可以發現它們主要源自《詩經》學傳統,不過由韻文解讀移施於小說的過程中,亦有一些特殊的變異,須略作分疏。

一　軼事有徵與直指其事

《毛傳》以史實釋詩,其釋證的強弱程度,主要取決於《序》中所述能否在詩歌原文或其他史傳中找到根據。朱熹分別把二者稱為"詩文明白,直指其事",以及"證驗的切,見於書史",其餘便只能"姑以其意推尋探索"了。③按照這些標準,《詩序》的可信度可以分為三類:最強的一類是同時有詩歌原文及史傳記述兩種直接的根據,如〈碩人〉詩中有"齊侯之子,衛侯之妻。東宮之妹,邢侯之姨,譚公維私"等句,④清楚顯示莊姜的身份,又《左傳》隱公三年亦云:"衛莊公娶于齊東宮得臣之妹,曰莊姜,美而無子,衛人所為賦《碩人》也",⑤兩種材料均能佐證《詩序》所謂"閔莊姜"之說。其次是詩中雖無直接根據,但其他史傳中仍有相關的記述,如《載馳》與《清人》均只提到地方名,沒有述及人物名字或身份,但《左傳》閔公二年有"許穆夫人賦《載馳》"、"鄭人

---

① 孔穎達:《毛詩正義》,第162頁。
② 蔡元培:《石頭記索隱》,第1頁。
③ 朱熹:《詩序辨說》,見朱傑人等主編《朱子全書》(修訂本),第1冊,第361頁。
④ 孔穎達:《毛詩正義》,第261頁。
⑤ 孔穎達:《左傳正義》,第90—91頁。

為之賦《清人》"等記述,①所以《毛傳》亦有一定根據。最弱的是詩文中只有間接的根據,同時缺乏外在歷史文獻的支持,如毛氏以為《河廣》乃"宋襄公母歸于衛,思而不止,故作是詩也",鄭《箋》雖發揮其說,但詩中實際上僅有"誰謂宋遠"一句較為符合《傳》意,②卻沒有直接道出相關人物,遂令後世學者多有質疑。③

《詩經》有三種史實可徵的型態,但小說傳奇通常僅剩下最弱的一項,因為縱是那些以歷史人物為主角的故事,亦絕少會同時見諸正規的歷史著述中。如六朝《搜神記》提及曹操載妓而覆的"曹公船"、④《列異傳》記華歆自知為公之事,⑤這兩個故事只會收錄於《搜神後記》等性質相近的書中,而不會出現在較為嚴謹的著述內。唐代傳奇"有意為小說",⑥大膽虛構、假托幻設,更是難以找到史實的根據,如《古鏡記》既有歷史上的真實人物,亦有不少虛構人物穿梭於其中。⑦因此論者詮釋小說的主旨時,往往只能在原文中標出可與史事簡接參證的材料,說明己見。像元稹《鶯鶯傳》的張生,過去有以為指張籍,但趙德麟不同意此說,認為張生就是元稹本人。他先從張籍登科的時間入手,推翻舊說,然後比較元稹與張生的生平,指出兩者吻合的地方,包括張生娶妻的年齡、鶯鶯與張生的中表關係等,俱與元稹相符。⑧小說傳奇雖多幻設之言,與《詩經》的表述大有區別,但論者仍會如《毛傳》那樣細緻尋繹文本,與史實互相對照,發掘文本主旨。

從蔡元培列舉的例子可知,他所強調的"軼事有徵"基本上繼承了前人的詮釋方法。他認為賈寶玉指胤礽,其中一項根據就是二人均曾遭逢

---

① 孔穎達:《左傳正義》,第356、358頁。
② 孔穎達:《毛詩正義》,第238頁。
③ 參陳子展《詩三百解題》,上海:復旦大學出版社2001年版,第212—214頁。
④ 參謝明勳《六朝小說本事考索》,臺北:里仁書局2003年版,第211—213頁。
⑤ 同上書,第211—213頁。
⑥ 魯迅:《中國小說史略》,《魯迅全集》,北京:人民文學出版社1987年版,第9冊,第70頁。
⑦ Cf. Chen Jue, "History and Fiction in the *Gujing Ji* (Record of an Ancient Mirror)", *Monumenta Serica*, Vol. 52 (2004), pp. 178–180.
⑧ 汪辟疆校錄:《唐人小說》,香港:中華書局1987年版,第170頁。有關問題可參吳儀鳳《從〈鶯鶯傳〉自傳說看唐傳奇的詮釋方法》,《中國學術年刊》2006年第28期,第133—160頁。

魘魅。胤礽的罪狀中提到他"忽起忽坐,言動失常,時見鬼魅,不安寢處,屢遷其居,啖飯七八碗尚不知飽,飲酒二三十觥亦不見醉"。①這與《紅樓夢》第九十五回寶玉失玉後"吃不像吃,睡不像睡,甚至說話都無頭緒",以及第八十一回寶玉在病中覺得站著時"倒像背地裏有人把我攔頭一棍,疼的眼睛前頭漆黑,看見滿屋子裏都是些青面獠牙、拿刀舉棒的惡鬼"等描述,②實在驚人地相似。又胤礽於康熙四十七年九月被廢皇太子之位,半年後復立,三年多後又被廢等事,亦與《紅樓夢》二十五回寶玉魘魅,"雖被迷污,經和尚摩弄一回,依舊靈了",但第九十四回最終失玉等遭遇相近。③不過這類探究極其量只能達到《毛傳》中證據最薄弱那類解釋的水平,因此亦如後者一樣,容易滋生各種疑竇,引起爭議。

二 品性相類與比興象徵

"品性相類"指小說角色與歷史人物的品格性情相似,如"以湘雲之豪放而推為其年,以惜春之冷僻而推為蓀友"。④當然,小說中的人物個性每每通過語言和行為來呈現,如徐乾學謂陳其年"每際稠人廣坐,伸紙援筆,意氣揚揚,旁若無人",因而予人豪爽的感覺,這與史湘雲"大說大笑"、"極愛說話"的描述正相接近。⑤與軼事有徵最大的區別是,品性相類的描寫並沒有指向同一件事,如陳其年與史湘雲分別以援筆書寫和大說大笑展示共通的性格,卻不會像寶玉與胤礽那樣,經歷相同的胡言亂語、看見鬼魅等魘魅事件。由是而言,有關品性的情節描寫只是一種帶有傾向性的象徵,讀者不能光從字面上去理解。蔡元培認為王熙鳳影余國柱,他的例證就是這位順治九年的進士"文辭不多見",與"王熙鳳不甚識字"相類。⑥然而"文辭不多"與"不識字"差距甚遠,二者只有類比的關係,所以這條證據極其量屬於品性相類,不能算是軼事有徵。兩種方

---

① 蔡元培:《石頭記索隱》,第11頁。
② 曹雪芹著,馮其庸纂校訂定:《重校八家評批紅樓夢》,南昌:江西教育出版社2000年版,第1839頁。
③ 蔡元培:《石頭記索隱》,第14頁。
④ 同上書,第1頁。
⑤ 同上書,第28—29頁。
⑥ 同上書,第27頁。

法的區別雖然細微，卻尚算涇渭分明。

　　品性相類的解讀方法與《毛傳》以比興釋《詩》的做法相當接近。前文提過傳箋會尋繹全詩細節，佐證《小序》確立的主旨，因此詩中提及的景物，幾乎都可以含有指向題旨的特別涵義。《柏舟》以泛流的木舟表示"仁而不遇"，《綠衣》以綠衣黃裏表示"妾上僭"，正是景物與人的處境互有關聯的篇章。其他如"雄雉于飛，泄泄其羽"喻"宣公整其衣服而起"，"毖彼泉水，亦流于淇"喻"婦人出嫁於異國"，"蟋蟀在東，莫之敢指"喻"君子見戒而懼，諱之莫之敢指"等，①更是舉不勝舉。除了以整個場地景物比喻人事狀況外，《詩經》中還有一些涉及人物的情節描寫被《毛傳》詮釋為象徵文字，《靜女》中提到的"彤管"就是著名的例子。"靜女其孌，貽我彤管"，《傳》以為"彤管"指"古人之法"，表示靜女熟悉古人的禮法，"可以配人君也"。②《毛傳》所提女史彤管之法，並不見於其他典籍，雖然言之鑿鑿，但朱熹卻直言"彤管，未詳何物，蓋相贈以結殷勤之意耳"，③把它視為普通的實物。朱熹的異見正可凸顯《毛傳》那套獨特的詮釋方法。

　　《毛詩》通過性質相近的景物情節暗示人物身份個性的做法，逐漸演變為小說戲曲中的影射解讀。④晁公武《郡齋讀書後志》嘗引《崇文目》謂《補江總白猿傳》乃"唐人惡詢者為之"，⑤文中雖然從未道及歐陽詢之名，但書中提及白猿之子"厥狀肖焉"，與歐陽詢"貌獼猿"相類，⑥因此其背後蘊含的詆譭之意實亦不難明白。據王夢鷗考釋，今傳《霍小玉傳》"大歷中隴西李生名益"句中"名益"二字或為後人所增，當時未必敢指名點姓毀謗時流，⑦若是則後人乃因史傳言李益"少癡而忌克，防閑妻妾苛酷"，與小說中李生"大凡生所見婦人，輒加猜忌"的性格相

---

①　孔穎達：《毛詩正義》，第160、195—196、241頁。
②　同上書，第205頁。
③　朱熹：《詩集傳》，見朱傑人等主編《朱子全書》（修訂本），第1冊，第438頁。
④　陳大維對此有簡要的綜述，參氏著《淺談我國古代文藝作品中的影射技法》，《廣州大學學報》（社會科學版），2002年第1卷第11期，第38—43頁。
⑤　晁公武：《郡齋讀書後志》，上海：上海古籍出版社影四庫全書本1987年版，第674冊，第388頁。
⑥　汪辟疆校錄：《唐人小說》，第18—21頁。
⑦　王夢鷗：《唐人小說研究二集》，臺北：藝文印書館1973年版，第62—67頁。

近，於是把二人連結起來。①

這類影射式解讀在後世戲曲中也是相當流行，如《琵琶記》裏的蔡伯喈究竟是影射蔡邕、王四、鄧敞、慕容喈，還是蔡卞，過去便有不同說法。②陳玨探究"影射"的語源和語義演變時，同樣認同影射源自《詩經》的比興傳統。③他指出"索隱小說"有"年表錯亂"（intentional anachronism）和"互文用典"（intertextual echoes）兩個重要特徵，④而《儒林外史》和《紅樓夢》則分別代表了兩種模式，前者"通過由作者或者文學批評提供的鑰匙，小說人物能準確無誤地作為歷史人物鑒別出來"，後者的"小說人物通常有多個可能的歷史對應人物"，儘管"《紅樓夢》評論家所使用的再現與小說人物對應的歷史人物這套匹配技巧與《儒林外史》評論家所用的相同"。⑤可見蔡元培的解讀方法其來有自，並非他的發明。

三　姓名相關與隱語諧音

跟前兩項相比，"姓名相關"一法似乎與《毛傳》的關係最為薄弱。儘管我們知道，民間歌謠好用相關語，而《國風》既多"里巷歌謠之作"，⑥自亦不應例外。聞一多指出，《芣苢》中的芣苢不但"是一種植物，也是一種品性，一個 allegory"，考其古音，"'芣苢'既與'胚胎'同音，在《詩》中這兩個字便是雙關的隱語（英語所謂 Pun）"，乃後世歌謠中以蓮為憐、以藕為偶、以絲為思一類字法的先驅。⑦近年康金聲更發現《詩經》中的興句，實有"起情"的作用，即"運用諧音雙關的手

---

① 汪辟疆校錄：《唐人小說》，第92—99頁。
② 參程華平《試論中國古代戲曲批評中的影射現象》，《文藝理論研究》2008年第5期，第67—72頁。
③ Chen Jue, '"Shooting sand at people's shadow" Yingshe as a mode of representation in medieval Chinese Litereature', *Monumenta Serica*, Vol. 47（1999），p. 199.
④ 陳玨：《歷史指涉的詩學大綱——以西方的觀點為參照談明清時期的"索隱小說"》，王定安譯，載楊乃喬、伍曉明主編《比較文學與世界文學：樂黛雲教授七十五華誕特輯》，北京：北京大學出版社2005年版，第405頁。
⑤ 同上書，第407—408頁。
⑥ 朱熹：《詩集傳》，見朱傑人等主編《朱子全書》（修訂本），第1冊，第351頁。
⑦ 聞一多《匡齋尺牘》，見聞一多著，李定凱編校《詩經研究》，成都：巴蜀書社2002年版，第42—43頁。

法，以起興句末一字的諧聲字（音相同或音近似）暗示全章的詩情"，如《黍離》的興字"苗"、"穗"、"實"與"眇"、"碎"、"失"諧音，與詩中"混茫眇昧"、"心碎"、"恍然若失"的情調完全相合。①姑勿論他們的說法是否可信，即使真有其事，這些討論亦已超出毛亨、鄭玄、朱熹等傳統學者的知識範圍了。礙於語音學的發展，過去的注家並沒有特別注意到《詩經》的諧音問題，更遑論運用這些相關語箋釋詩中人物的本事了。因此蔡元培所用的"姓名相關"法，與後世的小說詮釋實有更為密切的關係。

六朝不少志怪故事都會藉隱語迂迴地表達作者的意圖，謝明勳把這些相關語區分為兩個系統，其一以"聲音"為主，另一則以"形體"為主。他所舉的諧音例子包括以"雉"喻"秩"、以"狗"喻"苟"、以"胡"喻"狐"、以"馬"喻"司馬氏"及以"槽"喻"曹氏"等；形體的例子則有"甄舒仲"（即予舍西土瓦中人）、"兩口"和"手巾"（指呂布）、"力在左，革在右"（指石勒之勒）等。②由於傳奇故事多以口耳相傳，因此諧音相關的手法尤其多見。後世唐傳奇亦有以諧音暗示人物身份或特徵，如《辛公平上仙》中的人物辛公平、成士廉、王臻，便分別表示心公平、成事廉、忘真等寓意；③《南柯太守傳》的主角名棼，實表紛亂之意，反映作者的貶斥之意。④明代《平妖傳》中的狐狸精胡媚兒、胡黜兒以胡為姓，沿襲六朝之跡更是顯而易見；⑤張竹坡甚至謂《金瓶梅》中西門慶的名字與"罄"諧音，與李瓶兒之"瓶"結合就是"瓶罄"，表"骨髓暗枯"、"衰朽在即"之意云云。⑥

---

① 詳參康金聲《諧音雙關：詩"興"義探賾一隅》，《文學評論》2003年第6期，第35—37頁。
② 參見謝明勳《六朝志怪小說故事考論》，臺北：里仁書局1999年版，第206—229頁；另參氏著《六朝小說本事考索》，第74—79頁。
③ 卞孝萱：《唐傳奇新探》，南京：江蘇教育出版社2001年版，第112頁。
④ 同上書，第184頁。
⑤ 馮夢龍：《平妖傳》，臺北：桂冠圖書股份有限公司1995年版，第23頁。
⑥ 張竹坡：《金瓶梅寓意說》，引自朱一玄編《金瓶梅資料匯編》，天津：南開大學出版社2002年版，第419頁。

在這類歷史悠久的小說創作與文本解讀背景下，蔡元培提出姓名相關一法實在是自然不過的事。而且尤其重要的是，《紅樓夢》本身亦有相當明顯的暗示，誘導讀者探索書中人名的喻意。如小說開篇即謂書中所述乃"將真事隱去"，"故曰'甄士隱'"，又因"用假語村言敷演出來"，"故曰'賈雨村'云云"，①明確地點出甄士隱和賈雨村等人名的諧音，實有特定涵義；稍作類推，其他人名如封肅（風俗）、卜固修（不顧羞）、詹光（沾光）、蔔世仁（不是人）等，其意亦不難理解。就是書中的主角，作者亦嘗以諧音的方式暗示各人的身份，如第五回《終身誤》的名句"空對著、山中高士晶瑩雪，終不忘、世外仙姝寂寞林"，便以"雪"、"林"相關寶釵和黛玉的姓氏。②《石頭記索隱》所說的姓名相關，實亦不出這些範圍，如以林黛玉影朱彝尊，因林原為絳珠仙子，絳為赤色，珠與朱又同音，正是音義兼備的相關語。③與《紅樓夢》時代相接的《儒林外史》，書中角色與歷史人物的姓名一樣有不少關聯。④可見這是古典小說中相當流行的作法，蔡元培以此詮釋《紅樓夢》，亦有足夠的根據。

第五節　源出《春秋》學的不足之處

一　比興與微言之別

探討過《石頭記索隱》的《詩經》學淵源後，這裏要進一步澄清蔡氏紅學與傳統《春秋》的關係。因為近代學者論及索隱派的學術淵源時，雖然多會注意到《詩經》的比興之義，⑤以及後來《離騷》"香草美人"的表現手法，⑥可是更多學者相信，索隱紅學以考證歷史本事為目標，與《春秋》的詮釋傳統有著更為密切的關係。一些學者倡言"《紅樓夢》成

---

① 曹雪芹著，馮其庸纂校訂定：《重校八家評批紅樓夢》，第1—2頁。
② 同上書，第116頁。
③ 蔡元培：《石頭記索隱》，第15頁。
④ 參李漢秋編《儒林外史研究資料》，上海：上海古籍出版社1984年版，第197—246頁。
⑤ 參陳維昭《索隱派紅學與詩騷學術傳統》，《汕頭大學學報》（人文科學版），1995年第11卷第1期，第42頁。
⑥ 顧友澤：《對紅學索隱派研究方法的再思考》，《蘇州教育學院學報》2005年9月，第39頁。

功地運用了'春秋筆法'來寄寓'微旨'",①故索隱派考證小說背後的本事，亦採取了"解讀《春秋》筆法"的"本事注經方法"②；另外一些學者甚至具體地指出，索隱派所運用的方法實來自以《公羊傳》為中心的今文經學傳統，認為"紅學中的索隱派接近於西漢今文學，以探求'微言大義'為宗旨"。③

表面看來，《詩經》的比興與《春秋》的微言的確有相類似的地方，如二者皆強調經書的文字可以通過獨特的表達方式（比興、微言/筆法），涵蘊超越字面之外的深意（隱喻、大義/本事），難怪有學者倡言它們都是索隱派解讀模式的根源。④這類左右逢源、漁翁撒網式的溯源方法自然有其穩當之處，不過從辨章學術的角度看，如此寬鬆浮泛的解說至少有兩個明顯的問題。首先，它未能準確地說明索隱派與傳統經學的關係，因為關注書寫策略、強調言外之意，絕非儒家經傳的專利，古代其他典籍亦有許多相近的言論。如《莊子》便說過"可以言論者，物之粗也；可以意致者，物之精也"，教人"得意而忘言"，並且注意到"寓言"、"重言"、"卮言"等獨特的表述手法。⑤要是《詩》傳比興、《春秋》筆法亦不過強調言外之旨，那麼傳統經學與索隱紅學便不見得有與眾不同、獨一無二的連繫了。此外尤其重要的是，比興與微言雖然同屬經學的範疇，但二者實際上源自《詩經》和《春秋》兩部不同的經典。傳統學者對這兩部典籍的特質和功能上的差別，俱有相當自覺的理解，如《禮記・經解》便有

---

① 陳才訓：《"春秋筆法"對古典小說審美接受的影響》，《信陽師範學院》（哲學社會科學版）2008年6月，第28卷第3期，第126頁。又王憲明《真假有無與"借事明義"——兼論索隱派》亦謂《紅樓夢》運用了"借事明義的表述方式。這種表述方式，作俑於《春秋》"，參《紅樓夢學刊》1997年第4輯，第143頁。

② 參陳維昭《"自傳說"與本事注經模式》，《紅樓夢學刊》2003年第4輯，第17頁。

③ 陳維昭：《索隱派紅學與詩騷學術傳統》，第42頁。又孫玉明《紅學：1954》也有相同的說法（北京：北京圖書館2003年版，第236頁）。此外尚有不少學者強調索隱有探尋"微言大義"的企圖，如顧友澤云："索隱派的產生，有著堅實的文化傳統。首先是西漢以來的解經思維……透過著作表面的字義，深求其背後的微言大義"（《對紅學索隱派研究方法的再思考》，第39頁）；又齊學東亦說索隱派"在研究小說時專注於探求隱藏在小說作者與故事情節背後的本事，以便據此闡釋小說文本的'微言大義'"（《索隱派的舊版翻新——評"劉心武揭秘〈紅樓夢〉"》，《福建師範大學學報》（哲學社會科學版），2006年第3期，第127頁）。

④ 如前註引陳維昭諸文顯示，他相信三種說法皆與索隱派相關。

⑤ 參錢穆《莊子纂箋》，臺北：東大圖書股份有限公司1993年版，第130、227、228、277頁。

"溫柔敦厚,《詩》教也"、"屬辭比事,《春秋》教也"之說,①後來朱熹亦提到"聖人之言,在《春秋》《易》《書》無一字虛;至於《詩》,則發乎情,不同",②可見二書在經學史上各有自身的位置。過去錢鍾書嘗辨析《詩》喻與《易》象的異同,③我們認為《詩》的比興和《春秋》的微言,同樣體現了不盡相同的詮釋方法和取向,不能隨便混為一談。

要確切地說明傳統經學對蔡元培紅學範式的實際影響,不能僅僅滿足於一些大而化之、籠統模糊的論述,而應從嚴格的學術觀念和研究方法著眼,釐清有關問題。綜觀過去那些把索隱紅學上溯至傳統《春秋》學的各種說法,可以發現它們雖然或有不同的側重點,但大體上可以歸納為"微言"和"筆法"兩大類。以下茲逐一檢討這類說法的根據及其合理程度。

二 今文學者詮釋微言大義的方法

受到小說與稗史同源一類說法的影響,傳統學者經常把隱含在小說文字背後的意義類比為《春秋》的微言大義。《石頭記》戚本序言便謂此書"如《春秋》之有微詞,史家之多曲筆",並感嘆謂"其殆稗官野史中之盲左、腐遷乎?"④這類牽合史傳、強調微詞的評論相當普遍,其他例子如犀脊山樵《紅樓夢補序》云:

> 稗官者流,厄言日出,而近日世人所膾炙於口者,莫如《紅樓夢》一書,其詞甚顯,而其旨甚微,誠為天地間最奇妙之文。⑤

又訥山人《增補紅樓夢序》亦曰:

> 《紅樓夢》一書,不知作自何人……顧其旨深而詞微,具中下之

---

① 鄭康成:《禮記鄭注》,臺北:學海出版社1992年版,第639頁。
② 朱熹:《朱子語類》,見朱傑人等主編《朱子全書》(修訂本),第2778頁。
③ 錢鍾書:《管錐編》,第二冊,第11—12頁。
④ 戚蓼生:《石頭記序》,見一粟編《紅樓夢卷》,第27頁。
⑤ 一粟編:《紅樓夢卷》,第50頁。

資者，鮮能望見涯岸，不免墮入雲霧中，久而久之，直曰情書而已。①

可見這是相當流行的說法，孫渠甫甚至逕以"微言"命名其論《紅樓夢》的著作。②微詞、微旨之說不僅見於清代一般讀者的評論，與《紅樓夢》作者關係密切的脂硯齋同樣有類似的批語。甲戌本《紅樓夢》第八回"早知日後閒爭氣，豈肯今朝錯讀書"句，脂批曰："這是隱語微詞，豈獨指此一事哉"，③足證此說多少反映了那個時代共同的詮釋取向。

到了20世紀下半葉，著名紅學家俞平伯在《讀〈紅樓夢〉隨筆》中，仍相當重視微言大義之說，認為此書的寫法"在中國文學裏可謂史無先例，除非拿它來比孔子的《春秋經》"，④又說：

　　《紅樓夢》本身也另有一種情形必須一表的，即有過多的微言大義。引言中曾拿它來比《春秋經》，讀者或未必贊成，不過我確是那樣想的。⑤

這番話的份量與前引清人諸說大不相同，因為在一些學院派紅學家眼中，清代評論《紅樓夢》的著述雖多，"但其性質均不外乎隨感、議論、欣賞、讚嘆，也與學術性研究根本有別，難以牽合"，因此學術的"紅學"仍當以"胡適作《紅樓夢》考證為始"。⑥俞平伯是首批響應胡適的新紅學家，以科學的考證方法研治小說，他這種"微言大義"說雖然曾在某一時期被視為"資產階段唯心論的一種表現"，⑦但多年以後，仍然在學界有一定的影響力。

---

① 一粟編：《紅樓夢卷》，第53頁。
② 同上書，第265—266頁。
③ 俞平伯輯：《脂硯齋紅樓夢輯評》，香港：太平書店1979年版，第138頁。
④ 俞平伯：《俞平伯論紅樓夢》，第637頁。
⑤ 同上書，第764—765頁。
⑥ 周汝昌：《還"紅學"以學——近百年紅學史之回顧（重點摘要）》，《北京大學學報》（哲學社會科學版）1995年第4期，第38頁。
⑦ 參余冠英《是"微言大義"呢，還是穿鑿附會？》，《人民文學》1955年1月號，第92—96頁。

陳維昭便認同《紅樓夢》的微言大義說，還進而把它與今文經學扯上關係：

> 紅學中的索隱派接近於西漢今文學，以深求"微言大義"為宗旨。……以胡適為代表的考證派或"探佚派"則無疑繼承經古文學的傳統。①

這裏他還只是審慎地說索隱派"接近"今文經學，但數年後他便直接表明索隱紅學乃指"蔡元培先生等運用今文經學方法所進行的《紅樓夢》研究"，②或者反過來表示"索隱方法是今文經學的基本方法"。③至於這種方法的具體內容，則包括"章句之學和訓詁學"，④以及"對古書、文學作品的內容與其'本事'（原本事件）的關係的考證"。他聲稱："古文經學方法是一種考證方法，今文經學方法同樣是一種考證方法"，⑤並把這種觀點寫進他的紅學史著作中。⑥

對那些好用二元對立方式思考的人來說，這番說法無疑有其吸引力，因為新紅學的確與版本、校勘等考據方法有密切的關係，加上胡適本人亦時常強調自己"對《紅樓夢》最大的貢獻，就是從前用校勘、訓詁、考據來治經學史學的，也可以用在小說上"，⑦即"用乾、嘉以來一班學者治經的考證訓詁的方法來考證最普遍的小說"。⑧胡適既然自信新紅學繼承了乾、嘉考證之學，要是蔡元培的索隱紅學方法同樣能夠與今文經學扯上關係，那麼新、舊紅學的對立便可重新表述為古文經學與今文經學的對立了。從理論完整性的角度著眼，這種說法不但令新、舊紅學對立的旗幟更為鮮明，還可上通源遠流長的經學傳統，當然甚為吸引。難怪個別紅學專

---

① 陳維昭：《索隱派紅學與詩騷學術傳統》，第42頁。
② 陳維昭：《考證與索隱的雙向運動》，《紅樓夢學刊》1998年第4輯，第180頁。
③ 陳維昭：《索隱派紅學與互文性理論》，《紅樓夢學刊》2001年第2輯，第279頁。
④ 陳維昭：《索隱派紅學與詩騷學術傳統》，第42頁。
⑤ 以上引文俱見《考證與索隱的雙向運動》，第183頁。
⑥ 參陳維昭《紅學通史》，第115頁。
⑦ 同上書，第3652頁。
⑧ 參胡適1961年5月6日的談話，見胡頌平編《胡適之先生年譜長編初稿》，第10冊，第3561頁。

家亦不免前邪後許，倡言"如果說胡適的治學方法屬於'古文家'，那麼紅學索隱派的治學方法則恰恰來自'今文家'"。①

至此，索隱紅學與微言大義的關係，已由原來的隨筆偶感轉化為嚴肅的學術討論，並且與今文經學扯上關係，成為與古文經學相對的研究方法。然而，這類說法雖然看似完備，卻經不起嚴格的推敲，因為索隱紅學與今文經學無論在研究取向還是操作方法上，皆是異多於同，把二者牽合起來，並不見得能夠增進大家對索隱紅學範式的理解。②要展示問題的關鍵，有必要先簡單考察"微言大義"一詞的涵義和流變。

"微言"有廣、狹二義，廣義的微言泛指隱含深意奧義的言詞，如《後漢書·光武十王列傳》云："楚王誦黃老之微言，尚浮屠之仁祠。"③狹義的微言則主要針對孔子所傳的學說。考這個詞語最初出現之際，即與孔子有關，《呂氏春秋·審應覽》云："白公問於孔子曰：'人可與微言乎？'"④句中微言泛指隱密之言，雖非出自孔子之口，卻與孔子有關，因為那是白公問孔子之語。⑤據現存典籍，劉歆是最早把"微言"與"大義"連結起來的人，他在《移書讓太常博士》云"夫子沒而微言絕，七十子卒而大義乖"，⑥其後班固《漢書·藝文志》亦曰："昔仲尼沒而微言絕，七十子喪而大義乖"，⑦於是"微言"逐漸演變為專指孔子所傳"大義"的"精微要妙之言"。⑧到了清代，隨著今文經學的復興，孔門狹義的微言大義與《春秋公羊傳》的關係更形緊密。

莊存與為清代常州今文經學的先導者，阮元《莊方耕宗伯經說序》

---

① 孫玉明：《紅學：1954》，第236頁。
② 陳說發表後，王平曾提出商榷的意見（參王平《也談"索隱派"與"考證派"——兼與陳維昭兄商榷》，《紅樓夢學刊》2004年第3輯，第184—199頁），陳維昭不久亦撰文回應（參陳維昭《索隱、考證與"新紅學"的本質——答王平兄兼論紅學史諸問題》，《洛陽師範學院學報》2005年第3期，第76—80頁）。可惜王、陳辯論的重點是索隱是否有資格稱為考證，沒有涉及本章討論的紅學範式的淵源問題。
③ 范曄：《後漢書》，北京：中華書局1965年版，第1428頁。
④ 許維遹：《呂氏春秋校釋》，北京：中國書店1985年版，卷18，第10頁。
⑤ 許維遹釋曰："微言，陰謀密事也。"見《呂氏春秋校釋》，卷18，第10頁。
⑥ 劉歆：《移書讓太常博士》，見蕭統輯，李善注《文選》，臺北：正中書局1971年版，第602頁。
⑦ 班固：《漢書》，北京：中華書局1962年版，第1701頁。
⑧ 參《漢書·藝文志》"昔仲尼沒而微言絕"句下注，見《漢書》，第1701頁。

稱其學"不專專為漢宋箋注之學，而獨得先聖微言大義于語言文字之外"。①句中"微言大義"與"語言文字"之學並列對舉，標識出此派有別於乾嘉漢學的特徵，頗為後世學者所稱引。②其後經學史和學術史論著大抵沿襲此說，如皮錫瑞《經學歷史》云："前漢今文說，專明大義微言；後漢雜古文，多詳章句訓詁"，"若嘉、道以後，講求今文大義微言，並不失之於瑣"。③梁啟超《清代學術概論》亦謂莊存與《春秋正辭》"刊落訓詁名物之末，專求所謂'微言大義'者，與戴、段一派所取途徑，全然不同"。④此後學者論及清代今文學時，例必標舉"微言大義"一語，⑤令此語儼然成為該學派的口號。⑥

從前述廣義的角度看，說索隱派致力發掘《紅樓夢》的微言大義，並不見得有甚麼問題，因為索隱派的確不滿足於《紅樓夢》表層字面的意思，企圖探索隱藏在字裏行間的隱微深意，所以清代評論家的表述雖然並不精確，大體上仍屬穩當。然而要是從狹義的角度著眼，把"微言大義"與今文經學的學術範式聯繫起來，認為蔡元培等人亦運用了今文經學的方法研究《紅樓夢》，卻不免有牽強比附之虞。因為今文經學所謂微言大義，自有其學術旨趣和研究方法，與索隱研究大異其趣，不容隨便混為一談。

---

① 顏建華：《阮元〈研經室集〉集外文輯佚》，《湖南大學學報》（社會科學版）2005年第19卷第5期，第81頁。

② 如魏源《劉禮部遺書序》便以"微言大義"概括西漢今文學的特色："西漢微言大義之學墜于東京，東京典章制度之學絕于隋、唐。"見《魏源集》，北京：中華書局1976年版，第242頁。

③ 皮錫瑞著，周予同注釋：《經學歷史》，北京：中華書局1981年版，第89—90、347頁。

④ 梁啟超著，朱維錚校注：《梁啟超論清學史二種》，上海：復旦大學出版社1985版，第61頁。

⑤ 類似例子不勝枚舉，這裏僅以兩部成書時代不同、學術立場亦迥然有別的著作為例，以供隅反。錢穆：《中國近三百年學術史》稱劉逢祿之學"又主微言大義，撥亂反正，則承其外家之傳緒。"（北京：中華書局1989年版，第528頁）又侯外廬《中國思想史》第5卷云："今文學和古文學的區別，大體上是今文學家主微言大義，而古文學家主分析文義。"（北京：人民出版社1992年版，第628頁）二者均以"微言大義"一語，標示清代今文經學的特色。

⑥ 錢玄同當時亦注意到："至於'微言''大義'，本是兩詞，近人合為一詞，謂凡今文經說，專務發揮微言大義，而近代今文家亦多以發揮微言大義之責自承。"見《重論經今古文學問題》，《古史辨》，第5冊，第97頁。

學界公認"今文學之中心在《公羊》",①而"清代今文學復興的出發點是《春秋公羊傳》"。②在經學史上,今文學家所理解的微言大義,並非泛泛之稱,而是針對孔子的學說而發,與《公羊傳》對《春秋》經文的解讀尤有莫大的關係。被尊為公羊先師的孟子,③嘗謂孔子因世衰道微而"作《春秋》";④又謂《春秋》"其事則齊桓晉文,其文則史。孔子曰:'其義則丘竊取之矣。'"⑤漢代學者亦普遍接受《春秋》為孔子所作,⑥經中隱藏了聖人所"竊取"的素王微義,如趙歧注曰:"孔子懼王道遂滅,故作《春秋》。因魯史記,設素王之法",⑦又云:"孔子自謂竊取之,以為素王也"。⑧今文學家信奉此說,認為《春秋》諸傳之中,尤以《公羊傳》最能闡發孔子的微言大義,如清末今文學者皮錫瑞便說:"綜而論之,《春秋》有大義,有微言……為《公羊》兼傳大義微言,《穀梁》不傳微言,但傳大義。"⑨可見《春秋》的微言大義實有其獨特的指稱,"所謂大義者,誅討亂賊以戒後世是也;所謂微言者,改立法製以致太平是也"。⑩用現代學者的話來說,公羊學乃是一種"實踐儒學",是有別《大學》、《中庸》一類心性之學的"外王儒學"。⑪

清代今文學家的學術關懷與之前的宋明儒者,以及同時代的考證學

---

① 梁啟超著,朱維錚校注:《梁啟超論清學史二種》,第61頁。

② 周予同著,朱維錚編:《周予同經學史論著選集》(增訂本),上海:上海人民出版社1996年版,第19頁;另參侯外廬《中國思想史》第5卷:"晚清今文學的興起,其始亦以'公羊'為中心。"(第631頁)及朱維錚《晚清的經今文學》:"清代的經今文學,是以回到西漢中葉出現的《春秋公羊傳》的研究為開端的。"見朱維錚《中國經學史十講》,上海:復旦大學出版社2002年版,第164頁。

③ 孟子與公羊學的關係,可參蔣慶《公羊學引論》,沈陽:遼寧教育出版社1995年版,第74—78頁。

④ 焦循:《孟子正義·滕文公下》,北京:中華書局1982年版,第452頁。

⑤ 焦循:《孟子正義.離婁下》,第574頁。

⑥ 參錢穆《孔子與春秋》,《錢賓四先生全集》,臺北:聯經出版事業公司1994年版,第8冊,第267—276頁。又近人對孔子與春秋之關係的看法,林義正嘗作出清晰而精簡的介紹,參氏著《春秋公羊傳倫理思維與特質》,臺北:臺大出版中心2003年版,第1—15頁。

⑦ 焦循:《孟子正義.滕文公下》,第452頁。

⑧ 焦循:《孟子正義.離婁下》,第574頁。

⑨ 見皮錫瑞《經學通論》,北京:中華書局1989年版,卷4,第19頁。

⑩ 同上書,第1頁。

⑪ 參蔣慶《公羊學引論》,第31—36、45—58頁。

家，俱不盡相同。他們致力抉發隱藏在《春秋》經文內的深義，探尋孔子所寄寓的教誨和理想，並且嘗試把這些見解套用至其他經典之中，形成獨樹一幟的學風。如莊存與的外孫劉逢祿除了撰寫《春秋公羊經何氏釋例》外，亦曾注解《論語》。他把"傳不習乎"的"傳"解為"傳六經之微言大義也"等，①以《公羊》之說詮釋《論語》，體現了今文學以《公羊》為中心的傾向。除了像一般箋注家那樣訓釋古代名物、字詞外，②公羊學者在詮釋《春秋》經文時，還有一套針對微言大義的解讀策略。

據許雪濤的研究，《公羊傳》主要從《春秋》經文表達的細微變化入手，探尋奧義，"如史法不當書者，而《春秋》書之；習慣上不當言者，而《春秋》言之；史實如此者，而《春秋》變文改之"。③也就是說，《公羊》傳的解經方法乃從《春秋》經文與史法、習慣或是史實相違之處，推斷孔子寄寓的心意。舉一個簡單的例子，《春秋·莊公三十年》云："秋，七月，齊人降鄣"，《公羊傳》云：

> 鄣者何？紀之遺邑也。降之者何？取之也。取之則曷為不言取之？為桓公諱也。外取邑不書，此何以書？盡也。④

傳文透露，若依一般的歷史書寫習慣，這條資料至少有兩種處理方法：(1) 應該刪去，因為國外佔領城邑之事，不必書於史策；(2) 若要記述，亦應寫作"秋，七月，齊人取鄣"，以明史實。《春秋》最後沒有採用這兩種較為常見的寫法，必要深意存焉，後世注家的任務，正是要探究孔子如是書寫的用心。東漢何休認為"此何以書"表示"惡其不仁之

---

① 見劉逢祿《論語述何》，載嚴靈峯編《無求備齋論語集成》，臺北：藝文印書館1966年版，第222冊，第1及2頁。
② 參許雪濤《公羊學解經方法：從〈公羊傳〉到董仲舒春秋學》，廣州：廣東人民出版社2006年版，第39—54頁。
③ 許雪濤：《公羊學解經方法：從〈公羊傳〉到董仲舒春秋學》，第33頁。又書中對這些方法另有詳細說明，參第54—90頁。
④ 以上經傳原文，俱見徐彥《春秋公羊傳注疏》，臺北：藝文印書館1989年版，第109頁。

甚也","為桓公諱也"則是"時霸足以除惡,故為諱言"。①前者解答了孔子不刪此條的原因,後者則道出用"降"而不用"取"的理據。何休把孔子的書寫原則加以歸納,得出五始、三科、九旨、七等、六輔、二類等條例。②其中"三科九旨"之說尤為影響深遠,甚至有所謂"無三科九旨則無《公羊》,無《公羊》則無《春秋》"之說,③啟發了晚清一眾講求通經致用的學者。④

從以上描述可知,今文經學的研究範式與索隱紅學實有明顯的差異。就詮釋的取向而言,索隱學者試圖從"滿紙荒唐言"的虛構敘述中,解讀出他們認為作者刻意隱去的歷史事實。如蔡元培從小說"絳珠草長於靈河岸上"此一想像出來的情節,連類到"竹坨生於秀水"一事,⑤這是一個由虛而實的詮釋過程,與今文學者解讀《春秋》的方向剛好相反。公羊學家主要通過玩索經文的歷史記述,尋繹出孔子的道德教訓,用傳統的話來說,他們的工作屬於"借事明義",即透過具體的史實闡明抽象的大義,⑥由實返虛。表面看來,他們與索隱派學者一樣關注史實記載,然而對公羊學者而言,詮釋經文的最終目的是大義,歷史記述只是研究的過程和手段,但在索隱研究中,歷史本事卻是研究的目的和成果。

至於研究方法方面,今文學者主要從《春秋》經文與一般史法相違之處入手,從中抉發孔子選擇某一特定寫法的用心。這種方法背後隱含了一個的預設,那就是歷史記述有一種"正常的"、"應然的"書寫方式。如上引《春秋·莊公三十年》的"秋,七月,齊人降鄣",若採用正常寫

---

① 以上經傳原文,俱見徐彥《春秋公羊傳注疏》,臺北:藝文印書館1989年版,第109頁。
② 見"春秋公羊經傳解詁隱公第一"句下疏文,以上經傳原文,俱見徐彥《春秋公羊傳注疏》,臺北:藝文印書館1989年版,第109頁,第7頁。
③ 語見劉逢祿《春秋論下》,載《劉禮部集》,上海:上海古籍出版社1995年版,卷3,第20頁。另見於魏源《公羊春秋論下》,《魏源集》,第133頁。
④ 《公羊學》在清代的發展和演變,可參陳其泰《清代公羊學》(北京:東方出版社1997年版)及孫春在《清末的公羊思想》(臺灣:商務印書館1985年版)的相關章節。
⑤ 蔡元培:《石頭記索隱》,第15頁。
⑥ 參胡楚生《試論〈春秋公羊傳〉中"借事明義"之思維模式與表現方法》,《中興大學文史學報》2000年6月,第1—31頁。

法，這一條材料應該不存在，或應作"秋，七月，齊人取鄣"。基於這種說法，他們相信魯國原來的史書《魯春秋》（又稱《不修春秋》），就是採取這類"正常"的書寫模式。今文學者相信孔子通過對《魯春秋》的筆削改動，帶出自己的觀點。後來康有為甚至嘗試逐一還原"魯史原文"、"孔子筆削之稿"和"已修《春秋》"三種文本，認為前述莊公三十年秋七月的記載，本來應作"秋，七月，齊侯取紀之鄣，盡紀邑"。①由是而言，公羊學者不是漫無指向地解讀經文，而是以標準的史法書寫為參照系，從經文變更成法之處，解讀筆削的深義。

倘若蔡元培運用了今文學者的治學方法，他在展開索隱研究之前，腦海裏應預先存有一種"正常的"、"標準的"小說書寫模式，才能比對《紅樓夢》的寫法，再從二者相異之處解讀出作者隱藏的本意。可是事實上他並沒有這樣做，而是以徐時棟的說法為起點，推衍其釋讀方法，尋繹小說中的歷史故實。早在1896年，蔡元培已在日記中提到其研究的基點乃《郎潛筆記》所引徐柳泉之說；②二十年後他在《石頭記索隱》中再明言"闡證本事，以《郎潛紀聞》所述徐柳泉之說為最合"。③為了回應胡適"笨猜謎"的指摘，④他在該書第六版自序重申："余之為此索隱也，實為《郎潛二筆》中徐柳泉之說所引起"，⑤並且系統地整理出徐時棟所運用的推求方法。⑥他的索隱方法和研究取向，與今文學者解讀微言大義的方式有基本的差異。

三 春秋筆法的解讀層次

在小說未登大雅之堂的時代，評論家為了抬高這種文類的地位，每以"春秋筆法"形容小說的寫法，如金聖嘆批《水滸傳》第四十九回時便指

---

① 見康有為《春秋筆削大義微言考》（上），載蔣貴麟主編：《康南海先生遺著彙刊》（七），臺北：宏業書局1976年版，第278頁。
② 蔡元培：《日記》1896年6月17日，《蔡元培全集》，杭州：浙江教育出版社1998版，第15卷，第81頁。
③ 蔡元培：《石頭記索隱》，第7頁。
④ 胡適：《紅樓夢考證》，第437頁。
⑤ 蔡元培：《石頭記索隱》，第1頁。
⑥ 同上。

出當中運用了"《春秋》為賢者諱"的筆法。①脂硯齋批閱《石頭記》時，同樣注意到文字背後的隱諱意思，如第八回"生的形容嫋娜，性格風流"句，甲戌本批曰："四字便有隱意，《春秋》字法"；第四十五回"寶玉每日便在惜春這裏幫忙"句，庚辰本批曰："自忙不暇，又加上一幫字，可笑可笑。所謂《春秋》筆法"；又同段"遂至母親房中商議打點些針線來"諸句，庚辰本批曰："不寫阿獃兄，已見阿獃兄終日醉飽優遊，怒則吼，喜則躍，家務一概無聞之形景畢露矣。《春秋》筆法"。②當中提及《春秋》筆法或字法，正是來自傳統的《春秋》學。

《春秋》以簡約的文詞寄寓深微的意義，過去學者把這種獨特的寫作手法概稱為"春秋筆法"、"春秋書法"、"義法"或"義例"。③《左傳·成公十四年》記君子曰："《春秋》之稱，微而顯，志而晦，婉而成章，盡而不汙，懲惡而勸善，非聖人，誰能修之？"④晉代的杜預發揮此說，提出著名的"五例"（又名"五事"或"五情"）說，⑤對《春秋》筆法作出經典的闡述。錢鍾書認為五例可分為兩類："就史書之撰作而言，'五例'之一、二、三、四示載筆之體，而其五示載筆之用。"⑥"載筆之體"的前四例，意思相當接近："'微'、'晦'、'不汙'，意義鄰近，猶'顯'、'志'、'成章'、'盡'也。"⑦杜預把"婉"解作"曲也。謂屈曲其辭，有所辟諱"，⑧是則婉字與微、晦、不汙同樣"意義鄰近"。由是而言，《春秋》筆法包括兩個要點：（1）通過簡約隱晦的文詞，更有效地展

---

① 金聖嘆於《水滸傳》第四十九回批曰："宋江軍馬四面齊起，而不書正北，當是為廷玉諱也。……《春秋》為賢者諱，故缺之而不書也"，末後還特別強調："嗚呼，一樂廷玉死，而用筆之難至於如此，誰謂稗史易作，稗史易讀乎耶"，把稗史與《春秋》的用筆連類並舉。見施耐庵著，金聖嘆評點，文子生校點：《第五才子書施耐庵水滸傳》（河南：中州古籍出版社1985年版，第806頁）。又第六十回亦云："夫李固之所以為李固，燕青之所以為燕青，娘子之所以為娘子，悉在後篇，此殊未及也。……《春秋》於定、哀之間，蓋屢用此法也。"（第973頁）
② 以上引文見俞平伯輯《脂硯齋紅樓夢輯評》，第137、445頁。
③ 參蕭鋒《從"春秋書法"到"春秋筆法"名稱之考察》，《北方論叢》2009年第2期，第10—13頁。
④ 孔穎達：《春秋左傳正義》，北京：北京大學出版社2000年版，第879頁。
⑤ 孔穎達：《春秋左傳正義》，第21—23頁。單周堯對這一段文字有細緻的申述，參氏著《杜預〈春秋經傳集解序〉五情說補識》，《中國文哲研究通訊》第20卷第4期，第79—119頁。
⑥ 錢鍾書：《管錐編》，第162頁。
⑦ 同上。
⑧ 孔穎達：《春秋左傳正義》，第879頁。

現事實和意義（載筆之體），（2）藉此帶出勸善懲惡的褒貶效果（載筆之用）。

《春秋》筆法對古代敘事文本的深遠影響，學界大抵已有公論。①從脂硯齋的評點可見，《紅樓夢》的敘述亦有一些地方與《春秋》筆法相合。近年陳才訓更嘗試從敘事藝術和審美接受等不同方面，具體分析《春秋》筆法對《紅樓夢》的影響，包括小說的敘事謀略和人物塑造，②以及尚簡用晦的修辭手法等。③然而值得思考的是，縱然《紅樓夢》運用了《春秋》筆法，但解讀這種筆法的方法，是否就等於索隱紅學的研究模式？對於這個問題，陳維昭持肯定的態度。他認為：

> 本事考證也就是索隱。……《紅樓夢》的局部實錄的寫作方法直接繼承了"春秋筆法"。在中國的傳統學術中，對春秋筆法的解讀方法之一則是"本事注經方法"。④

又聲言索隱紅學運用了"本事注經"的方法，並由此泯滅新、舊紅學的界線：

> 紅學史上一切的他傳說與自傳說（史學實錄意義上）都是在從事"本事考證"工作，也都是一種索隱紅學。⑤

---

① 對於這個問題，王基倫：《"〈春秋〉筆法"的詮釋與接受》（見林慶彰、蔣秋華主編《經典的形成、流傳與詮釋》第1冊，臺灣：學生書局2007年版，第375—414頁），以及陳才訓《源遠流長：論〈春秋〉〈左傳〉對古典小說的影響》第2章"'春秋筆法'對古典小說的浸潤"（北京：中國社會科學出版社2008年版，第56—128頁）有頗詳細的討論。此外，李洲良亦就此發表了多篇論文，包括《春秋筆法與中國小說敘事學》（《文學評論》2008年第6期，第38—42頁）、《春秋筆法：中國古代小說的敘事技巧》（《北方論叢》2008年第6期，第25—30頁）等，並有以"春秋筆法的現代闡釋"為題的國家社科基金項目（編號：04BZW016）。
② 參陳才訓《含蓄暗示與客觀展示——論"春秋筆法"對〈紅樓夢〉敘事藝術的影響》，《西華師範大學學報》（哲學社會科學版）2008年第4期，第6—10頁；另參石昌渝《春秋筆法與〈紅樓夢〉的敘事方略》，《紅樓夢學刊》2004年第1輯，第142—158頁。
③ 參陳才訓《"春秋筆法"與〈紅樓夢〉審美接受》，《吉首大學學報》（社會科學版），2008年第29卷第1期，第115—118頁。
④ 陳維昭：《"自傳說"與本事注經模式》，第14—17頁。
⑤ 同上書，第14頁。

其說很快引起商榷的意見，王平特撰文指出索隱不能算是考證，因為"索隱具有極大的靈活性和隨意性，與考證方法的重證據、重推理截然不同"。①不過有趣的是，他也沒有否定索隱紅學與本事探究的關係，只是不同意陳氏"把是'考證'性質的東西說成是考證，然後再說這種'考證'與索隱毫無二致"而已。②陳維昭所理解的本事注經法，乃指"由於一些小說採用了獨特的方式去偽裝歷史事實，於是，挑明'本事'就成為小說批評者的一個重要任務"。③過去經學家以歷史事實解讀《春秋》筆法，而索隱派紅學家則以歷史事實解讀小說情節，因此他相信二者有承襲的關係。

　　回顧《春秋》的詮釋傳統，陳氏的本事注經說也有一定的依據。《春秋》文字簡約，因此三傳在解釋經文時，都會補敘歷史事實，以明當中筆削褒貶之義。據趙生群的統計，《左傳》與《春秋》對應的條目約有1300條，其中絕大多數皆屬史實的敘述。《公羊傳》、《穀梁傳》則各有近570條和750條，其中較為明確地以史事解經者，《公羊傳》有50餘條，《穀梁傳》則僅佔30餘條。④《左傳》比《公》、《穀》更著重敘事，前人對此有相當清晰的理解。《漢書·藝文志》早謂丘明"論本事而作傳，明夫子不以空言說經也"。⑤葉夢得則以為"《左氏》傳事不傳義"，"《公羊》、《穀梁》傳義不傳事"。⑥朱熹更進一步指出"《左氏》所傳春秋事，恐八九分是"，而較《公》、《穀》之事則"多出揣度"。⑦《左傳》以史事說經，正是"本事注經"說的範例。然而蔡元培的紅學是否真的運用了這種源於《春秋》學的本事注經法？經過認真的考量，我們認為這

---

　① 王平：《也談"索隱派"與"考證派"——兼與陳維昭兄商榷》，第186頁。
　② 王平：《也談"索隱派"與"考證派"——兼與陳維昭兄商榷》，第191頁。陳維昭後來也撰寫了回應文章，參陳維昭《索隱、考證與"新紅學"的本質——答王平兄兼論紅學史諸問題》，第76—80頁。
　③ 陳維昭：《〈石頭記〉脂評與傳統的本事注經方式》，《明清小說研究》2003年第3期，第110頁。
　④ 趙生群：《〈春秋〉經傳研究》，上海：上海古籍出版社2000年版，第272頁。
　⑤ 班固：《漢書》，第1715頁。
　⑥ 葉夢得：《葉氏春秋傳》，上海：上海古籍出版社影四庫全書本1987年版，第149冊，第3頁。
　⑦ 朱熹：《朱子語類》，見朱傑人等主編《朱子全書》（修訂本），第17冊，第2840頁。

種說法仍然缺乏足夠的根據。

首先要指出的是，對《春秋》筆法的解讀不能與本事注經劃上等號，二者之間實無必然的關係。細閱相關著作，學者解讀《紅樓夢》的《春秋》筆法時，鮮有運用《左傳》的本事注經法；同樣，索隱紅學雖然考索小說背後的歷史本事，但這類探索亦非為書中的《春秋》筆法而發。脂硯齋的批語因曾點出《紅樓夢》運用《春秋》字法之處，同時透露作者的家世和小說所寫的某些本事，①令人覺得二者似乎有特定的關係，這裏不妨由脂硯齋的批語入手，剖析問題所在。

春秋筆法強調在客觀敘述中寓以褒貶，這種寫法的要義之一就是"筆削"。石昌渝指出："《紅樓夢》之筆削，最突出也是最著名的例子是關於秦可卿之死的敘述。"②從脂硯齋的批語可見，秦可卿之死涉及隱密之事，曾經作者刪削。第十三回庚辰本總批云：

　　通回將可卿如何死故隱去，是大發慈悲心也，嘆嘆。③

甲戌本總批云：

　　秦可卿淫喪天香樓，作者用史筆也。老朽因有魂托鳳姐賈家後事二件，嫡（的）是安富尊榮坐享人能想得到者，其事雖未漏，其言其意則令人悲切感服，姑赦之，因命芹溪刪去。④

甲戌本眉批云：

　　此回只十頁，因刪去天香樓一節，少卻四五頁也。⑤

大凡討論《紅樓夢》與《春秋》筆法關係的學者，幾乎都會引用這

---

① 參馮其庸《石頭記脂本研究》，北京：人民文學出版社2006年版，第14—25頁。
② 石昌渝：《春秋筆法與〈紅樓夢〉的敘事方略》，第150頁。
③ 俞平伯輯：《脂硯齋紅樓夢輯評》，第169頁。
④ 同上。
⑤ 同上。

個例子。①這些批語顯示,《紅樓夢》本文並沒有完整地展示秦可卿之死的事實,而是通過情節上的刪減,帶出作者對事件的態度,這與《春秋》筆削、為親者諱等寫作手法,正相符合。然而要留心的是,脂批雖然點破作者以《春秋》筆法敘述秦可卿之死,卻沒有運用甚麼本事注解法。讀了脂硯齋的評語,讀者只知道作者刪去天香樓一節的因由(因命芹溪刪去)、作者所寄寓的心情(大發慈悲心),以至曹府的一些家事(魂托鳳姐賈家後事),卻仍不知道小說中秦可卿之死被刪去的情節,更遑論知道這些情節背後的歷史本事。

　　脂硯齋雖然經常明示小說的情節"真有其事,經過見過"、"真有是語"、"是余舊日目睹親聞",②卻從來沒有補充或敘述這些事件的始末,更沒有以其親聞的事件解釋書中的史筆,與前述本事注經之法實不相侔。連直接參與《紅樓夢》創作過程的脂硯齋尚且如此,現代研究者在解讀《紅樓夢》的《春秋》筆法時,自然更無所憑藉,只能著眼於小說文字本身,從中尋繹作者隱晦地寄寓的意思。如李洲良相信《紅樓夢》有不少地方"運用'志而晦'的筆法",其中劉姥姥就是明顯的例子:"曹雪芹寫村嫗劉姥姥三進賈府就是運用了"草蛇灰線,伏脈千里"的'春秋筆法'"。③為了說明這一點,他詳細地分析了小說中劉姥姥三進大觀園的情節。此外,石昌渝亦相信"筆與削寄托著作者褒貶,這個筆法可以說貫穿在對林黛玉和薛寶釵的描寫的始終",④並且以文本細讀之法,大幅引用小說的敘述為證。然而,他們的解讀並無索隱研究的成分。由此可見,對《紅樓夢》、《春秋》筆法的詮釋與本事索隱根本是兩回事,沒有必要因為索隱紅學涉及小說情節的歷史本事,即以為它受到傳統《春秋》學的影響。

　　事實上只要放棄先入之見,虛心閱讀蔡元培《石頭記索隱》,不難發

---

① 除前述石昌渝外,陳維昭、陳才訓和李洲良等均有引用這條例子。參陳維昭《〈石頭記〉脂評與傳統的本事注經方式》,第103頁;陳才訓:《含蓄暗示與客觀展示——論"春秋筆法"對〈紅樓夢〉敘事藝術的影響》,第7頁;李洲良:《春秋筆法:中國古代小說的敘事技巧》,第28頁。
② 參俞平伯輯《脂硯齋紅樓夢輯評》,第199、276、515頁。
③ 李洲良:《春秋筆法:中國古代小說的敘事技巧》,第27頁。
④ 石昌渝:《春秋筆法與〈紅樓夢〉的敘事方略》,第151—154頁。

現他的研究方法，與《春秋》筆法並無關係。這裏姑舉書中以史湘雲為陳其年的其中一項證據為例：

> 《墓誌銘》曰："遇花間席上，尤喜填詞。興酣以往，常自吹簫而和之，人或指以為狂。其詞至多，累至千餘闋，古所未有也"傳曰："所作詞尤凌厲光怪，變化若神，富至千八百首。"《石頭記》七十回"史湘雲偶填柳絮詞"，湘雲說道："咱們這幾社，總沒有填詞，明日何不起社填詞。"與其年好為詞相應。①

文中先徵引史料，展現歷史人物的個性或事蹟，然後比對《紅樓夢》中類似的情節，這是索隱紅學最典型的考釋方法。蔡元培注意到史傳稱陳其年性好填詞、詞作至多，而史湘雲又恰好偶爾填詞，並曾建議起社填詞，二者的個性經歷頗相吻合，正可印證二人的關係。按照蔡元培的說法，《紅樓夢》中有關史湘雲填詞的情節不光只有字面上的意義，還另有所指，然而這類敘述手法與《春秋》筆法所強調的尚簡用晦、一字褒貶等，仍然有重要的差異，未可忽視。

從詮釋架構的角度看，索隱解釋其實預設了兩個敘述層次，一個是由小說文本想像出來的虛擬世界，另一個是由史傳文獻建構而成的歷史世界。索隱研究的主要工作，正是把這兩個世界連結起來，證明小說裏的角色、情節，與歷史上的人物、事件有著對應的關係。這兩個層次原則上互不從屬，各有獨立的發展空間，因為要是二者完全相同，小說已經就是史傳了，根本沒有索隱的必要。兩個敘述層次的區別，乃所有索隱研究得以成立的必要條件。然而解讀文學文本中所用的《春秋》筆法，則沒有必要作出相同的假設，因為嚴格而言，《春秋》筆法只涉及單一的敘述層次。要具體說明這類解讀與索隱研究的差異，不妨仔細看看近人剖析《紅樓夢》中《春秋》筆法的文字：

> 如二十二回賈母替寶釵做生日，她要寶釵點戲，寶釵點了一齣《西遊記》，賈母非常高興。然後王熙鳳點了一齣《劉二當衣》，賈母

---

① 蔡元培：《石頭記索隱》，第29頁。

也是十分歡喜。……顯然作者在這裡以含蓄的"春秋筆法"來暗示寶釵之工於心計。第四十回"史太君兩宴大觀園，金鴛鴦三宣牙牌令"，眾人因劉姥姥在宴席上的滑稽表現而笑態百出，作者惟妙惟肖地寫了湘雲、黛玉、寶玉、賈母、王夫人、薛姨媽、探春、惜春及眾侍女的笑態，可唯獨沒寫寶釵之笑，作者當然不是忘記了寶釵，而是有意為之。作者在這裏運用的是"春秋筆法"所慣用的"削筆"，是"意到而筆不到"的"不寫之寫"，它"使夫讀者望表而知裏，捫毛而辨骨，睹一事於句中，反三隅於字外"。由此我們進一步認識到寶釵確是一位穩重平和的封建淑女。①

文中提到《紅樓夢》運用了"比事"和"削筆"兩種《春秋》筆法，細緻地刻畫出寶釵的個性。這兩種筆法的表面意義和深層意義，可以表列如下：

筆法	表面意義	深層意義
比事之法	寶釵點戲	寶釵工於心計
削筆之法	不寫寶釵之笑	寶釵穩重平和

前者通過描寫寶釵點戲，暗示她工於心計；後者則以不寫之寫的方式，表現寶釵穩重平和的一面。然而無論寫還是不寫，這些論述仍屬同一敘述層次，字面上涉及的是寶釵行為，背後反映的則是寶釵的個性，沒有超越小說人物的層次，與索隱由小說延伸至歷史的做法迥然有異。

由此可見，蔡元培的索隱紅學與《春秋》學中的《公羊》學（今文學），以及《左傳》學（古文學）的詮釋預設和方法俱有根本的差異。表面地看，小說傳奇以敘事為主，與《春秋》的歷史敘述似乎性質更為接近，但因作者主要通過影射的方式暗示人物身份，因此蔡元培詮釋背後本事時，所用方法反而更接近《詩經》的詮釋學。儘管《春秋》與《詩經》同是儒家經典，均蘊含字面以外的深意，但由於表述的形式和內容

---

① 陳才訓：《含蓄暗示與客觀展示——論"春秋筆法"對〈紅樓夢〉敘事藝術的影響》，第7頁。

有別，二者仍有本質上的差異，因為《詩經》無法如《春秋》那樣，從文本中完整推導出相關的史實和評論。《春秋》能以獨特的史筆寄寓褒貶之意，明確指出人物身份，無所遁形，故"孔子成《春秋》而亂臣賊子懼"；①反觀《詩經》雖同樣有美刺的作用，卻極少會點破被諷的對象，難以坐實，所以才會令"言之者無罪"。②箇中差別雖然細微，卻是理解蔡元培紅學淵源的重要環節。

第六節　結語

經過以上詳盡的討論，蔡元培紅學與傳統學術的關係幾無賸義。現在可以確定，他的索隱範式主要受到傳統《詩經》學的影響，力圖揭示文本背後的政治意涵，純然以疏證之法研究文學文本。蔡元培的治學觀念無疑繼承了《詩經》傳箋之學，並且吸取了常州詞學的寄託之說，後者正是《詩》興說在晚清時的較新形態。此外他亦接受小說與稗史同源之說，襲用小說與雜錄互證的模式，謹慎地選擇可靠的記載，證成其說。他自信極為嚴謹的索隱三法，前兩法均可在《詩經》學中找到端倪，後一法則屬傳統文人解讀小說的常用方法。近年一些學者誤以為蔡氏的解讀方法源自古代的《春秋》學，這種大而化之、似是而非的論述經不起嚴格的推敲。

《石頭記索隱》1916年1月開始連載於《小說月報》，1917年9月推出單行本時，年輕的胡適已經回國兩個月，被蔡元培聘為北京大學的教授。那時候以姚永樸、姚永概兄弟為代表的桐城派逐漸淡出北大的文史研究，取而代之的是黃侃、劉師培等古文學家。面對這種學術氛圍，返國後的胡適除了忙於準備"中國哲學史"講義外，還繼續鼓吹白話文，建立白話文學的系譜。《三國演義》、《水滸傳》、《紅樓夢》等白話小說，正是在這種背景下進入胡適的視野：

故鄙意以為吾國第一流小說，古惟《水滸》、《西遊》、《儒林外

---

① 焦循：《孟子正義》，第459頁。
② 孔穎達：《毛詩正義》，第15頁。

史》、《紅樓夢》四部,今人惟李伯元、吳趼人兩家,其他皆第二流以下耳。①

當他漸次完成《吳敬梓傳》、《〈水滸傳〉考證》、《〈水滸傳〉後考》等文章,著手《紅樓夢》研究後,很快發現蔡元培等人的索隱研究有獨特的學術意義,因此胡適在《〈紅樓夢〉考證》中花了差不多四分之一的篇幅批評索隱解讀,希望"教人一個思想學問的方法"。②這是析證法向疏證法作出的正面挑戰,也是現代學術與傳統學術的重要對決。

---

① 胡適:《再寄陳獨秀答錢玄同》,《胡適文集》,第2冊,第32頁。
② 胡適:《廬山遊記》,《胡適文集》,第4冊,第152頁。

第 四 章

胡適新紅學與析證法的本質特徵

第一節　胡適與王國維的同聲相應

學界普遍公認"適之先生是20世紀中國學術思想史上的一位中心人物",①為中國文學的現代研究立下了"典範"。②然而嘗於清華國學研究院工作的浦江清,在王國維逝世翌年,即撰文強調王氏文學研究對胡適的啟迪作用:

> 胡氏生後於先生,而推先生之波瀾者也。先生之於文學有真不真之論,而胡氏有活文學死文學之論。先生有文學蛻變之說,而胡氏有白話文學史觀。先生推尊《紅樓夢》為美術上唯一大著述,且謂作者之姓名與著書之年月為唯一考證之題目,而胡氏以考證《水滸》、《紅樓夢》著聞於世。先生主張文學之悲劇的結果,而胡氏攻擊才子佳人團圓小說。先生論詞,取五季北宋而棄南宋,今胡氏之《詞選》,多選五季北宋之作。先生曰,"以《長恨歌》之壯采,而所隸之事,只小玉雙成四字,才有餘也。梅村歌行則非隸事不辦,白、吳優劣,即於此見。"胡氏乃與天下約言,同不用典。故凡先生有所言,胡適莫不應之、實行之。一切之論,發之自先生,而衍之自胡

---

① 余英時:《中國近代思想史上的胡適》,第175頁。
② 陳平原甚至認為"同樣是立'典範'之作,胡適的文學史研究可能比其哲學史研究影響更為深遠"。參《中國現代學術之建立——以章太炎、胡適為中心》,第186頁。

氏。雖謂胡氏盡受先生之影響可也。①

在浦氏的對照下，王國維與胡適的文學研究的確有許多相似的地方。不過與其說胡適"盡受"王國維的影響，倒不如說王、胡二人所見略同，同聲相應。須知胡適對白話文的看法主要形成於留學時代，綜合各方面的資料，他對當時仍在遺老圈內的王國維似乎認識不多，很難說是受到王氏的影響。

而且更重要的是，王、胡二人的文學觀仍有一些根本的差異，如浦江清本人也注意到王國維"始終認'古雅'在美學上有一位置也"，②因此未能如胡適那樣提倡以白話取代文言。此外，周明之指出王國維的文學觀"不含任何致用的成分"，但胡適的文學觀卻是"建立在實驗主義的致用基礎上的"。③他的說法並不完全正確，王國維仍然強調文學在倫理學上的作用，並不完全純粹，但這種文學觀已遙遙領先於後來的新文化領袖。胡適談及"文學的性質"時表示"一切語言文字的作用在於達意表情，表情表得好，便是文學"，④完全未想到文學應有獨立於其他語言文字的特性。其後他補充說："文學有三個要件：第一要明白清楚，第二要有力能動人，第三要美。"⑤第一點就是"懂得性"，⑥要"使人容易懂得"；第二點是"逼人性"，"要人不能不相信，不能不感動"；⑦第三點就是第一、第二點"二者加起來自然發生的結果"。⑧他把梁啟超與自己視為"半新半舊過渡學者"，⑨難怪其文學觀念也與梁啟超一樣，依然停留在影響讀者的實用說範圍。胡適的確是因為王國維的影響而展開戴震和《水經注》的

---

① 浦江清：《王靜安先生之文學批評》，見《浦江清文史雜文集》，北京：清華大學出版社1993年版，第9頁。
② 同上書，第9—10頁。
③ 周明之：《胡適與王國維的學術思想交誼》，見李又寧主編《胡適與他的朋友》，紐約：天外出版社1991年版，第23—24頁。
④ 胡適：《建設的文學革命論》，《胡適文集》，第2冊，第46頁。
⑤ 胡適：《甚麼是文學（答錢玄同）》，《胡適文集》，第2冊，第149頁。
⑥ 同上。
⑦ 同上書，第149—150頁。
⑧ 同上書，第150頁。
⑨ 胡適著，曹伯言整理：《胡適日記全編》，第3冊，1922年8月28日，第775頁。

研究，但這都是後來的事。在文學研究方面，胡適早已有一套國語文學的藍圖，與王國維的觀點並不完全相同。他最賞識王國維的地方應是王氏融會西方學術精神、運用慎密方法所作的析證研究，這與他致力提倡的以科學方法"整理國故"正如出一轍。

胡適 1917 年回國時便慨嘆中國出版界沒有甚麼書可看，"文學書內，只有一部王國維的《宋元戲曲史》是很好的"。① 1922 年 8 月，他在日記中表示舊式學者裏，"只有王國維最有希望"。②其時尚有不少學養深厚的舊學名家，為甚麼胡適獨對王國維刮目相看？誠如余英時所言，"胡適在學術上的興趣本在考證"，③其"學術的起點和終點都是中國的考證學"。④從胡適其他論述可知，他看重王國維的文學研究，並不是因為後者借用叔本華哲學解讀《紅樓夢》，⑤亦非《人間詞話》獨創的意境說，而是王國維從詞學轉向古史考釋中間過渡階段的文學史研究，也就是王氏對宋元戲曲歷史的考證。

王國維曾自豪地聲稱《宋元戲曲考》"乃以三月之力，寫為此書。凡諸材料，皆余所蒐集；其所說明，亦大抵余之所創獲也"。⑥胡適在 1923 年 3 月為《中國五十年來之文學》日譯作序時，亦同意近人對元人曲子和戲曲的論述中，"最大的成績自然是王國維的《宋元戲曲史》和《曲錄》等書"。⑦翻閱胡適《讀王國維先生的〈曲錄〉》，可以看到他對史料的重視：

> 收藏之家，寧出千金買一部絕無價值之宋版唐人小集，而不知收集這三朝的戲曲的文學，豈不可惜！……此書出版於宣統元年，已近

---

① 《歸國雜感》，《胡適文集》，第 2 集，第 470 頁。
② 胡適著，曹伯言整理：《胡適日記全編》，第 3 冊，1922 年 8 月 28 日，第 775 頁。
③ 余英時：《重尋胡適歷程》，第 228 頁。
④ 同上書，第 238 頁。
⑤ 黃暉《〈紅樓夢評論〉與現代紅學研究範式的轉換》（《閩江學報》2013 年第 2 期，第 26—130 頁）略謂王國維打破索隱舊範式，借助叔本華的悲劇思想建構了比較系統的文學批評理論云云。我們同意王氏打破舊紅學範式，但他在文學範式轉換上的貢獻並非建立系統批評理論，而是析證法的運用，詳見下文的討論。
⑥ 王國維：《宋元戲曲考序》，《王國維遺書》，第 9 冊，第 493—494 頁。
⑦ 《五十年來中國之文學附錄》，第 3 集，第 264 頁。

十四年了。這十四年中，戲曲新材料加添了不少。我們希望王先生能將此書修改一遍，於每目下注明"存"、"佚"，那就更有用了。①

那時候的王國維已在小學和古史研究上取得極大成就，與人討論的都是文字、聲韻等問題，②對這部十多年前的舊作毫無留戀，嘗屢次致書陳乃乾云：

> 拙著《曲錄》當時甚不完備，後來久廢此事，亦不復修補。弟意此書聽其自滅，至為佳事，實不願再行翻印。③
> 拙撰《曲錄》不獨遺漏孔多，即作者姓名事實可考者尚多。後來未能理會此事，故不願再行刊印。④

從時間上看，王國維不願翻印《曲錄》，與胡適的批評恐怕不無關係，不過現在已無法確定王氏是否讀過或聽聞胡適的意見。此後胡適多次致函王國維，還向他請教"雞坊拍袞"之義，⑤以及崔令欽的時代等詞曲方面的問題，⑥頗為相得。

同聲相應，自然同氣相求。桑兵認為"胡適推崇王國維，代表了北京大學一班學者的共識"，⑦難怪 1924 清華大學籌組國學院，顧頡剛得悉王國維的處境後，即"寫適之先生信，薦靜安先生入清華"。⑧根據顧氏的日記，他當時已把王國維視為學術上的楷模人物。他在 1923 年 3 月 6 日記述自己"夢王靜安先生與我相好甚，攜手而行"；⑨1924 年 3 月 31 日又

---

① 《胡適文集》，第 3 冊，第 655 頁。原文初刊於 1923 年 3 月 4 日。
② 參吳澤主編，劉寅生、袁英光編《王國維全集·書信》，第 344—351 頁。原信寫於 1923 年 6 月 11 日。
③ 吳澤主編，劉寅生、袁英光編：《王國維全集·書信》，第 352 頁。原信寫於 1923 年 6 月 23 日。
④ 同上書，第 353 頁。
⑤ 胡適著，耿雲志、歐陽哲生編：《胡適書信集》，北京：北京大學出版社 1996 年版，上冊，第 334 及 337 頁。
⑥ 同上書，第 343—345 頁。
⑦ 桑兵：《晚清民國的國學研究》，上海：上海古籍出版社 2001 年版，第 247 頁。
⑧ 顧頡剛：《顧頡剛日記》，第 1 卷，1924 年 12 月 4 日，第 557 頁。
⑨ 同上書，第 333 頁。

謂:"近年之夢,以祖母死及與靜安先生游為最多",並直認"靜安先生則為我學問上最佩服之人",①該則日記還附有20世紀70年代的補識,強調"我之心儀王國維,則是我一生的不變看法"。②胡適同樣佩服王國維,不但向時任清華大學校長的曹雲祥極力推薦,還與吳宓一同斡旋,最後終於得到王國維首肯擔任國學院導師。回顧當時往來的書信,禮聘王國維絕非容易的事。胡適於1925年初已向王國維轉呈曹雲祥的聘書,③但王氏似乎仍然有些猶豫,以致胡適須要寫信再作遊說:

> 先生所慮(據吳雨僧君說)不能時常往來清室一層,殊為過慮。鄙意亦以為先生宜為學術計,不宜拘泥小節,甚盼先生早日決定,以慰一班學子的期望。④

王國維在1917年至1918年間曾一再辭謝蔡元培禮聘為北京大學教授之請,⑤這次接受清華大學之聘,除了實際的生活問題外,與他對胡適治學和處事的印象相信有一定的關係。

王國維在1922年5月29日回覆顧頡剛的信中曾說:"頃閱胡君適之《水滸》、《紅樓》二卷,犁然有當於心",⑥可知他對胡適的小說研究有一定的理解,亦頗為滿意。在《紅樓夢》研究上,王、胡二人最大的共通點是不滿疏證式的索隱。王國維在其《紅樓夢評論》的前四章申明自己的觀點後,特別在第五章"餘論"部分提到:

> 自我朝考證之學盛行,而讀小說者,亦以考證之眼讀之。於是評《紅樓夢》者,紛然索此書之主人公之為誰,此又甚不可解者也。夫美術之所寫者,非個人之性質,而人類全體之性質也。……故《紅

---

① 《顧頡剛日記》,第1卷,第417頁。
② 同上。
③ 胡適著,耿雲志、歐陽哲生編:《胡適書信集》,第353頁。
④ 同上書,第356頁。
⑤ 袁英光、劉寅生《王國維年譜長編》於1917年9月2日條下記王國維"辭謝蔡元培欲聘為京師大學教授之請"(第226頁),又1918年1月條下云:"北京大學校長蔡元培,擬聘先生為教授,講授中國文學,於上年(丁已)冬請羅振玉為之介紹,先生婉辭不就。"(第245頁)
⑥ 原信收入顧頡剛《顧頡剛書信集》,北京:中華書局2011年版,第2冊,第110頁。

樓夢》之主人公，謂之賈寶玉可，謂之子虛烏有先生可，即謂之納蘭容若，謂之曹雪芹，亦無不可也。①

他對考索《紅樓夢》主人公身份的做法大大不以為然，認為美術作品的重點不在個人之性質，還鄭重批評"以賈寶玉為即納蘭性德"一類索隱研究：

> 然則《飲水集》與《紅樓夢》之間，稍有文字之關係，世人以寶玉為即納蘭侍衛者，殆由於此。然詩人與小說家之用語，其偶合者固不少，苟執此例以求《紅樓夢》之主人公，吾恐其可以傅合者，斷不止容若一人而已。②

王國維批評索隱之法"傅合"，與胡適後來所謂"完全任意的去取"、"穿鑿附會"等說法幾無分別。③對王國維而言，《紅樓夢》唯一值得考證的，乃作者之姓名和作書之年月：

> 若夫作者之姓名（遍考各書，未見曹雪芹何名）與作書之年月，其為讀此書者所當知，似更比主人公之姓名為尤要，顧無一人為之考證者，此則大不可解者也。④
> 其作者之姓名與其著書之年月，固當為唯一考證之題目，而我國人之所聚訟者，乃不在此而在彼，此足以見吾國人之對此書之興味之所在，自在彼而不在此也，故為破其惑如此。⑤

胡適後來考證《紅樓夢》，也強調"著者的事蹟家世，著書的時代"和"本子的來歷"才是"《紅樓夢》考證的正當範圍"。⑥王、胡所批評

---

① 《紅樓夢評論》，《王國維遺書》，第3冊，第449—450頁。
② 同上書，第451頁。
③ 胡適：《紅樓夢考證》，載歐陽哲生編《胡適文集》，第2冊，第432及465頁。
④ 《紅樓夢評論》，《王國維遺書》，第3冊，第451—452頁。
⑤ 同上書，第456—457頁。
⑥ 《紅樓夢考證》，《胡適文集》，第2冊，第440頁。

的，以及他們所肯定的，幾乎完全一致，難怪王國維讀完胡適的文章後，"犁然有當於心"了。

王國維畢竟是舊式學人，他對索隱解釋的不滿僅放在文章之末，並且沒有點名批評任何學者，但胡適是新派教授，加上當時蔡元培等知名學者竟然也加入索隱行列，所以他在《紅樓夢考證》的開篇即指名道姓，批評那些運用索隱方式解讀《紅樓夢》的學者，揭開新、舊紅學論爭的序幕。就學術範式而言，這是析證對疏證最為直接的挑戰。然而令人驚訝的是，近年竟有不少學者認為蔡元培的索隱與胡適的考證並沒有甚麼分別，如紅學名家周汝昌說二人"正是'一丘之貉'"，"並無根本的分歧"。①這類說法不但漠視了蔡、胡兩位當事人終其一生都沒有絲毫妥協的學術堅持，還令傳統的疏證與現代的析證之間的界線變得模糊，必須認真澄清。

為了說明問題所在，以下會先回顧蔡元培和胡適如何看待彼此之間的對立，繼而探究胡適紅學使後代學者誤會的一些潛在問題，然後深入辨析新、舊紅學的分野，藉此展現現代析證研究的本質特徵。

第二節　無法調和的範式衝突

錢鍾書1978年在意大利發表演說，談及1949年前在中國佔有主導地位的文學研究，指出"那時候，祇有對作者事跡、作品版本的考訂，以及通過考訂對作品本事的索隱，才算是嚴肅的'科學的'文學研究"。②他把這類研究統稱為"實證主義"文學研究，並暗舉陳寅恪的著述為例子。細閱錢氏的描述，可以知道他所說的實證主義，其實包含兩個元素，其一是"對作者事跡、作品版本的考訂"，其二是"通過考訂對作品本事的索隱"。這兩種取向在陳寅恪的研究中無疑得到調和折衷，並且達到極高的水平。然而必須注意的是，考證式的"事跡版本考訂"與索隱式的"作品本事考訂"，在中國文學研究現代化初期，不但沒有被視為同類，二者

---

① 周汝昌：《還"紅學"以學——近百年紅學史之回顧（重點摘要）》，《北京大學學報》（哲學社會科學版）1995年第4期，第37頁；另參陳維昭《考證與索隱的雙向運動——關於兩種紅學方法的哲學探討》，《紅樓夢學刊》1998年第4輯，第180頁。

② 錢鍾書：《寫在人生邊上的邊上》，北京：三聯書店2001年版，第134頁。

之間反而有過激烈的衝突。蔡元培和胡適的紅學論爭，就是最具代表性的例子。

蔡元培儘可能用他所理解的嚴謹態度和治學方法疏證《紅樓夢》，可是到了"重估一切價值"的新時代，他耗費廿載、自信審慎的研究受到猛烈而尖銳的批評，一夕之間變為新一代學者展示科學方法的反面教材。胡適在《紅樓夢考證》中雖然認同蔡元培"引書之多和用心之勤"，但他仍然相信這些"心力都是白白的浪費"，因為索隱之類著作只是"一種很牽強的附會"，①並不是科學的研究。胡適的文章初稿成於1921年3月底，之後他與顧頡剛、俞平伯等繼續廣搜文獻、往復討論，對原稿作出大幅的修訂和擴寫，始在該年年底完成了這篇紅學史上劃時代的著作。②

為了確立以科學方法為中心的新紅學，胡適在文中第一部分即批評王夢阮、蔡元培等"《紅樓夢》附會家"，③認為這些學者雖然表面上看似有不同的主張，但骨子裏實屬同一派，因為他們都是以"完全任意的去取"以至"猜笨謎"的方式，"收羅許多不相干的零碎史事來附會《紅樓夢》裡的情節"，④所以全都是"穿鑿附會的'紅學'"。⑤胡適把過去本來互不從屬的紅學研究聚合起來一併考察，不但釐清了新紅學的特色，同時亦歸納出舊紅學的性質，一手揭開新、舊紅學範式論爭的序幕。

對胡適而言，《紅樓夢考證》不光是小說考證的文字，更是一篇"方法論的文章"。⑥他曾明確表示：

> 我為甚麼要考證《紅樓夢》？在消極方面，我要教人懷疑王夢阮、徐柳泉、蔡子民一班人的謬說。在積極方面，我要教人一個思想

---

① 胡適：《紅樓夢考證》，第436頁。
② 關於胡適撰寫及修訂《紅樓夢考證》的過程，可參宋廣波《胡適紅學年譜》，哈爾濱：黑龍江教育出版社2003年版，第110—153頁。至於《紅樓夢考證》初稿與定稿的區別，可參宋廣波《胡適與紅學》第1章第2節"《紅樓夢考證》：從初稿到改定稿"，北京：中國書店2006年版，第11—19頁。
③ 胡適：《紅樓夢考證》，載歐陽哲生編《胡適文集》，第2冊，第437頁。
④ 同上書，第432頁。
⑤ 同上書，第465頁。
⑥ 見《胡適文存·序例》，《胡適文集》，第2冊，第1頁。

學問的方法。我要教人疑而後信，考而後信，有充分證據而後信。①

到了晚年他仍一再強調這種想法，②足證他對蔡元培等人的批評，絕不只是針對個別的論點或研究成果，而是牽涉到更為宏觀的學術觀念和研究方法。余英時後來便挪用庫恩（Thomas S. Kuhn）的"範式"（paradigm）觀念來說明這兩派的關係，指出"紅學研究史上先後出現過兩個占主導地位而又相互競爭的'典範'。第一個'典範'可以蔡元培的《石頭記索隱》為代表"，而胡適則是"紅學史上一個新'典範'的建立者"。③

作為新文化運動的領袖，胡適所提倡的新紅學，很快得到有力的支持。顧頡剛在1923年為俞平伯《紅樓夢辨》作序時，便充滿信心地說：

> 我希望大家看著這舊紅學的打倒，新紅學的成立，從此悟得一個研究學問的方法，知道從前人做學問，所謂方法實不成為方法，所以根基不堅，為之百年而不足者，毀之一旦而有餘。④

胡適享負盛名，他對索隱派的批評自亦影響深遠。《紅樓夢考證》中屢次出現的"牽強"、"附會"、"無稽"、"笨謎"等尖刻字眼，幾乎成為大家理解索隱派的關鍵詞，反覆出現於後起的紅學論著中。⑤一再出現的負面論述難免令人產生一種印象，以為新紅學佔有壓倒性的上風，以至連後來擁護索隱派的學者，亦竟以為這一次論戰"胡先生獲得全勝"，"從

---

① 胡適：《廬山遊記》，《胡適文集》，第4冊，第152頁。
② 胡適1961年5月6日便重申他用考證方法研究《紅樓夢》，是要"叫人知道治學的方法"。見胡頌平編《胡適之先生年譜長編初稿》，第10冊，臺北：聯經出版事業公司1984年版，第3561頁。
③ 參余英時《近代紅學的發展與紅學革命》，第6—8頁。
④ 顧頡剛《紅樓夢辨序》，載俞平伯：《俞平伯論紅樓夢》，上海：上海古籍出版社1988年版，第79頁。
⑤ 這些帶有貶義的字眼不僅見於後世各種評論索隱派的論文中，還成為文章的題目，如孫玉明便有《想入非非猜笨謎：紅學索隱派與〈紅樓解夢〉》一文，連載於《紅樓夢學刊》1996年第4輯（第211—230頁）及1997年第1輯（第264—280頁）。

民國十年以後，說得上是'定於一尊'的'胡適時代'了"。①然而，這些想法並不完全符合事實。

與席捲全國的白話文學革命不同，《紅樓夢考證》並沒有如顧頡剛或其他後學所想像般標誌著"舊紅學的打倒"。翻開20世紀的紅學史，可以看到索隱派雖然受到猛烈的批評，卻始終與考證派維持著對峙的局面，②沒有就此消聲匿跡。稍後冒起的考證派健將周汝昌亦察覺到索隱派頑強的生命力，他在1948年寫給胡適的信中便指出：

> 二十年來，附會索隱勢力，不但未嘗打倒，反而有增無已。在索隱等書之後，壽鵬飛的《本事辯證》、景梅九的《真諦》，都為該派張目；現在居然又有新生的《發微》！反視先生之後，並無一人繼起作有系統的接續研究，為我派吐氣。③

在他眼中，胡適不但未獲全勝，還缺乏後繼者為他"吐氣"。

此外更為重要的是，蔡元培本人亦從來沒有被胡適所說服。他在1922年撰寫的《石頭記索隱第六版自序》便明確標出"對於胡適之先生《紅樓夢考證》之商榷"此一副題，堅稱"胡先生之言，實有不能強我以承認者"；④後又於1926《〈紅樓夢本事辯證〉序》中特別強調該書作者壽鵬飛"不贊成胡適之君以此書為曹雪芹自述生平之說，余所贊同"。⑤胡適也深知蔡元培對這個問題的看法，他在1921年9月25日的日記中便提到

---

① 潘重規：《紅學論集序》，《紅學六十年》，臺北：三民書局1991年版，第3頁。
② "索隱派紅學"或稱"紅學索隱派"，這一派在20世紀的發展，可參看劉夢溪《紅樓夢與百年中國》，石家莊：河北教育出版社1999年版，第144—230頁；陳維昭：《紅學通史》，上海：上海人民出版社2006年版，第115—127、338—341、599—612頁；郭玉雯：《紅樓夢學——從脂硯齋到張愛玲》，臺北：里仁書局2004年版，第179—241頁。此外，郭豫適《擬曹雪芹"答客問"——論紅學索隱派》（上海：華東師範大學出版社2006年版）更從歷史、評論等不同角度考察索隱派的發展。
③ 《周汝昌原書（1948年10月23日）》，見胡適著，宋廣波編校注釋《胡適紅學研究資料全編》，北京：北京圖書館出版社2005年版，第320頁。
④ 蔡元培：《石頭記索隱》，上海：上海書店出版社2008年版，第2頁。
⑤ 蔡元培：《〈紅樓夢本事辯證〉序》，載《石頭記索隱》，第50頁。按：潘重規以為自己是20世紀"對胡先生學說懷疑的第一人"（見《我探索〈紅樓夢〉的歷程》，《紅學論集》，臺北：三民書局1992年版，第30頁），恐怕不符事實。

蔡元培讀過《紅樓夢考證》的初稿後，回信表示"未能贊同"。他當時的感覺是"此老也不能忘情於此，可見人各有所蔽，雖蔡先生也不能免"。①耐人尋味的是，胡適晚年也未能忘情於此，三十年後他讀到新出的索隱派文章，仍禁不住負氣地說：

> 我自愧費了多年考證工夫，原來還是白費了心血，原來還沒有打倒這種牽強附會的猜謎的"紅學"！……方法不同，訓練不同，討論是無益的。我在當年，就感覺蔡孑民先生的雅量，終不肯完全拋棄他的索隱式的紅學。②

蔡、胡二人對彼此的看法一直耿耿於懷，甚至到了生命終結的前夕，雙方仍然未能釋然。蔡元培在臨死前輟筆的《自寫年譜》中仍然重申："我自信這本索隱，決不是牽強附會的"，③不服胡適的批評；而胡適在逝世之前一年仍有翻閱壽鵬飛的著作，不但感嘆其銷量"比俞平伯的《紅樓夢辨》銷的多多了"，④還特別提到蔡元培為該書所寫的序言，對其"成見之不易打破"表示深切的遺憾。⑤

回顧這場斷續長達四十年的蔡、胡論爭，可以發現索隱與考證兩種模式從來沒有任何形式的調和。可是在後代學者的演繹下，蔡元培和胡適均終身難忘的重大分歧，竟然變得無甚區別。如周汝昌認為二人"正是'一丘之貉'：都是在研索《石頭記》這部小說的'本事'，並無根本的

---

① 胡適著，曹伯言整理：《胡適日記全編》，1921年9月25日，第480頁。
② 胡適：《致臧啟芳》，載胡適著、耿雲志、歐陽哲生編《胡適書信集》，下冊，第1211—1212頁。該文寫於1951年9月7日。
③ 蔡元培：《自寫年譜》，見蔡元培著，中國蔡元培研究會編《蔡元培全集》，杭州：浙江教育出版社1998年版，第17卷，第475頁。據編者注，《自寫年譜》於1936年2月14日開始撰寫，至1940年2月底逝世前因病輟筆，僅寫到1921年。
④ 胡適著，曹伯言整理：《胡適日記全編》，1961年2月16日，第757頁。
⑤ 胡適在1961年2月18日向胡頌平表示，蔡元培"對《紅樓夢》的成見很深，像壽鵬飛的《紅樓夢本事辨證》，說是影射清世宗與諸兄弟爭立的故事，我早已答覆他提出的問題。到了十五年，蔡先生還慫恿他出這本書，還給他作序。可見一個人的成見之不易打破。"見胡頌平編《胡適之先生年譜長編初稿》，第10冊，第3509—3510頁。

分歧";①陳維昭甚至認為新、舊紅學並不代表兩種不同的學術範式,以為"新紅學與舊紅學勢同水火,不共戴天。——這其實是20世紀學術領域的一次重大的誤會"。②他們提出這類質疑,主要是因為他們覺得胡適的研究同樣有本事索隱的成份,因而否定新、舊範式的界線。仔細檢討胡適紅學中引人誤解的潛在矛盾,無疑有助我們理解新紅學的面貌,以及它與舊紅學的本質差異。

第三節　胡適紅學的潛在矛盾

胡適一生都強調科學的治學方法,③甚至把他的《紅樓夢》研究視為方法論的其中一種展現方式。在《胡適文存》最初結集時,他已特別強調:

> 我這幾年做的講學的文章,範圍好像很雜亂,——從《墨子·小取篇》到《紅樓夢》——目的卻很簡單。我的唯一的目的是注重學問思想的方法。故這些文章,無論是講實驗主義,是考證小說,是研究一個字的文法,都可說是方法論的文章。④

胡適把《墨子》、《紅樓夢》、實驗主義以至一個字的文法研究,全都當成方法論的文章,難怪余英時說"胡適思想中有一種非常明顯的化約論(reductionism)的傾向,他把一切學術思想以至整個文化都化約為方

---

① 周汝昌:《還"紅學"以學——近百年紅學史之回顧(重點摘要)》,《北京大學學報》(哲學社會科學版)1995年第4期,第37頁。
② 陳維昭:《考證與索隱的雙向運動——關於兩種紅學方法的哲學探討》,《紅樓夢學刊》1998年第4輯,第180頁。
③ 近年有學者指出胡適一生至少提出十種八種治學方法,但細看各種方法,"大膽的假設,小心的求證"仍是較有涵括性和代表性的說法,儘管其內涵或因發表時代和場合不同而微有差異。參葉其忠《理解與選擇——胡適與康納脫的科學方法觀比論》,《臺大歷史學報》2005年6月,第35期,第181—234頁;以及《無方之方:胡適一輩子談治學與科學方法平議》,中研院近代史研究所主辦"胡適與近代中國學術研討會"論文,2007年5月4日。
④ 胡適:《胡適文存·序例》,《胡適文集》,第2冊,第1頁。

法"。①這種以科學方法為指導的信念落實到具體的文獻研究時，與清儒的"樸學"有接壤的地方。他在晚年即多次指出：

> 我是用乾、嘉以來一班學者治經的考證訓詁的方法來考證最普遍的小說，叫人知道治學的方法。當年我做《紅樓夢》考證，有顧頡剛、俞平伯兩人在着一同做，是很有趣的。②
> 我對《紅樓夢》最大的貢獻，就是從前用校勘、訓詁、考據來治經學史學的，也可以用在小說上。③

他一方面表示自己用科學方法研究《紅樓夢》，另一方面又說自己乃用乾嘉以來治經史之法考證此書，原因是他認為"中國舊有的學術，只有清代的'樸學'確有'科學'的精神"。④

基於這種信念，他劃出研究《紅樓夢》的"正當範圍"：

> 我們只須根據可靠的版本與可靠的材料，考定這書的著者究竟是誰，著者的事蹟家世，著書的時代，這書曾有何種不同的本子，這些本子的來歷如何。這些問題乃是《紅樓夢》考證的正當範圍。⑤

四十年後他仍相信"'《紅樓夢》的新研究'只有兩個方面可以發展：一是作者問題，一是本子問題"。⑥前者屬於胡適所謂"考訂學（Higher Criticism）"的範圍，旨在"考定古書的真偽，古書的著者，及一切關於著者的問題的學問"，⑦與科學探究的關係顯而易見；後者則涉及版本、校勘之學，正是清儒科學考證法的延續。

---

① 余英時：《中國近代思想史上的胡適》，《重尋胡適的歷程》，第215—216頁。
② 參胡適1961年5月6日的談話，見胡頌平編《胡適之先生年譜長編初稿》，第10冊，第3561頁。
③ 同上書，第3652頁。
④ 胡適：《清代學者的治學方法》，《胡適文集》，第2冊，第288頁。
⑤ 胡適：《紅樓夢考證》，《胡適文集》，第2冊，第440頁。
⑥ 見胡適1961年6月5復李孤帆信，載胡頌平《胡適之先生年譜長編初稿》，第10冊，第3626頁。
⑦ 《清代學者的治學方法》，《胡適文集》，第2冊，第288頁。

胡適搜集清代各種《紅樓夢》的相關材料後，斷定袁枚《隨園詩話》卷二"雪芹撰《紅樓夢》"一條為該書作者身份的最早記載，並以此為前提，詳細考訂曹雪芹的身份和家世，解答《紅樓夢》的著者問題；此外，他又比勘各種本子，得出高鶚續書的結論。然而除了著者和本子這兩個問題外，胡適在《紅樓夢考證》中還用了極大的篇幅討論《紅樓夢》的主旨問題，試圖證明"《紅樓夢》這部書是曹雪芹的自敘傳"。①這個問題雖與著者和本子有關，卻不能完全從二者的答案中直接推導出來。因此儘管胡適把全書主旨與著者問題連在一起討論，但嚴格而言，它們的性質並不一致。

　　蔡元培在回應胡適的批評時，已隱約觸及主旨探索的問題。他指出"考定著者、時代版本之材料，固當搜求"，但"著作之內容，即胡先生所謂'情節'者，決非無考證之價值"。②胡適雖堅稱《紅樓夢》的考證只有著者和版本兩個方面，但他的"自敘傳"說事實上已進入情節考證的範圍。為了證明其說，胡適提出了五條證據：（1）《紅樓夢》開端"作者自云曾經歷過一番夢幻之後，故將真事隱去"一段，已明白說出這是"一部'將真事隱去'的自敘的書；（2）第一回石頭自言所述皆"自己的事體情理"和"這半世親見親聞的"；（3）《紅樓夢》第十六回有談論南巡接駕事，而曹寅亦當了四次接駕的差；（4）榮國府世次與曹家有相合處，如曹頫為員外郎，賈政也是員外郎；（5）曹雪芹及其家族的淪落衰敗，與《紅樓夢》寶玉及賈家的結局正相吻合。

　　首兩項證據主要訴諸《紅樓夢》自身的情節，說服力的大小，純然取決於讀者對這些情節理解。蔡元培便曾駁斥第一項，說：

　　　　書中既云"真事隱去"，並非僅隱去真姓名，則不得以書中所敘之真為真。又使寶玉為作者自身影子，則何必有甄、賈兩個寶玉？③

　　胡適把注意力集中在"作者自云曾經歷過一番夢幻"一語，忽視後面"故將真事隱去"一句，足見這類證據有很大的詮釋空間，同樣有斷

---

① 胡適：《紅樓夢考證》，第440頁。
② 蔡元培：《石頭記索隱》，第5頁。
③ 同上。

章取義之嫌。第二條材料則純以"石頭"這一角色的自白為根據，其可信程度更是見仁見智，因為小說的情節多少有虛構的成份，不同的讀者儘可對同一情節或故事人物同一段話的真偽，有不盡相同的理解。因此較為值得重視的，只有後面三項證據，然而這三條材料均是建基於小說情節與曹家歷史的相合之處，與蔡元培所運用的"軼事有徵"之法，正屬同一機杼，所以蔡元培回應胡適的批評時，便特別就此反唇相譏。

胡適曾以劉姥姥所獲的銀子為例，說明蔡元培的考證儘是白費心力的牽強比附。他指出蔡元培把第六回鳳姐給劉姥姥二十兩銀視為影射湯斌死後徐乾學賻送的二十金，又把第四十二回鳳姐送劉姥姥的八兩銀子視為影射湯斌死後遺下的八兩俸銀，但第四十二回王夫人送給劉姥姥的一百兩銀子這一情節，卻完全沒有下落，"這種完全任意的去取，實在沒有道理"。①蔡元培對此有以下的回應：

> 案《石頭記》凡百二十回，而余之索隱尚不過數十則，有下落者記之，未有者姑闕之，此正余之審慎也。若必欲事事證明而後可，則《石頭記》自言著作者有石頭、空空道人、孔梅溪、曹雪芹等，而胡先生所考證者惟有曹雪芹；《石頭記》中有許多大事，而胡先生所考證者惟南巡一事，將亦有任意去取、沒有道理之誚與？②

他不但解釋了自己沒有說明一百兩銀子下落的原因，還以子之矛攻子之盾，指出胡適的考證亦有任意去取之處，並以其自傳說的第三項證據為例。除了反證胡適批評的不合理外，蔡元培亦有正面論及自傳說的不足之處：

> 若因趙嬤嬤有甄家接駕四次之說，而曹寅適亦接駕四次，為甄家即曹家之確證，則趙嬤嬤又說賈府只預備接駕一次，明在甄家四次以外，安得謂賈府亦即曹家乎？胡先生因賈政為員外郎，適與員外郎曹頫相應，遂謂賈政即影曹頫，然《石頭記》第三十七回賈政任學差

---

① 胡適：《紅樓夢考證》，第437頁。
② 蔡元培：《石頭記索隱》，第5頁。

之說,第七十一回有"賈政回京覆命,因是學差,故不敢先到家中"云云,曹頫固未聞曾放學差也。且使賈府果為曹家影子,而此書又為雪芹自寫其家庭之狀況,則措詞當有分寸。①

這番話正是針對第三及第四項證據而發。按照胡適批評索隱派的推論模式,蔡元培的意見的確有合理之處:賈政既為員外郎,又曾放學差,但胡適僅據員外郎推論賈政影曹頫,這豈不也是沒有道理的任意去取?蔡元培之所以能夠提出這類反詰,純因胡適所述的主旨問題也是一種情節考證,與索隱派探討的範圍以及該派所面對的挑戰,本無二致。胡適以為自傳說隸屬著者考證的範圍,無視當中所隱含的情節考證成份,無疑容易引起學者的異議。

胡適自詡新紅學運用了科學考證的方法,但他得出來的若干結論,已溢出自己所訂的"正當範圍"。他最早的追隨者俞平伯在1925年發表的《〈紅樓夢辨〉的修正》中,已察覺到新紅學此一內在問題:

> 我在那本書裏有一點難辯解的胡塗,似乎不曾確定自敘傳與自敘傳的文學的區別……我們說人家猜笨謎;但我們自己做的即非謎,亦類乎謎,不過換個底面罷了。至于誰笨誰不笨,有誰知道呢!②

他知道文獻考證與文學詮釋之間有重要的界線,而後者其實與索隱式的猜謎性質相當接近。胡適恐怕預料不到他的自敘傳說竟會如癌細胞那樣,從內部動搖了新紅學引以為傲的科學性,令嚴謹的考證研究幾乎變成另一類型的牽強附會。俞平伯在此尚語帶保留地把自敘傳說稱為"即非謎,亦類乎謎",沒有完全把它與索隱派劃上等號,但周汝昌卻干脆說:

> 今日之人,已然被那些評論者們弄得不甚了然,以為胡適批駁倒蔡元培,是一場水火冰炭的大"鬥爭",雙方各執一詞,"勢不兩

---

① 胡適:《石頭記索隱》,第5頁。
② 該文發表於1925年2月7日,見《俞平伯論紅樓夢》,第343頁。

立"。實際的事情的"本質",並非如此——他們正是"一丘之貉":都是在研索《石頭記》這部小說的"本事",並無根本的分歧——分歧只是蔡先生認為曹雪芹是寫別人,而胡先生則主張曹雪芹是寫"自己"。如此而已。①

根據他的意見,新、舊紅學的本質並無兩樣,兩派沒有"根本的分歧",談不上勢成水火。

表面看來,俞、周二人似乎均認為新、舊紅學缺乏清晰的界線,但他們的論述實際上只針對自敘傳說而發,並沒有全盤否定新紅學科學考證的價值。俞平伯晚年仍相信,索隱與自傳二說"在本書開宗明義處亦各有其不拔之根柢","一似雙峰並峙,二水分流",雖然兩派均"視本書為歷史資料則正相同,只蔡視同政治的野史,胡看作一姓家乘耳",但二者所用的方法確有不同:

> 索隱派憑虛,求工於猜謎;自傳說務實,得力於考證。其是非似不成問題,我從前固持考證說者。……考證含義廣,作用多,並不限於自傳說,這只不過其中之一而已。即屏棄自傳之說,而考證之功自若也。……昔《石頭記索隱》以金陵十二釵影射士大夫,雖有巧思,終無實際。其影射人事每在有意無意之間,"若即若離,輕描淡寫"……如引而申之,即成笨伯矣。②

他分別以"憑虛"、"務實"描述索隱派與自傳說,又認為自傳說只是考證的其中一個方面,即使摒棄此說,亦無損考證之功,足見他最後仍是揚胡抑蔡,對於"誰笨誰不笨"這個問題實有清晰的答案。

同樣,周汝昌雖視蔡、胡為"一丘之貉",但不表示他否定考證紅學:

> 拙見曾言,所謂"舊紅學"者,內容與方法皆屬臆測猜度,並

---

① 周汝昌:《還"紅學"以學——近百年紅學史之回顧(重點摘要)》,第37頁。
② 以上引文分別見於俞平伯《索隱與自傳說閒評》,《俞平伯論紅樓夢》,第1141、1142、1143頁。

無真正的學術性的依據可言,故爾本不成"學",夠得上"學"的只有胡適"考證派"。因此"紅學"實義只應屬於後者,而根本沒有"新"、"舊"之分。①

紅學的考證,其實仍然是一條通向真理的要道正途。②

周汝昌不是反對紅學考證,而是嫌胡適的考證不夠徹底,未能從嚴格的科學考證中推導出自敘傳說的結論。可見俞、周二人雖然意識到自傳說與索隱派性質相近,卻沒有因而貶低新紅學所開創的科學方法。他們的言下之意是,新紅學若能嚴格地把自傳說與版本考證等問題區別開來,並且把前者剔除在考證的正當範圍之外,遠離索隱派猜笨謎式的討論,那麼它的價值仍是遠遠凌駕於舊紅學之上的。

俞平伯和周汝昌都是考證紅學的重要人物,他們對自傳說雖然有所質疑,卻沒有以偏概全,把索隱方法與考證方法等同起來。然而,後來的紅學史研究者持論便沒有那樣謹慎和保留,劉夢溪直言在"本事"的研究方法上,考證派實際上向索隱派靠攏,"因為廣義地說,索隱也一種考證,考證也是一種索隱"。③顧友澤亦謂:"胡適的'自傳說',從本質上講,依然是索隱派方法的運用。"④陳維昭更試圖由此泯滅兩派的範式界線,宣稱:

新紅學與舊紅學勢同水火,不共戴天。——這其實是20世紀學術領域的一次重大的誤會。這種誤會到了余英時先生那裏,則是把考證派紅學與索隱派紅學當成兩種不同的學術範式。⑤

他相信新、舊紅學都源自傳統經學研究,區別只是胡適運用古文經學方法,而蔡元培則運用今文經學方法。"古文經學方法是一種考證方法,

---

① 周汝昌:《新紅學——新國學》,《山西大學學報》(哲學社會科學版) 2002 年 4 月第 25 卷第 2 期,第 37 頁。
② 同上書,第 40 頁。
③ 劉夢溪:《紅樓夢與百年中國》,第 309 頁。
④ 顧友澤:《對紅學索隱派研究方法的再思考》,第 41 頁。
⑤ 陳維昭:《考證與索隱的雙向運動——關於兩種紅學方法的哲學探討》,第 180 頁。

今文經學也是一種考證方法"，因此"今天紅學界所謂的'考證派紅學'與'索隱派紅學'在學術淵源上是同源的"。①除了淵源相同外，陳氏還指出考證派和索隱派在實際研究的過程中，也有互相切入的地方：

> 索隱派一直運用考證方法，只不過它所考證的對象主要不是文物、典章、制度等，而主要是考證文學作品的內容與其"本事"的關係。②

> 在真實的歷史材料被發現之前，任何推測、考證都隨時可以向索隱轉化……。像索隱派一樣，考證派也大量使用演繹、不完全歸納和類比等推理形式。③

陳氏的推論有點跳躍，④所用觀念亦帶有個人的風格，⑤難怪其說會引起其他學者的異議。王平便反駁視索隱為考證方法之說，認為"索隱具有極大的靈活性和隨意性，與考證方法的重證據、重推理截然不同"，又指出胡適"所謂的'自傳說'是其考證後得出的結論，而不是考證自身"。⑥其後陳維昭亦撰文回應，堅持主觀臆測的索隱與實證性的本事考證有相同之處。⑦

在這些紅學史研究者的論述下，本來壁壘分明的新、舊紅學逐漸變得

---

① 陳維昭：《考證與索隱的雙向運動——關於兩種紅學方法的哲學探討》，第183、184頁。
② 同上書，第187頁。
③ 同上書，第191—193頁。
④ 如陳維昭因見科學考證過程中有"大膽假設"一類"主觀猜測"的成份，而所得結論亦非一定正確，只有或然性，於是得出任何考證"隨時可以向索隱轉化"的結論。這種推論實在很難令人信服，因為正如下文所言，實證科學所得的結論並沒有必然性，原則上均可被證偽，假如因此宣稱這些科學命題均是"主觀猜測"，"隨時可以向索隱轉化"，恐怕令人難以索解。
⑤ 如陳維昭說："作為邏輯形式，只要運用得當，就可以擁有科學理性。所謂'運用得當'就是要求始終意識到這些推理的或然性，意識到這些或然性推理的限度，並在形成結論時對其或然性作出明確標示。相反，如果這些推理形式的或然性，在形成結論時又對或然性秘而不宣，這時，考索就失去其科學性了。"（《考證與索隱的雙向運動——關於兩種紅學方法的哲學探討》，第193頁）這段文字顯示他對邏輯和科學的涵義有非常個人化的理解，與當代的邏輯學和科學哲學明顯有別，詳參下一節的有關討論。
⑥ 王平：《也談"索隱派"與"考證派"——兼與陳維昭兄商榷》，第186、189頁。
⑦ 陳維昭：《索隱、考證與"新紅學"的本質——答王平兄兼論紅學史諸問題》，第76—80頁。

界線模糊,令人難以掌握兩種範式的真正區別。

第四節　索隱解讀與科學考證的本質差異

無可否認,新紅學中的自敘傳說牽涉到主旨詮釋和情節考證方面的問題,與索隱的探索確有相似的地方。然而,假如我們因而否定文獻考證與本事索隱之間的差異,泯沒蔡元培的疏證與胡適的析證研究之間的疆界,恐怕亦有過度演繹之虞,犯了西諺所謂"把嬰兒和洗澡水一起倒掉"(throwing the baby out with the bathwater)的毛病。廣義地說,本事索隱也可以是一種考證,不過這種考證本質上仍與新紅學的科學考證有極為重要的差異,不能混為一談。為了方便說明,以下嘗試借助科學方法上所謂"證實"(verification)與"證偽"(falsification)兩個觀念,剖析新紅學有別於舊紅學的本質特徵。

20世紀上半葉,邏輯實證論(Logical Positivism)者以"分析－綜合二分法"(analytic–synthetic dichotomy)規劃出有意義的陳述或命題。綜合命題沿自休謨所謂關於"事實情況"(Matters of Fact)的知識,①近代實驗科學中各種經驗真理,都是綜合命題。洪謙對這類經驗真理與事實的關係,有頗為簡明的描述:

> 經驗真理因其對於實際有所敘述,所以邏輯實證論認為它唯一的事實標準,僅在於"命題與實際的比較"。……所謂真的就是命題與實際的"一致的配合"。而且這個"真理的標準"之為哲學的問題,從邏輯的分析結果而言,事實上就是所謂"證實問題"(die Frage der Verifikation)。②

根據"證實"原則,實驗科學知識的真與假,取決於它與現實的一致程度,亦即能否被經驗事實所證實(verified)。

---

① Cf. Hume, David, An *Enquiry Concerning Human Understanding* (Indianapolis: Hackett publishing company, 1977), pp. 15–20.

② 洪謙:《維也納學派的哲學》,北京:商務印書館1989年版,第43頁。

胡適雖然沒有直接論及證實原則，但他對科學方法的理解，大抵不出這個範圍。如他認為清代學者的治學方法"總括起來，只是兩點。（1）大膽的假設，（2）小心的求證"。①比較之下，求證尤其顯得重要：

> 如果一個假設是站在很充分的理由上面的，即使沒有旁證，也不失為一個很好的假設。但他終究只是一個假設，不能成為真理。後來有了充分的旁證，這個假設便升上去變成一個真理了。②

所以他評論顧頡剛與劉掞藜的古史論戰時，亦再次強調"他們的方法也只有一條路：就是尋求證據。只有證據的充分與不充分是他們論戰勝敗的標準，也是我們信仰與懷疑的標準"。③他以證據充分與否作為判別真理的標準，與證實原則的旨趣正相契合。

然而科學哲學家波普爾（Karl Popper）指出，證實原則並不能有效地區分科學與偽科學。因為許多玄學觀念都與經驗觀察有緊密的關係，甚至明顯地建立在某些歸納的基礎之上，如"占星術士們總是聲稱他們的'科學'以大量歸納材料為基礎"。④針對這個問題，波普提出了"證偽"原則：

> 一個系統只有作出可能與觀察相衝突的論斷，才可以看作是科學的；實際上通過設法造成這樣的衝突，也即通過設法駁倒它，一個系統才受到檢驗。⑤

正是因為科學知識能夠有意義地解釋經驗世界，所以才會有被證偽的可能；反觀那些偽科學，雖然可以牽引許多現象"證實"自己，卻沒有

---

① 胡適：《清代學者的治學方法》，《胡適文集》，第 2 冊，第 302 頁。
② 胡適：《清代學者的治學方法》，《胡適文集》，第 2 冊，第 304 頁。他在 1957 年的公開演講中亦重申證實的重要："假設是人人可以提的。譬如有人提出駭人聽聞的假設也無妨。假設是愈大膽愈好。但是提出一個假設，要想法子證實它。"參胡適《治學方法》，《胡適文集》，12 冊，第 135 頁。
③ 胡適：《古史討論的讀後感》，《胡適文集》，第 3 冊，第 79 頁。
④ 波普爾：《猜想與反駁》，上海：上海譯文出版社 1986 年版，第 365 頁。
⑤ 同上。

確切地被證明為假的可能，所以極其量只是一些模棱兩可、含義空洞的陳述。後世學者雖然對波普的意見多有修訂商榷，① 但證偽原則仍不失為判分科學與非科學知識的重要工具。

假如只根據證實原則，胡適與蔡元培的研究的確難以找到明確的分界線。因為考證《紅樓夢》的著者和本子，固然需要提出證據，但探索隱藏在情節背後的本事，同樣需要引用證據支持。單以數量而論，《石頭記索隱》所提出的證據恐怕要比胡適的自敘傳說還要來得多，譬如為了證明"薛寶釵，高江村也"，蔡元培便徵引了《嘯亭雜錄》、《簷曝雜記》、《詩鈔小傳》等七種著作為據，印證《紅樓夢》的情節。② 然而這並不表示舊紅學比新經學更科學，只要參照證偽原則，即可看到自敘傳說與本事索隱之間仍然存在非常重要的分歧。這種分歧清晰地體現在"假設"和"求證"兩個不同的層面上。

就假設而言，胡適認為"《紅樓夢》這部書是曹雪芹的自敘傳"，③ 此一假設或論點，乃以"作者之生平"為前提：

> 我以為作者的生平與時代是考證"著作之內容"的第一步下手工夫。……因為不知道曹家盛衰的歷史，故人都不信此書為曹雪芹把真事隱去的自敘傳。④

從邏輯推論的角度看，必須先確定《紅樓夢》的作者為曹雪芹，始能得出"《紅樓夢》是曹雪芹的自傳"此一論斷。雖然我們知道，《紅樓夢》的作者即使真的是曹雪芹，亦不表示該書一定是他的自傳，二者沒有必然的涵蘊關係；不過我們同時亦可以肯定，要是《紅樓夢》的作者不是曹雪芹，則這部書一定不可能是他的自傳。用傳統邏輯的觀念來表

---

① Cf. Rosende, Diego Lo. 'Popper on Refutability: Some Philosophical and Historical Questions'. in Parusniková, Zuzana & Cohen, Robert S. ed. *Rethinking Popper*. Dordrecht: Springer Netherlands, 2009, pp. 135–154; Nola, Robert and Sankey, Howard ed. *After Popper, Kuhn and Feyerabend: Recent Issues in Theories of Scientific Method*. Dordrecht: Kluwer Academic Publishers, 2000, pp. 1–65.
② 蔡元培：《石頭記索隱》，第16—22頁。
③ 胡適：《紅樓夢考證》，第449頁。
④ 胡適：《跋〈紅樓夢〉考證》，《胡適文集》，第3冊，第567—568頁。

述,"《紅樓夢》的作者是曹雪芹"與"《紅樓夢》是曹雪芹的自傳"二者有必然條件(necessary condition)的關係,即前者為真,後者不一定為真,但前者為假,則後者必然為假。《紅樓夢》的作者身份是一個範圍明確的歷史問題,可以通過嚴謹的科學考證方法予以證明,亦隨時有可能因新材料的發現而被證偽,所以胡適一方面表示自己是"讓證據做嚮導,引我到相當的結論上去"①,同時亦承認:

> 我的許多結論也許有錯誤的,——自從我第一次發表這篇《考證》以來,我已經改正無數大錯誤了,——也許有將來發現新證據後即須改正的。②

《紅樓夢》的作者身份是自敘傳說的基石,假如前者有可能被證偽,則自敘傳說當然亦有被證偽的可能。因此從原則上說,只要我們能證明《紅樓夢》的作者另有其人,即可以推翻胡適整個假設。由是而言,自敘傳說是可被證偽的客觀知識,不見得"與科學精神背道而馳"。③

反觀蔡元培的本事索隱則不然。他坦言自己的研究"實為《郎潛二筆》中徐柳泉之說所引起",④儘管他亦有根據自己搜尋的材料和讀書心得,補訂徐說,但其立論的基點始終是徐氏所謂"十二金釵皆明太傅食客"一說。蔡元培沒有直接解釋徐說為何值得信賴,不過經過前章的探究,我們大體知道他主要依循過去研讀小說的慣例,從各種筆記雜錄中選取一些資料來源較為嚴謹可靠的說法,作為其索隱研究的基本前提。他的做法與胡適最大的區別在於:胡適的假設建基在《紅樓夢》的作者問題之上,蔡氏的假設則是建基於他對《郎潛二筆》所述徐說的信任之上。二者的分別在於,作者問題是一個可被證偽的客觀問題,但相信徐說與否,卻是一個相對主觀的判斷問題。在崇尚師說家法的傳統學術背景下,徐時棟的名宿地位加上陳康祺的撰述態度,無疑已具有不俗的說服力。可

---

① 胡適:《紅樓夢考證》,第465頁。
② 同上。
③ 參陳維昭《索隱、考證與"新紅學"的本質——答王平兄兼論紅學史諸問題》,第76—77頁。
④ 蔡元培:《石頭記索隱》,第1頁。

是新文化學者並不作如是觀,他們認為:

> 一切史料都是證據。但史家要問:(1)這種證據是在甚麼地方尋出的?(2)甚麼時候尋出的?(3)甚麼人尋出的?(4)地方和時候上看起來,這個人有作證人的資格嗎?(5)這個人雖有證人資格,而他說這句話時有作偽(無心的或有意的)的可能嗎?①

徐時棟只是其中一個證人,他為甚麼比其他證人可信,這是有待說明的問題。假如因為他的身份背景和學識經驗與別不同,即覺得其說可信,這只是訴諸學術權威(appeal to authority),並非科學的研究。

除了假設之外,蔡、胡二人在求證方面亦有明顯的區別。表面看來,他們都是在做情節考證,著意發掘《紅樓夢》的情節與歷史事實相配合的地方,可是實際上,他們對證據性質的理解有相當重要的區別。胡適在回應蔡元培的商榷時,特別提到:

> 此間所謂"證據",單指那些可以考定作者、時代、版本等等的證據;並不是那些"紅學家"隨便引來穿鑿附會的證據。……若離開了"作者之生平"而別求"性情相近,軼事有徵,姓名相關"的證據,那麼,古往今來無數萬有名的人,那一個不可以化男成女搬進大觀園裡去?②

從科學方法的角度看,蔡元培所用的"品性相類"和"姓名相關"二法,俱是可以證實、卻又難以證偽的證據,所以當這些證據之間互有衝突時,我們根本無法有效地判別是非真偽。如品性本來就是難以客觀評量的東西,蔡元培認為妙玉狷傲孤高的性情與姜宸英相合,③但《紅樓夢》中性格孤高的人物並不只有妙玉一人,胡適便反駁道:"那麼,黛玉何以

---

① 《胡適文存二集》,《胡適文集》,第3冊,第86頁。
② 胡適:《跋〈紅樓夢〉考證》,第568—569頁。
③ 蔡元培:《石頭記索隱》,第1頁。

不可附會姜宸英？晴雯何以不可附會姜宸英？"①同樣，歷史上與《紅樓夢》角色姓名相關的人物有很多，我們儘可靈活地從中國文字的形、音、義諸方面的特質及其歷時的演變中，聯想出各種證據，可是這類證據很難被經驗事實所證偽，欠缺科學性。如蔡元培說：

> 林黛玉影朱竹垞也。絳珠影其氏也，居瀟湘館影其"竹垞"之號也。②

王夢阮、沈瓶庵則謂：

> 小琬名白，故黛玉名黛，粉白黛綠之意也！小琬書名，每去玉旁，專書"宛"；故黛玉命名，特去宛旁，專名玉，平分各半之意也。……小琬姓千里草，黛玉姓雙木林，天然絕對，巧不可階。③

他們俱用"姓名相關"之法，卻有不同的結論，二說不可能同真，但我們卻無法確定孰對孰錯。因此三種求證方法中，只有"軼事有徵"值得再作深究，它與胡適提出的證據亦有相近的地方。

在論證自敘傳說時，胡適除了引用《紅樓夢》的兩段內證外，還指出書中有三處地方與曹家的歷史相合，包括甄家與曹寅同樣接駕四次、賈政與曹頫的世次和職稱相同，以及賈、曹二家均經歷了由盛而衰的過程。細心的讀者或會覺得，胡適以歷史事實印證小說情節，與索隱派解釋本事所用的"軼事有徵"之法性質相近，這是否表示後者同樣可以被證偽？這裏需要小心分辨的是，胡適對史料證據的甄別和處理，與索隱派仍有非常關鍵的差異。要具體地說明這些差異，需要稍為區別蔡元培引用軼事例證的兩種類型。以下兩條是第一類型的軼事例證：

> 江村所作《塞北小鈔》曰："……偶患暑氣，上命以冰水飲益元

---

① 胡適：《紅樓夢考證》，第439頁。
② 蔡元培：《石頭記索隱》，第15頁。
③ 胡適：《紅樓夢索隱》，北京：北京大學出版社1988年版，第18頁。

散二碗方解。……"案《石頭記》第六回:"寶釵對周瑞家的說:'我這是從胎裡帶來的一股熱毒。'"……與《塞北小鈔》語相應。①

國柱于順治九年成進士,然其文辭不多見,其同時諸人著作中,惟陳其年駢文有"大冶余國柱"一序。案《石頭記》中,王熙鳳不甚識字。……大約因國柱非文學家,故以不識字形容之。②

這兩件事例並非純粹的"軼事"有徵,因為當中涉及的事件與小說情節只有隱喻(metaphorical)的關係,歷史人物偶患的"暑氣",並沒有原樣地進入小說中,而是變為角色的"胎裏毒";小說中的"不甚識字"也不是真的不識字,而是指那位歷史人物"非文學家家"。嚴格地說,這類事例應屬"品性相類"的範疇,因為它們旨在說明小說角色與歷史人物有隱喻式的相似點,與胡適從字面上(literal)理解《紅樓夢》的做法明顯有別。在胡適眼中,《紅樓夢》中的"接駕"就是歷史上的"接駕"事件,"員外郎"就是歷史上的"員外郎"官職。箇中區別雖然微妙,卻極為重要,因為與前述"品性"和"名字"一樣,隱喻式的語言缺乏明確的真假值,③很難被否證。反觀胡適的證據卻是有可能被證偽的,假如新發現的史料證實曹家沒有接駕,或者曹頫沒有做過員外郎,那麼胡適的證據便可以被推翻。

撇除那些隱喻性的軼事,《石頭記索隱》中還有另一類軼事證據:

"竹垞客遊南北,必橐載十三經、二十一史以自隨。已而游京師,孫退谷過其寓,見插架書,謂人曰:'吾見客長安者,務攀援馳逐,車塵蓬勃間,不廢著述者,惟秀水朱十一人而已。'"(見陳廷敬所作《墓誌》)《石頭記》第十六回"黛玉帶了許多書籍來"。四十回,劉姥姥到瀟湘館,"因見窗下案上設著筆硯,又見書架上磊著滿滿書。劉姥姥道:'這必定是那一位哥兒的書房了。'賈母笑指黛玉

---

① 蔡元培:《石頭記索隱》,第18頁。
② 同上書,第27—28頁。
③ Cf. Davies, Stephen. 'Truth-Values and Metaphors'. *The Journal of Aesthetics and Art Criticism.* Vol. 42, No. 3 (Spring, 1984), pp. 291–302.

道:'這是我這外孫女兒的屋子。'劉姥姥留神打量了林黛玉一番,方笑道: '這那裡像個小姐的繡房,竟比那上等的書房還好。'"以此。①

　　文中提到的"書"純取字面的意思,並非其他事物的隱喻。然而,它們與胡適所述的曹家事跡仍有相當清晰的區別。胡適引述的都是以《紅樓夢》作者身份為基礎的宏觀敘事,也就是他所強調的"此間所謂'證據',單指那些可以考定作者、時代、版本等等的證據",因此他的取證都是圍繞作者家族或那個時代的一些大事,如接駕、當官等,這些事件都可以像玄武門之變一類史事那樣,有可能被史學家以嚴謹的方法予以證實或否定。

　　後起的紅學家如皮述民雖不同意胡適的自傳說,認為賈寶玉的原型人物當是曹雪芹的堂舅李鼎,但他仍沿用相同的考證方法,以李鼎的家族大事證成其說。②回看蔡元培所引的材料,則純屬個人層面的事件,是名符其實的"軼事"。這些軼事很多時候不是一人所專有,如以藏書論,朱彝尊固然令人印象深刻,但徐乾學的傳是樓亦非常著名,據稱有七十二櫥之數,史載:"詔采購遺書,乾學以宋、元經解、李燾《續通鑑長編》及唐《開元禮》,或繕寫,或仍古本,綜其體要,條列奏進,上稱善",③足證收藏之富。蔡元培所引黛玉的情節,除了與朱彝尊相合外,亦可套在徐乾學身上,可見這些軼事本質上與品性、姓名一樣,雖然都能言之成理,卻很難有效地判斷哪一個說法為假,哪一個更可信。

　　由此可見,胡適的自敘傳說雖然涉及小說的主旨詮釋和情節考證,溢出著者和本子等正當的考證範圍,但這套說法本身的假設及其論據,仍屬可被證偽的科學範圍,與蔡元培的索隱並不相侔。

---

　　① 蔡元培:《石頭記索隱》,第15頁。
　　② 為了證明"曹作李時李亦曹"此一觀點,皮述民便列舉了多項涉及曹、李家族的大事,包括兩家都出身正白旗包衣、李煦跟曹寅一樣當過織造並屢次接駕、兩家重心人物相似,以及兩家同樣經歷極盛而衰的命運等,參《蘇州李家與紅樓夢》,臺北:新文豐出版股份有限公司1996年版,第134—138頁。除此書外,皮氏另有《李鼎與石頭記》(臺北:文津出版社2002年版),二書從不同角度闡明李鼎與脂硯齋、賈寶玉的同一關係,材料豐瞻,論述深入細緻,儼然已成一家之言,極具參考價值。
　　③ 趙爾巽等:《清史稿》,第10008頁。

第五節　結語

　　經過以上的分梳,可以清楚看到胡適考證紅學與蔡元培索隱紅學之間的重要差異。這些區別雖然偶爾被粗心大意的讀者所忽略甚或掩蓋,但當中的界線仍是毫不含糊,壁壘分明,與本書強調的疏證與析證的精神亦互相呼應。

　　就研究的對象而言,蔡元培秉承傳統經師的疏證方法,試圖證立與作者意圖關係密切,而又難以判別真偽的本事問題;但胡適卻與王國維一樣,深受西方析證方法的影響,所以他所認同的紅學"正當範圍"都是具有真假值、可被證偽的學術命題。蔡元培相信《紅樓夢》有深義存焉,而這些深義已為徐時棟等年代較早的學者所揭示,他的索隱只是在前人設定的框架下作出修訂和補充;胡適卻沒有這些預設,僅把《紅樓夢》視為古代其中一部著作,可以從文獻及歷史角度加以研讀,展示治學的方法。至於論證的效度,蔡元培明顯著重各種文獻記述之間的"融貫性"(coherence),他賴以證立的方法如"姓名相關"、"品性相類"等,主要揭示各種筆記雜錄與《紅樓夢》文本的相近之處,包括字面及隱喻上的相似處;胡適卻強調論證的邏輯推論過程,及其與經驗證據之間的"對應性"(correspondence),以理性的態度比較各種有關《紅樓夢》作者的不同記述,從中辨析較為可靠的說法,並且搜集不同本子,透過實物材料參詳作品成書的歷程。蔡元培索隱的目的是"發明"小說背後寄托的意義,以補正史之不足,與傳統"詩教"之旨一脈相承;胡適卻希望"發現"《紅樓夢》作者及其成書年代,建構相關的學科知識,增進我們對中國歷史和文化的整體認識。

　　胡適終生堅持己見,大力反對蔡元培以及後來的索隱著作,原因是他的紅學研究滲透著現代西方的科學方法,與他的"中國文藝復興之夢"有極為密切的關係。

第 五 章

胡適中國文藝復興的建構及其作用

第一節　比較史學研究進路的不足

在胡適的學術世界中，文學研究一直佔有極為關鍵的地位，發揮著樞紐的作用。從內容上看，他對各種小說、詩文的研究能夠為其文學革命張目，強化白話文學的合法性；從方法上看，他所運用的析證法亦可貫通傳統清儒與現代科學，確立"整理國故"的研究模式。結合胡適多年來有關中國文藝復興的論述，還可以進一步發現，他所主張的新文化運動其中一個重大企圖是把中國文化納入世界文明的版圖之內，而其文學研究正是整個中國現代化過程中不可或缺的部分。

胡適喜歡把新文化運動類比為歐洲的文藝復興（Renaissance），更被外國人尊稱為"中國文藝復興之父"。①儘管新文化運動另有不同的名稱，如文學革命、新文化運動、新思潮運動等，但胡適晚年一再強調他多年來在國外講演，"總是用 Chinese Renaissance 這個名詞（中國文藝復興運動）"。②胡適自稱有"歷史癖"和"考據癖"，③在現代中國史學的草創階

---

① 《胡適日記》1926 年 11 月 18 日便附有一張都柏林大學發出的英文廣告，稱胡適為"中國文藝復興之父"。見曹伯言整理《胡適日記全集》，臺北：聯經出版事業公司 2004 年版，第 4 冊，第 554 頁。

② 胡適：《中國文藝復興運動》，見《胡適作品集》，第 24 卷，臺北：遠流出版事業股份有限公司 1994 年版，第 178 頁；他在晚年的口述自傳亦提到："我本人則比較歡喜用'中國文藝復興'這一名辭"（唐德剛譯：《胡適口述自傳》，北京：華文出版社 1992 年版，第 192 頁）。又胡適多年以來對這個詞語的運用，高大鵬曾有扼要的論述，參《傳遞白話的聖火——少年胡適與中國文藝復興運動》，臺北：駱駝出版社 1996 年版，第 ix-xvi 頁。

③ 胡適在《水滸傳考證》中便說自己有"歷史癖與考據癖"兩種老毛病。見歐陽哲生編《胡適文集》，第 2 冊，第 378 頁。

段又確實作出許多開創性的貢獻,①他藉西方歷史事件比擬中國的狀況,按理不會毫無根據。加上歐洲文藝復興和中國新文化運動都是重大的歷史事件,因此學者在評論胡適此一類比時,經常會從歷史研究的角度著眼,思考中西這兩場文化運動的異同。

早期反對胡適的學衡派代表人物胡先驌便引證中西史實,企圖說明胡適把白話文運動比附為文藝復興以降歐洲各國民族語言的興起,是"以不相類之事,相提並論,以圖眩世欺人,而自圓其說"。②余英時在1959年亦指出:

> 當白話文運動初興之際,倡導者常喜引西方文藝復興前後各國土語(vernacular)文學逐漸代拉丁文而起之事實為同調。……但無論如何,他們將文言與白話的關係了解為拉丁與各國土語文學的關係則是一顯然的錯誤。③

唐德剛在譯注胡適的口述自傳時,同樣批評胡適所理解的文言和白話的對立,乃"當時歐美留學生以夷比夏,想當然耳的說法",④並且指出:

> 我國早期留學生,一般都犯了些不自覺的時代性的錯覺。他們總歡喜在文化上以"英國"、"法國"、"意國"等等和"中國"相提並論。……胡適之先生在本篇裏所作的中西"方言"比較研究,也就帶着了不可避免的,他老人家青年時代的錯覺。⑤

---

① 除了哲學史、白話文學史等創新著作外,胡適還直接啟發顧頡剛等人進行古史研究,甚至連治學宗趣迥異的錢穆,亦不得不承認其哲學史"介紹西洋新史學家之方法來治國故,其影響於學術前途者甚大"(《國學概論》,《錢賓四先生全集》,臺北:聯經出版事業公司1994年版,第1冊,第365頁),足證胡適在近代史學的重要地位。
② 胡先驌:《評嘗試集》,見張大為等合編《胡先驌文存》,南昌:江西高校出版社1995年版,第39頁。
③ 余英時:《文藝復興與人文思潮》,見《歷史與思想》,臺北:聯經出版事業公司1976年版,第305—306頁。文中還特別提到民初學人所謂文藝復興乃"由復古而得解放"之說,只是"近代學者談西方文化源流往往不加深察,以致因果倒置"的結果(參第306、310頁)。
④ 唐德剛譯:《胡適口述自傳》,第200頁。
⑤ 同上書,第202頁。

余、唐都是胡適之後的留美學生,二人不約而同地強調歐洲文藝復興與新文化運動的相異之處。相較之下,近年一些學者似乎更為著重中西兩場運動的相似點,認為二者的精神基本上相吻合,①甚至相信"將'五四'新文化運動視為中國的文藝復興,並將其與歐洲文藝復興運動相連接,這是世界歷史一體化趨勢的必然要求"云云。②從這些論述可見,胡適的類比自問世至今,一直引起學界關注,並且啟發了不少相關的研究。③

綜觀過去的研究,可以發現學者對胡適的意見雖然有不同程度的贊同或反對,並且對歐洲文藝復興與中國新文化運動的異同亦有許多不同的理解,但是這些研究基本上仍把歐洲文藝復興視為一個客觀存在的歷史事件,致力搜集相關的史實,嘗試闡明其與新文化運動的關係。這種近乎"比較史學"(comparative history)的研究進路(approach)固然有助我們認識新文化運動的性質,亦可深化國人對歐洲文藝復興的理解。然而薩義德(Edward Said)等東方主義研究者提醒我們,一個國家或民族有關外國或他者的論述,雖然並非出於純粹的虛構,卻也不是對外在一些自然存在的客觀描述,而是一種被建構出來的理論和實踐體系。這些理論或學說雖然貌似指向他者,實際上卻是內在於本國自身的經驗之中,是本國所建立的自我的其中一個組成部分。④余英時同樣相信文藝復興及啟蒙運動這類名稱,並不只是隨機地拿來比附五四運動的不同特徵;這些比附的論述本身,其實已分別構成不同的文化、思想以至政治的方案。⑤

---

① 參李小玲《胡適:"中國文藝復興之父"》,《廣西師範學院學報》(哲學社會科學版)2005年第2期,第77—81頁。

② 宋劍華:《"五四"新文化運動與中國的文藝復興》,《涪陵師專學報》1999年7月第15卷第13期,第5頁。

③ 這類論著不勝枚舉,僅舉較近期的著作以供隅反,如周海波《兩次偉大的"文藝復興"——意大利文藝復興運動與五四新文學》,《東方論壇》2000年第1期,第68—72頁;李靖莉:《五四新文化運動與歐洲文藝復興運動比較》,《齊魯學刊》2001年第5期,第18—21頁;陳方正:《試論新文化運動與歐洲文藝復興》,《中國文化》2007年第2期,第141—155頁;鄧宏藝、白青:《歐洲文藝復興文學對五四新文化運動的影響》2009年第3期,第119—122頁。

④ 在薩義德等後殖民理論的啟發下,近年不少中國學者開始探討中國在西方論述中的位置及作用。如張隆溪的《非我的神話:論東西方跨文化理解問題》便深入討論中國自17世紀以降在西方論述中的演變,見《中西文化研究十論》,上海:復旦大學出版社2005年版,第1—47頁。

⑤ 余英時:《重尋胡適歷程》,第1—31頁。

事實上，文藝復興在西方亦非一個不證自明的觀念，①它自晚清傳入中國以後，不同年代的知識份子對其涵義亦有不同的理解和發揮。②因此胡適藉以類比中國的"文藝復興"亦不應僅僅被視為曾經出現在歐洲的歷史事件，它同時也是一位中國學者對西方此一他者的論述，是胡適本人的新文化運動經驗中的一個組成部分。③與今人常說的"黃金時代"（Golden Age）之類用語相似，在胡適的論述裏，"文藝復興"除了表示某一特定時空下的事件外，同時也是一個想像性的比喻（imaginary metaphor）。考察這個喻體的來源、內涵和作用，不但能夠提供一個嶄新的角度補充過去比較史學研究的不足之處，還可以抉發過去一直被人忽略的面相。

本章正是循此方向，考察胡適建構中國文藝復興論述的過程，以及他所理解的文學在世界文明進化發展中所扮演的角色，從宏觀的角度揭示以析證為基礎的文學研究範式與中國現代化的關係。為了突出胡適挪用文藝復興此一西方觀念時的本國視野，文中重點討論胡適與薛謝兒（Edith Sichel）、王克私（Ph. De Vargas）的關係，以文本細讀的方式比較他與這兩位外國學人的著作之間的差異，凸顯胡適獨特的詮釋預設、立論目的和表述取態。文中的材料和討論均是過去學者極少涉獵的範圍，這是本章有

---

① Wallace K. Ferguson 在其 *The Renaissance in Historical Thought: Five Centuries of Interpretation* (Toronto: University of Toronto Press, 2006) 對"文藝復興"此一歷史觀念的來源和發展有深入的討論，指出文藝復興中不少重要觀念均源出於歐洲近代的人文主義和理性主義傳統，至 18 世紀中葉法國史家 Jules Michelet 始以 Renaissance 一名概括那個時代的特質（p. 173）。其後 Jacob Burckhardt 發表了其經典著作，逐漸形成今天大家習知的西方文藝復興階段（pp. 179–252）。

② "文藝復興"一詞早在 1835 年已見於中文文獻，此後晚清不少學者借用這個觀念比擬當時的古學復興。李長林曾發表多篇文章探索文藝復興傳入中國的情況，後整合為《歐洲文藝復興在中國的傳播》（載鄭大華、鄒小站編《西方思想在近代中國》，北京：社會科學文獻出版社 2005 年版，第 1—48 頁）一文。該文從明末清初文藝復興時代的知識傳播開始，一直討論至晚清以迄 20 世紀 40 年代中國學人對文藝復興的各種理解。此外，羅志田《中國文藝復興之夢：從清季的古學復興到民國的新潮》也有專門的討論（見《漢學研究》2002 年第 20 卷第 1 期，第 277—307 頁）。1949 年以後的研究，可參趙立行《建國以來文藝復興史研究述評》（《史學理論研究》2001 年第 2 期，第 134—143 頁）及劉明翰《改革開放 30 年來中國對歐洲文藝復興史的研究》（《史學理論研究》2009 年第 1 期，第 86—94 頁）。

③ "西方主義"（Occidentalism）主要探討東方人對西方國族和文化的理解，一些著作如 Ian Buruma & Avishai Margalit, *Occidentalism: The West in the eyes of its enemies*. New York: Penguin Books, 2005 等，較為強調東方人對西方的偏見和誤解。本文則傾向 James G. Carrier (ed), *Occidentalism: Images of the West*. Oxford: Clarendon Press, 1995 的用法，從中性的角度理解這個詞語，並不專指東方對西方的負面論述。

別於其他研究的特色。

第二節　胡適對薛謝兒著作的接收與剪裁

要瞭解"文藝復興"此一意象在胡適的論述中所發揮的作用，必須先回溯這個源自歐洲的歷史觀念究竟是如何進入胡適的視野之內，以及他以甚麼方式接收這個觀念。可惜過去論者探討胡適與歐洲文藝復興運動的關係時，除了傾向運用比較史學的研究方法外，很多時候還會自覺或不自覺地將胡適各個時期的意見視為一個整體，把他在1910年至20世紀20年代撰寫的文字與他三四十年後的追述，放在同一個平面上考察。①這種做法無疑能夠為讀者提供較為概括而完整的介紹，可是從思想發展的角度看，類似的討論未免忽略了胡適闡述相關觀念時身處的時代背景，以及他當時面向的對象，很容易犯上時代錯置的毛病。假如僅把視線聚焦在內在於胡適自身經驗之中的文藝復興，而非單純地發生在歐洲的一件外在事件，那些缺乏歷時意識的探索便顯得有點粗疏了，因為它們未能清楚展示胡適的觀念來源，以及他對有關問題前後看法的演變。事實上，從胡適早年引用歐洲文藝復興的若干史實，到他後來自覺地挪用這個觀念，當中牽涉到一個頗為曲折的理解過程，並非一蹴而成的。

胡適的《歸國記》述及自己在1917年回國前夕，曾於加拿大的火車旅途上閱讀薛謝兒（Edith Sichel）所著 *The Renaissance*（《文藝復興》）一書，並且附上該書的重點摘錄。②這則材料幾乎是學者討論相關問題時必引的段落，論者亦大多據此相信胡適早在這一年已把文學革命比附為歐洲的文藝復興。③令人遺憾的是，大家雖然對這段記述耳熟能詳，卻鮮有人嘗試重尋胡適的閱讀歷程，瞭解他當時究竟從薛著中獲得甚麼樣的"文藝復興"知識，反而會雜引雅各·布克哈特（Jacob Burckhardt）以迄西方當代研究文藝復興等史家的著述，批評胡適的理解不夠準確。其實胡適

---

① 如陳平原在討論"被壓抑的'文藝復興'"時，便雜引胡適不用年代的著作和追述，參《中國現代學術之建立》，第332—334頁。
② 曹伯言整理：《胡適日記全集》，第2冊，第527—529頁。
③ 如余英時：《文藝復興乎？啟蒙運動乎？——一個史學家對五四運動的反思》，見余英時等著《五四新論——既非文藝復興，亦非啟蒙運動》，臺北：聯經出版事業公司1999年版，第3—4頁。

當時還未能預估到白話文運動會迅速席捲全國，①甚至會演化為改變整套傳統思想的新文化運動。查看胡適的著作和傳記資料，不難發現他當時閱讀薛書的目的，主要是想擴闊自己對西方歷史文化的知識，藉此反思中國的發展情況，而非深入研究歐洲歷史或文藝復興本身。

稍為翻閱薛氏原著，即可知道該書不可能為胡適帶來詳盡或深入的歐洲歷史知識，因為這部初刊於1914年的 The Renaissance（《文藝復興》）原是"家庭大學叢書"（Home University Library）系列的其中一部。與著名的"人人叢書"（Everyman's Library）性質相近，"家庭大學叢書"也是面向社會大眾的知識普及叢書，旨在為未能接受大學教育而又對學術感興趣的中學畢業生，提供一般史地、文學、藝術、科學、社會等不同領域的知識。這套叢書的主編莫瑞（Gilbert Murray）是牛津大學的古典學權威，精研古希臘學。他在1911年8月應出版社邀請主編這套讀物，此後直至離世之前，他一直熱心地參與有關工作。②莫氏為這套叢書挑選的作者都是一時之選，他本人固然有參與其中，此外，國人熟悉的懷德海（A. N. Whitehead）和羅素（Bertrand Russell），亦曾分別撰寫數學和哲學方面的專題，③可見主編對叢書的學術水平有甚高的要求。文藝復興一書原來約好由泰勒女士（Rachel Annand Taylor）執筆，可是她的文稿最後未能符合莫瑞的要求，結果改由薛謝兒撰寫。④然而不能否認的是，儘管這套叢書有不俗的學術水平，但它始終是面向一般讀者的通識讀物，並且規定每本篇幅在5萬字左右，因此不可能與專門的學術論著相提並論。

現存資料顯示，胡適很早已注意到這套"家庭大學叢書"，他不但剪存了R. & T. Washbourne Ltd. 的叢書介紹，⑤還在1915年3月14日給韋蓮

---

① 胡適在1917年4月9日還寫信給陳獨秀，表示文學革命之是非，"非一朝一夕所能定，亦非一二人所能定。甚愿國中人士能平心靜氣與吾輩同力研究此問題"。見胡適《中國新文學運動小史·逼上梁山》，載歐陽哲生編《胡適文集》，第1冊，第163頁。

② Cf. Wilson, Duncan. *Gilbert Murray* 1866—1957. Oxford: Clarendon Press, 1987, pp. 187 - 188, 395 - 396.

③ Cf. Glasgow, Eric. "The Origins of the Home University Library", *Library Review* 50: 2 (2001), 95 - 98.

④ See Wilson, Duncan. *Gilbert Murray* 1866 - 1957, p. 189.

⑤ 參胡適紀念館"館藏檔案"，北京檔"Home University Library of Modern Knowledge"條，館藏編號 HS—JDSHSE—0485—076。

司（Edith Clifford Williams）的信裏推介莫瑞的著作：

  你務必買一本由 Gilbert Murray 所寫在"家庭大學叢書"中的《*Euripides* 及其時代》一書。所有希臘學者都盛讚此書為一經典著作，是全系列中最佳的一本。①

信中透露他不但知道這套叢書的特色，還對當時的評論有一定的瞭解。作為一位奮進的留學生，胡適廣泛瀏覽西方學術名家的最新成果，原是自然不過的事。對當時的胡適而言，文藝復興作為歐洲脫離中古時期的轉折階段，尤其具有獨特的吸引力，因為他在1912年已曾"旁聽 Prof. Burr 之中古史，甚喜之"，②並且逐漸覺得中國與歐洲中古時期相當類似：

  昔 E. A. Ross 著 *The Changing Chinese*，其開篇第一語曰，"中國者，歐洲中古之復見於今也。"（China is the Middle Ages made visible）初頗疑之，年來稍知中古文化風尚，近讀此書，始知洛史氏初非無所見也。③

因此他在幾年後翻閱叢書系列中論文藝復興一書，便不見得是偶然的事了。

然而必須強調的是，胡適閱讀薛書之前，已在《新青年》發表過多篇文章，提倡文學革命，而他在瀏覽薛著時，亦主要關注書中涉及歐洲各國國語的興起過程，並沒有特別提及歐洲文藝復興的其他要素。他在日記中便清楚地註明："書中述歐洲各國國語之興起，皆足供吾人之參考，故略記之。"④為了展現胡適對歐洲文藝復興的"前理解"（fore-understanding）和詮釋視野，以下試仿傚胡適常用的原文對照法，⑤逐一比較他的

---

 ① 見周質平編譯《不思量自難忘：胡適給韋蓮司的信》，臺北：聯經出版事業公司1999年版，第47頁。
 ② 曹伯言整理：《胡適日記全集》，第1冊，第199頁。
 ③ 同上書，第241頁。
 ④ 曹伯言整理：《胡適日記全集》，第2冊，第527頁。
 ⑤ 胡適做考據文章時經常運用這種方法，如他在《陶弘景的〈真誥〉考》便逐條列出《真誥》與《四十二章經》的文字，說明自己的觀點。見歐陽哲生編《胡適文集》，第5冊，第133—137頁。

"略記"與薛謝兒原文的關係:①

《胡適日記》	薛謝兒原文
(1) 中古之歐洲,各國皆有其土語,而無有文學。學者著述通問,皆用拉丁。拉丁之在當日,猶文言之在吾國也。國語之首先發生者,為義大利文。義大利者,羅馬之舊畿,故其語亦最近拉丁,謂之拉丁之"俗語"(Vulgate)(亦名Tuscan,以地名也)	
(2) "俗語"之入文學,自但丁(Dante)始。但丁生於一二六五年,卒於一三二一年。其所著《神聖喜劇》(Divine Comedy)及《新生命》(Vita Nuova),皆以"俗語"為之。前者為韻文,後者為散文。從此開"俗語文學"之先,亦從此為義大利造文學的國語,亦從此為歐洲造新文學	The *Divina Commedia* of Dante (1265 – 1321) revealed behind its mediaeval theology the mind of an individual cut after no pattern; and in that colossal work and in the *Vita Nuova* he built up the national language-always the first step towards emancipation. (p. 19)
(3) 稍後但丁者有皮特賴(Petrarch, 1304 – 1374)及包高嘉(Boccaccio, 1314 –1375)兩人。皮氏提倡文學,工詩歌,雖不以國語為倡,然其所作白話情詩風行民間,深入民心。包氏工散文,其所著小說,流傳一時,皆以俗語為之。遂助但丁而造義大利文學	He (Dante) was succeeded by Petrarch (1304 – 1374) and Boccaccio (1313 – 1375), two complete men of the Renaissance before their time: Petrarch, almost the first collector, and the loving student of Latin manuscripts, the Christian who adored the pagan thinkers, who said he stood between Augustine and Virgil (the fragmentary Virgil of those days, for no complete Virgil saw light till 1469); Boccaccio, the frank child of beauty and the senses, whose starrymeadows and green-robed, myrtle-wreathed ladies foreshadow the painters to come; whose vivid, marvellous prose continued the work of Dante and helped to mould the mother-tongue. (p. 20)

---

① 以下引文分別見於《胡適日記全集》,第 2 冊,第 527—529 頁,以及 Edith Sichel, *The Renaissance*. New York: H. Holt and company, 1914.

续表

《胡適日記》	薛謝兒原文
（4）此後有阿襃梯（Leon Battista Alberti，1405－1472）者，博學多藝。其主張用俗語尤力。其言曰："拉丁者，已死之文字，不足以供新國之用。"故氏雖工拉丁文，而其所著述乃皆用俗語	This was Leon Battista Alberti (1405 - 1472), architect, builder, painter musician, poet, scholar and mathematician; (p. 56) …He developed, he defended his mother—tongue. A dead language, he averred, cannot suffice for a living nation, and reluctantly leaving the niceties of his cherished Latin, he used his native Tuscan and revived old Tuscan literature, thus aiding national growth and preparing the way for Lorenzo. (p. 58)
（5）繼阿氏者，有詩人鮑里謝那（Poliziano）及弗羅連斯之大君羅冷槎（Lorenzo de Medici）。羅冷槎大君，亦詩人也。兩人所作俗語詩歌皆卓然成家。俗語入詩歌而"俗語文學"真成矣	And two poets at least would be hard to forget—Poliziano and Lorenzo de' Medici. The originality of both lay chiefly in the fact that they revived the vernacular; that they continued what Dante, Petrarch, Boccaccio, had begun, and sought to restore their language to its due dignity. (p. 76)
（6）此外名人如大主教彭波（Cardinal Bembo）著《用俗語議》，為俗語辯護甚力	Nevertheless he (Cardinal Bembo) rendered real service to literature, for, lover of the classics though he was, he saw the worth and the beauty of the Italian vernacular and carried on the work of Poliziano. His *Defence of the Vulgar Tongue* showed him a more suitable guardian of the language than of the faith. (p. 101)
（7）義大利文自但丁以後不二百年而大成。此蓋由用俗語之諸人，皆心知拉丁之當廢，而國語之不可少，故不但用以著述而已，又皆為文辯護之。以其為有意的主張，輔之以有價值的著作，故其收效最速	

续表

《胡適日記》	薛謝兒原文
(8) 吾國之俗語文學，其發生久矣。自宋代之語錄，元代之小說，至於今日，且千年矣。而白話猶未成為國語。豈不以其無人為之明白主張，無人為國語作辯護，故雖有有價值的著述，不能敵頑固之古文家之潛勢力，終不能使白話成為國語也？	
(9) 法國國語文學之發生，其歷史頗同義大利文學。其初僅有俚歌彈詞而已。至尾央（Villon, 1431 - ?）之歌詞，馬羅（Marot, 1496 - 1544）之小詞，法文始有文學可言。後有龍刹（Pierre de Ronsard, 1524 - 1585）及杜貝萊（Joachim Du Bellay, 1525 - 1560）者，皆詩人也。一日兩人相遇於一村店中，縱談及詩歌，皆謂非用法語不可。兩人後復得同志五人，人稱"七賢"（Pliade），專以法語詩歌為倡。七賢之中，龍刹尤有名。一五五〇年杜貝萊著一論曰："La defense et illustration de la langue francaise"，力言法國俗語可與古代文字相比而無愧，又多舉例以明之。七賢之著作，亦皆為"有意的主張，輔之以有價值的著作"，故其收效亦最大也	But the only name worth remembering in the first half of the sixteenth century is that of Clement Marot, the writer of natural poetry as opposed to that of erudition, and in so far the successor of the bigger Francois Villon (1431 - ?), and of the more attractive Charles d'Orléans (1391 - 1465). (p. 220 - 221) …It was for Marguerite de Savoie, her niece and a weaker version of herself, to be the patron of the Pleiade, that group of seven poets who inaugurated a new poetic era. They were led by Pierre de Ronsard (1524 - 1585) and by Joaohim Du Bellay (1525 - 1560); and this movement which renewed French poetry might never have been but for the lucky chance of a meeting at a country inn, where Ronsard, the princely poet bred at Court, met Du Bellay, the Cardinal's poor relation. Here it was that they sat and talked about poetry, and laid down the lines of their project-the revival of the French language. (p. 224) …Their manifesto was published in 1550, in the shape of Du Bellay's *Illustration de la langue francaise*. "The noblest work of their (the Romans') State… could not hold out against the blows of Time without the aid of their language," says the author. (p. 227)

续表

《胡適日記》	薛謝兒原文
（10）七賢皆詩人也。同時有賴百萊（Rabelais, 1500-1553）者，著滑稽小說 Pantagruel 及 Gargantua 以諷世。其書大致似《西遊記》之前十回。其書風行一時，遂為法語散文之基礎	Sometimes Rabelais is conscious of his allegory, sometimes he is not. He has tried to cram the whole of life into his book, and naive tales and subtle undercurrents lie bedded in the inchoate mass. The first of the books is the chronicle of the Giant Gargantua, son of the Giant Grandgousier ; the remaining four tell the education and adventures of Gargantua's son, Prince Pantagruel…. (p. 198)
（11）賴百萊之後有曼田（Montaigne, 1533-1592）者，著《雜論》（Essay），始創"雜論"之體，法語散文至此而大成	Michel De Montaigne, the first Essayist (1533-1592), had no wish to transform it, he only developed it to the full and applied it with unbounding sincerity, thus presenting the world not with new thought, but with old thought looked at by a new thinker. His *Essays*, first published in 1595, under the guise of easy talk and anecdote, were the exposition of a philosophy made up of elements apparently inimical. (p. 207)
（12）及十七世紀而康尼兒（Corneille, 1606-1684，戲劇家）、巴士高（Pascal, 1633-1664，哲學家）、穆列爾（Molire, 1622-1673）、雷信（Racine, 1639-1699）（二人皆戲劇家），諸人紛起，而法國文學遂發皇燦爛，為世界光矣	
（13）此外德文英文之發生，其作始皆極微細，而其結果皆廣大無量。今之提倡白話文學者，觀於此，可以興矣	

  通過以上的比勘，可以發現當中隱藏著幾個要點，過去一直無人抉發。
  首先，胡適的記述看似相當連貫，實際上卻是從薛書中不同的地方中撮錄出來，加以編排之後的結果。從薛書原文頁碼可見，書中涉及歐洲國語興起的段落散見於不同的地方，並非出於專門的章節。這種情況與原書

篇幅的限制固然有關，不過更為重要原因是，在薛謝兒心目中文藝復興雖然包括方言文學的興起，但從整個運動著眼，文學絕對不是唯一的核心。她在書中曾明確指出，在文藝復興運動中，語言只是其中一種表現方式，而且並不見得比藝術更為強力和持久（Language, however, is but one part of expression, and art was, perhaps, the most potent and enduring means of self—revelation chosen by the Renaissance）。①由此可見，胡適並不是單向地順應原文的意思和脈絡撮寫重點，而是根據己意或詮釋學上所謂"先入之見"（Voreingenommenheit），從書中切割合用的段落，加以聚焦和放大。

其次是在切割的過程中，胡適還有意識地迴避了一項重要的事實，那就是在文藝復興運動中，除了方言文學以外，希臘和拉丁等古文學同樣佔有很高的位置。對這些關鍵史實的忽視，後來成為胡適的中國文藝復興類比中最為人所詬病的一環。②現在我們可以確定，他漠視此類史實，並非出於無知，而是刻意斷章取義的結果。因為薛書中曾一再述及文藝復興期間希臘語和拉丁文的地位，並且提到 Marsilio Ficino（馬爾西利奧·費奇諾）、Lorenzo Valla（洛倫佐·瓦拉）、Leonardo Bruni（李奧納度·布倫尼）、Francesco Filelfo（法蘭西斯科·菲勒爾佛）、Pomponius Laetus（龐坡紐斯·來杜斯）等重要的古文學者和作家，但胡適對這方面的敘述視若無睹，幾乎隻字不提。他在上表第（3）段提到皮特賴（Petrarch）時，尚有依照薛謝兒原文，坦承皮氏"不以國語為倡"，但第（5）、（6）段論及鮑里謝那（Poliziano）和彭波（Bembo）時，便完全沒有理會這些作者在拉丁文學方面的成就。胡適有意識地汰去這些資料，顯示他當時只片面地關注歐洲國語興起的情況。

最後要注意的是，胡適的撮寫中尚有幾段薛書所無的文字。這一點正可說明他的日記並不是單純的摘錄，而是夾敘夾議的論述。他在日記第（1）、（7）、（8）、（12）和（13）等段落中，清楚地表述了個人的見解，只是這五段過去一直夾雜在其他摘錄文字中，以同一格式排列出來，不曾引起特別的注意罷了。事實上，那些溢出於原書的議論透露了胡適當時的問題意識（problematic），以及由這些問題構成的詮釋視野（hermeneutical

---

① Sichel, Edith. *The Renaissance*, p. 14.
② 參余英時《文藝復興與人文思潮》，第 305—306 頁。

horizon)。胡適在第（1）段先指出拉丁文當日的地位，"猶文言之在吾國也"，然後才轉入正題，在第（2）至第（6）段中撮寫意大利國語興起的情況；接著在第（7）、（8）段比較意大利與中國的情況，指出意大利文"不二百年而大成"，而中國的俗語文學雖在宋代已出現，卻"終不能使白話成為國語"的原因。之後他再摘取薛書中有關法國國語文學的材料，並在末兩段補入原書沒有提及的法國17世紀以後的文學發展，以及英、德兩國的情況，最後才以"今之提倡白話文學者，觀於此，可以興矣"作結。比對之下，他所關注的問題已呼之欲出。

上述三點表明，胡適當時純然是從中國國語發展的詮釋語境出發，理解及接收歐洲文藝復興這段歷史，或者可以反過來說，歐洲文藝復興這段歷史中，只有各國方言文學發展的部份，能夠吸引胡適的注意。從他自覺地、細心地擷取的材料可知，假如當時的胡適認為文藝復興運動有任何的特殊意義，足可與中國的情況作類比，這種"足堪類比"的層面也僅僅在於前者能夠印證中國文學革命的路向，而不是甚麼"人的發現"、"世界的發現"一類命題，更不是胡適後來提及中國文藝復興時所強調的"理性對傳統，自由對權威"之類涵義。[1]因此嚴格而言，與其說胡適在1917年已"把他所提倡的文學革命比附歐洲的文藝復興"，[2]倒不如說他當時乃是把文學革命比附為歐洲各國國語之興起。

胡適的論敵似乎比他的同調或後來的學者更瞭解他當時的取向，胡先驌雖然多次批評胡適把中國文言比附為歐洲希臘文和拉丁文、把白話文比附為歐洲各國的方言的做法，卻從無一語涉及文藝復興。究其原因，主要是因為胡適在當時討論白話文的幾篇重要著作中，雖然屢次引用歐洲國語興起的史實，卻從來沒有直接提過文藝復興。正如下文所指出，胡適其實很遲才用中文發表他對新文化運動與文藝復興關係的看法。倘若胡適當時已作出這個比附，恐怕已難逃胡先驌的批評，因為在這位學衡派大將眼中，胡適的主張與崇尚古典的文藝復興根本大相逕庭。胡先驌在評論《嘗試集》時曾提及文學上"古典派"與"浪漫派"

---

[1] 見胡適《中國的文藝復興》，載胡適著，歐陽哲生、劉紅中編《中國的文藝復興》，北京：外語教學與研究出版社2000年版，第181頁。

[2] 余英時：《文藝復興乎？啟蒙運動乎？——一個史學家對五四運動的反思》，第3頁。

的對立，並且認為：

> 胡君之詩所代表與胡君論詩之學說所主張者，為絕對自由主義，而所反對者為制裁主義、規律主義。以世界文學之潮流觀之，則浪漫主義、盧騷主義之流亞，而所反對者古學主義（Classicism）也。①

他同意"文化史中最有價值者，厥為歐洲之文藝復興運動"，但胡適不過是盧梭主義之流亞，"至若盧騷以還之浪漫運動，則雖左右歐洲之思想幾二百年，直至於今日，尚未有艾。然卓識之士，咸知其非"。② 胡先驌如此推崇古典派、貶抑浪漫派，卻從來沒有批評胡適妄自把文學革命比附為文藝復興，正可反映這種類比當時還未流行，完全沒有進入過他的視野之內。

討論至此，有一個基本問題必須予以澄清。現在不少學者根據前引《歸國記》的材料，聲稱胡適是第一個把新文化運動類比為歐洲文藝復興的人。③然而按照胡適本人的理解，新文化運動跟文學革命只是同一件事件的不同稱呼，④因此第一個把新文化運動比附為文藝復興的，應該是陳獨秀，而非胡適。胡適的《文學改良芻議》並無提及"文藝復興"，倒是陳獨秀在1917年2月1日發表的《文學革命論》，率先提到歐洲"自文藝復興以來，政治界有革命，宗教界亦有革命，倫理道德亦有革命，文學藝術，亦莫不有革命，莫不因革命而新興而進化"，⑤然後連結到中國的狀況，倡議本國的文學革命，排斥貴族文學、古典文學和山林文學。陳獨秀

---

① 胡先驌：《評嘗試集》，見《胡先驌文存》，第49頁。
② 胡先驌：《評胡適五十年來中國之文學》，見《胡先驌文存》，第191頁。
③ 這類說法堪稱俯拾即是，僅舉數例，以供隅反。如洪峻峰說："以五四運動比附歐洲文藝復興，從現有史料看來，係始於胡適"（見《胡適"五四文藝復興"說發微》，《廈門大學學報》（哲社版）1995年第3期，第39頁）；李小玲說："明確用歐洲文藝復興運動指稱'五四'新文化運動，胡適實屬第一人"（《胡適："中國文藝復興之父"》，第78頁）；段懷清在比較胡適之前國人對文藝復興的論述後，亦表示"不能夠否定胡適是新文學運動宣導者中最早將新文學運動與文藝復興運動相提並論的人這一事實"（《胡適對"現代中國的文藝復興"理念的闡釋及其評價》，《杭州師範大學學報》（社會科學版），2010年第1期，第67頁）。
④ 胡適曾說："有人叫做'文學革命'，也叫做'新文化思想運動'，也叫做'新思潮運動'"，而他卻"總是用Chinese Renaissance這個名詞（中國文藝復興運動）"（見胡適《中國文藝復興運動》，《胡適作品集》，第24卷，第178頁）。可見這幾個名詞均指涉同一件事。
⑤ 見《胡適文集》，第2冊，第15頁。

說這番話時，胡適還未開始閱讀薛書。現在大家相信胡適是第一個作出這個比附的人，一方面是因為胡適後來經常談論"中國的文藝復興"，另一方面是由於他後來逐漸成為新文化運動的"箭垛"人物，後人為便利起見，往往把許多發明都記到他的功德簿上去。①不過檢閱胡適那段時期的著述，他應該在1922年才開始自覺地把文學革命與文藝復興連結起來。在此之前，他只是如胡先驌所言般，把文學革命比附為歐洲各國方言的興起，並未提到文藝復興，不過他對歐洲方言歷史的關注，倒可以追溯至更早的年代。

第三節　文學革命與文明進化之公理

胡適在1916年4月5日的日記中已錄下其後來發表的《文學改良芻議》的主要論點，包括"文學革命，至元代而登峰造極"之類論調，又以歐洲方言比附白話文："但丁（Dante）之創義大利文，卻叟（Chaucer）諸人之創英吉利文，馬丁・路得（Martin Luther）之創德意志文，未足獨有千古矣"。②稍後他與任鴻雋討論白話文學，亦有引用莎士比亞的劇作闡明京調高腔和《水滸》、《三國》的價值，並申論拉丁文與方言文學此消彼長的關係：

> 與莎氏並世之倍根著"Essays"以拉丁、英文二者同時為之。書既出世，倍根自言：其他日不朽之名，當賴拉丁文一本，而英文一本，則但以供一般普通俗人之傳誦耳，不足輕重也。此可見當時之"英文"的文學，其地位皆與今日之京調高腔不相上下。英文之"白詩"（Blank Verse），幸有莎氏諸人為之，故能產出第一流文學耳。③

---

① 胡適曾在《讀〈楚辭〉》中說："古代有許多東西是一班無名的小百姓發明的，但後人感恩圖報，或是為便利起見，往往把許多發明都記到一兩個有名的人物的功德簿上去。……譬如諸葛亮借箭時用的草人，可以收到無數箭，故我叫他們做'箭垛'"（《胡適文集》，第3冊，第74頁）。
② 胡適：《胡適日記》，第2冊，第295頁。
③ 胡適：《與任鴻雋》，1916年7月26日，見耿雲志、歐陽哲生編《胡適書信集》，北京：北京大學出版社1996年版，第79頁。

這裏僅以英國一地輔助說明，到了《文學改良芻議》則擴展至歐洲諸國。該文以括號的方式介紹這些地方的方言發展：

> 歐洲中古時，各國皆有俚語，而以拉丁文為文言，凡著作書籍皆用之，如吾國之以文言著書也。其後意大利有但丁（Dante）諸文豪，始以其國俚語著作。諸國踵興，國語亦代起。路得（Luther）創新教始以德文譯《舊約》、《新約》，遂開德文學之先。英、法諸國亦復如是。今世通用之英文《新舊約》乃 1611 年譯本，距今才三百年耳。故今日歐洲諸國之文學，在當日皆為俚語。迨諸文豪興，始以"活文學"代拉丁之死文學；有活文學而後有言文合一之國語也。①

這些文字顯示胡適很早已把中國的白話文類比為歐洲各國的俚語，在這樣的背景下，他在數個月後歸國途中閱讀薛謝兒 The Renaissance （《文藝復興》）時，當然會關注書中涉及歐洲各國方言興起的部分，以便為自己的說法張目。他在日記中夾敘夾議地插入"元代之小說，至於今日，且千年矣"一番議論，與《文學改良芻議》的鋪述方式幾乎完全相同，更可印證他當時思考的焦點所在。只是後世研究者因見薛書的主題是文藝復興，而胡適其後又提出中國的文藝復興，在史學書寫慣用的因果模式的影響下，遂以為胡適當時已有意識地把新文化運動比附為文藝復興。然而確切地說，胡適當時只是對歐洲方言的興起過程感興趣，假如這些過程發生在歐洲歷史的另一階段（如啟蒙運動），相信他也是以同樣方式摘取合用的資料。不過白馬始終非馬，胡適以一件歷史運動中的某一部分作類比，不等於以整個歷史運動本身作類比。

現在可以確定，胡適公開提倡文學革命時，文藝復興作為西方的他者，除了一般歷史知識的價值外，只有歐洲諸國方言的興起過程別具意義。澄清這個問題後，值得繼續追問的是，為甚麼胡適在討論中國的白話文發展時，經常引用歐洲國家的方言文學為證？這類引證在他的著作中到底有甚麼作用？胡先驌站在胡適的對立面，認定他的做法旨在"眩世欺

---

① 胡適：《文學改良芻議》，《胡適文集》，第 2 冊，第 14 頁。

人,而自圓其說"。①他的批評亦非全無根據,因為自清末以降,國人普遍崇拜西方文化,胡適引西方史實為證,或許亦有借助外援、增強說服力之心。然而細閱胡適的論述,這類說法未免把事情過分簡單化,忽略了當中更為深層的學術問題。

薛謝兒曾表示,拉丁文的廣泛應用是中古與文藝復興之間的連結,而國語的興起及其對拉丁文的侵蝕則是文藝復興與現代之間的連結。②這些話究竟對胡適有沒有、或有甚麼影響,現在已難以稽考,不過可以肯定的是,胡適本人的確相信白話文符合中國現代化的發展進程,而歐洲的歷史經驗正可佐證此一發展方向具有普世意義,符合人類文明進展的普遍規律。胡適把這種規律視為文學的"進化":

> 文學者,隨時代而變遷者也。一時代有一時代之文學……此非吾一人之私言,乃文明進化之公理也。③

所謂"一時代有一時代之文學",本是傳統文論常見的說法,④但胡適卻把它連類到"文明進化之公理",並逐一縷述歷代詩文進化的軌跡,論證白話文的正宗地位:

> 今人猶有鄙夷白話小說為文學小道者,不知施耐庵、曹雪芹、吳趼人皆文學正宗,而駢文律詩乃真小道耳。……然以今世歷史進化的眼光觀之,則白話文學之為中國文學之正宗,又為將來文學必用之利器,可斷言也。⑤

胡適借用進化論解釋文學的發展,絕非偶然的事,這與天演論在近代

---

① 胡先驌:《評嘗試集》,《胡先驌文存》,第39頁。
② Edith Sichel, *The Renaissance*, p. 13:"The exclusive employment of Latin in the world of letters had been the link between the Middle Ages and the Renaissance. The growth of national speech and its gradual encroachment upon Latin as a literary medium was the link with modern times."
③ 胡適:《文學改良芻議》,《胡適文集》,第2冊,第7頁。
④ 參錢鍾書《談藝錄》,北京:三聯書店2001年版,第94—98頁。
⑤ 胡適:《文學改良芻議》,《胡適文集》,第2冊,第13及14頁。

中國思想界的廣泛傳播有著不可分割的關係。①胡適在中學階段已寫過《物競天擇，適者生存，試申其義》一文，他的名字也是取"適者生存"之意。此外，他在留學日記中已表示白話"是文言之進化"，②又曾發表《先秦諸子之進化論》等，③反映他對進化學說有頗深的認識，④很自然會觸類旁通，把這套說法挪用到中國文學中。《學衡》的一位作者在20世紀30年代已敏銳地道出胡適的學術底蘊，並且予以批駁：

> 胡君之倡文學革命論，其根本理論，即淵源於其所謂"文學的歷史進化觀念。"……夫歷代文學之流變，原僅一"文學的時代發展"。安可膠執進化之說，牽強附會，謂為"文學的歷史進化"。……文學為情感與藝術之產物，其本質無歷史進化之要求，而只有時代發展之可能。⑤

由於近年已有不少學者注意到胡適的文學革命論跟進化論的關係，⑥這裏不再贅言，只想拈出一個較少人提及的重點，藉此說明歐洲的歷史經驗在胡適的論述中所產生的作用。

胡適在1914年1月25日的日記中，曾提出中國最急切需要的"三術"：

> 今日吾國之急需，不在新奇之學說，高深之哲理，而在所以求學

---

① 參曾樂山《中西哲學的融合：中國近代進化論的傳播》，合肥：安徽人民出版社1991年版。
② 胡適：《胡適日記》，第2冊，1916年7月6日，第353頁。
③ 見胡適《早年文存》，《胡適文集》，第9冊，第409—410、751—770頁。
④ 黃克武《胡適與赫胥黎》(《中研院近代史研究所集刊》2008年6月，第60期，第43—83頁) 一文，詳細地論述了赫胥黎的天演論和科學方法對胡適的影響。
⑤ 易峻：《評文學革命與文學專制》，《學衡》1933年第79期，第4—5頁。
⑥ 參孫晨、嚴學鋒《胡適的文學革命與進化論》(《徐州師範大學學報》2006年第32卷第2期，第27—31頁)；莊森：《胡適的文學進化論》(《華南師範大學學報》2005年第5期，第74—81頁)；楊文昌：《進化論與五四文學》(《北華大學學報》2004年第5卷第3期，第7—10頁)；朱丕智：《文學革命的理論基石——進化論文學觀》(《西南師範大學學報》2004年第30卷第1期，第142—146頁)；逄增玉、胡玉偉：《進化論的理論預設與胡適的文學史重述》(《東北師大學報》2002年第1期，第72—79頁) 等。

論事觀物經國之術。以吾所見言之，有三術焉，皆起死之神丹也：一曰歸納的理論，二曰歷史的眼光，三曰進化的觀念。①

能夠起死回生的神丹看似有三顆，實際上卻是三清歸一氣，因為這三術都源自同一理念，全都植根於胡適所信奉的科學理性精神。歸納是科學研究的基本方法，與演繹法"互相為用"，②跟科學的關係不言而喻，而胡適所說"歷史的態度"其實就是"科學試驗室的態度"，源自"十九世紀科學的影響"；③至於進化論，它有"生物學上，比較解剖學上，胚胎學上，地質學上，古生物學上的種種證據"支持，④當然比辯證法之類更符合科學方法了。⑤瞭解三者的共通關係，即可明白胡適為甚麼會把文學進化論又名為"歷史的"文學觀念："居今日而言文學改良，當注重'歷史的文學觀念'。一言以蔽之，曰：一時代有一時代之文學。"⑥歷史的文學觀念既然符合科學，自然不會局限於一時一地，而是可以解釋世界上各個民族文化的發展，否則也談不上是"文明進化之公理"。胡適在提倡文學革命的多篇文章中，三番四次引用歐洲各國的國語發展史實，正是希望說明活文學取締死文學，乃歷史進化的自然結果，符合科學的規律，中國若要在新時代中適者生存，自亦不可能例外。

由此可見，胡適借鑒歐洲的歷史經驗，並不單純為了嚇唬自信心低落、唯西方是尚的國人，達到炫惑的效果，而是要證明他的主張建基於科

---

① 胡適：《胡適日記》，第1冊，第262頁。

② 胡適《清代學者的治學方法》："近來的科學家和哲學家漸漸的懂得假設和證驗都是科學方法所不可少的主要分子，漸漸的明白科學方法不單是歸納法，是演繹和歸納互相為用的"（《胡適文集》，第2冊，第282頁）。

③ 胡適《實驗主義》："以上泛論實驗主義的兩個根本觀念：第一是科學試驗室的態度，第二是歷史的態度。這兩個基本觀念都是十九世紀科學的影響"（《胡適文集》，第2冊，第212—213頁）。

④ 胡適1929發表了《從思想上看中國問題》，略謂："十三四年前，我同一位美國朋友談天。……我聽了這句話，心裡很慚愧。我就問自己，'我相信生物進化論，究竟有多少科學的根據？'我當時真回不出來！只好費了許多功夫，抱了不少佛腳，方才明白一點生物學上，比較解剖學上，胚胎學上，地質學上，古生物學上的種種證據。"（《胡適文集》，第11冊，第161頁）。

⑤ 胡適《杜威哲學》："達爾文的進化論，不同於馬克思的辯證法。馬克思的辯證法是根據黑格爾的辯證法；這種辯證法與天然演進的科學方法是不符合的。"（《胡適文集》，第12冊，第378頁）

⑥ 胡適：《歷史的文學觀念論》，《胡適文集》，第2冊，第27頁。

學的歸納，有普世的意義，足以演繹中國未來的發展路向。不過從上引日記資料、《與任鴻雋》函和《文學改良芻議》等文字可見，他當時對歐洲諸國國語發展的歷程仍然欠缺系統的認識，所舉例子並不全面，時序亦不清楚。縱是 1917 年 5 月發表的《歷史的文學觀念論》，他亦只能重複《與任鴻雋》函的舊調：

> 朱晦庵以白話著書寫信，而作"規矩文字"則皆用文言，此皆過渡時代之不得已，如十六七世紀歐洲學者著書往往並用己國俚語與拉丁兩種文字（狄卡兒之《方法論》用法文，其《精思錄》則用拉丁文。倍根之《雜論》有英文、拉丁文兩種。倍根自信其拉丁文書勝於其英文書，然今人罕有讀其拉丁文《雜論》者矣），不得概以古文家冤之也。①

與《文學改良芻議》一樣，這裏仍舊只是以括號的方式補入西方的材料。按照胡適對標點符號的理解，這些括號文字然依然停留在"夾注"的層次，②還未正式成為被論述的主題或對象。直至胡適讀過薛謝兒的書後，歐洲的經驗始從夾注進入正文之內。

胡適回國後撰寫的《建設的文學革命論》便直接引用歐洲歷史，宣稱"中國將來的新文學用的白話，就是將來中國的標準國語"，③並且強調：

> 我這種議論並不是"向壁虛造"的。我這幾年來研究歐洲各國國語的歷史，沒有一種國語不是這樣造成的。沒有一種國語是教育部的老爺們造成的。沒有一種是言語學專門家造成的。沒有一種不是文學家造成的。④

---

① 胡適：《歷史的文學觀念論》，《胡適文集》，第 2 冊，第 29 頁。
② 參胡適《請頒行新式標點符號議案（修正案）》，《胡適文集》，第 2 冊，第 99 頁。
③ 胡適：《建設的文學革命論》，《胡適文集》，第 2 冊，第 48 頁。
④ 同上。

他在正文中用了600多字申論意大利和英國國語的形成，列舉意大利的但丁（Dante）、包卡嘉（Boccacio）、洛倫查（Lorenzo），英國的趙叟（Chaucer）、威克列夫（Wycliff）、蕭士比亞（Shakespeare）等作家為證，最後得出兩個結論：（1）"意大利國語成立的歷史，最可供我們中國人研究"；①（2）過去"因為沒有'有意的主張'，所以白話文學從不曾和那些'死文學'爭那'文學正宗'的位置"。②這裏胡適不再以並列的方式枚舉個別歐洲作家輔助其說，而是對意大利文與英文的確立作出歷時的描述。兩種寫法上的分別雖然細微，意義卻甚重大，因為歷時的演變才能展現文明發展的普遍進程，佐證白話文符合正在邁向現代的中國的需要。此後胡適的論述大抵不出這個範圍，如1921年7月1日發表的《國語文法概論》，③以及1922年2月6日開始撰寫的《五十年來中國之文學》等皆然。④

除了方言文學發展的部分，歐洲文藝復興在胡適這個階段的論述中幾乎沒有任何位置。他後來系統地展開"中國文藝復興"的論述，主要受到燕京大學教授王克私（Philippe de Vargas）演說的影響。

第四節　王克私與中國文藝復興觀念的生成

Philippe de Vargas是瑞士人，漢名王克私，洛桑大學（Université de Lausanne）哲學博士。據洪業的憶述，王克私是他在1923年初到燕京大

---

① 胡適：《建設的文學革命論》，《胡適文集》，第2冊，第49頁。
② 同上書，第50頁。
③ 胡適《國語文法概論》云："一切方言都是候補的國語，但必須先有兩種資格，方才能夠變成正式的國語。第一，這一種方言，在各種方言之中，通行最廣。第二，這一種方言，在各種方言之中，產生的文學最多。……最初成立的是義大利的國語。義大利的國語起先也只是突斯堪尼（Tuscany）的方言，因為通行最廣，又有了但丁（Dante）、鮑卡曲（Boccacio）等人用這種方言做文學，故這種方言由候補的變成正式的國語。英國的國語當初也只是一種'中部方言'，後來漸漸通行，又有了喬叟（Chaucer）與衛克立夫（Wycliff）等人的文學，故也由候補的變成正式的國語。此外法國、德國及其他各國的國語，都是先有這兩種資格，後來才變成國語的。"（見《胡適文集》，第2冊，第331頁）
④ 胡適《五十年來中國之文學》云："但丁（Dante）鮑高嘉（Boccacio）的文學，規定了意大利的國語；嘉叟（Chaucer）衛克烈夫（Wycliff）的文學，規定了英吉利的國語；十四五世紀的法蘭西文學，規定了法蘭西的國語。中國國語的寫定與傳播兩方面的大功臣，我們不能不公推這幾部偉大的白話小說了。"（見《胡適文集》，第3冊，第251—252頁）

學時的"歷史系主任及系裏唯一的教授"。①王氏於1922年2月15日在北京"文友會"上宣讀了一篇關於"Chinese Renaissance"（《中國的文藝復興》）的文章，之後又把該文刊載於《新中國評論》（*The New China Review*）中。②為了準備這次演講，王氏於2月9日特地走訪胡適。《胡適日記》不但提到："燕京大學歷史教員Philip de Vargas（菲利浦·德·瓦爾加斯）來談，訪問近年的新運動，談了兩點多鐘"，③還清楚地記述了他數天後參與王克私論文報告的情況：

> 夜赴文友會，會員Philip de Vargas讀一文論"Some Aspects of the Chinese Renaissance"；我也加入討論。在君說"Chinese Renaissance"一個名詞應如梁任公所說，只限於清代的漢學，不當包括近年的文學革命運動。我反對此說，頗助原著者。其實任公對於清代學術的見解，本沒有定見。④

這則日記同樣廣為人所徵引，然而由於論者並無細究王克私當時報告的內容，往往忽略了一些重要的訊息，如文中"頗助原著者"等話便沒有著落。其實胡適與丁文江的討論，根本就是由王克私的論文所引發的。

王文開篇即扣問，以Renaissance這個外國名詞指涉中國的新文化運動，到底始於何人。他知道梁啓超很早已借用這個觀念比附中國歷史，但由於梁氏所說的中國文藝復興乃指清代二百多年的學術發展，因此他估計文藝復興這個觀念的新用法，應該源自北京大學學生發行的《新潮》雜誌，因為這個刊物的外文名稱正是*Renaissance*。王氏認為大概是這本雜誌出現之後，關心中國的外籍朋友才逐漸流行以"Chinese Renaissance"稱呼當時中國人所說的"新思潮"或"新文化運動"。⑤丁文江正是對王氏此一說法不

---

① 陳毓賢：《洪業傳》，北京：北京大學出版社1995年版，第76頁。
② PH de Vargas, "Some Elements in the Chinese Renaissance", *The New China Review*, 1922, IV: 2, pp. 115–127; IV: 3, pp. 234–247.
③ 《胡適日記全集》，第3冊，第429頁。
④ 《胡適日記全集》，第3冊，1922年2月15日，第433頁。按：這則日記所記王克私報告的題目與王氏後來發表的文章題目並不一致，未知是胡適誤書，還是後來王氏發表文章時把題目改寫。
⑤ PH de Vargas, "Some Elements in the Chinese Renaissance", IV: 2, p. 115.

以為然，因而提出商榷的意見，堅持中國的文藝復興應如梁啟超所說般特指清代漢學，不應包括文學革命運動；而胡適則反對這種狹義的理解，支持王克私的論調。丁、胡二人的分歧正可間接說明，直至 1922 年初，以 "Chinese Renaissance" 這個名詞指稱"新文化運動"尚屬新的用法。儘管王克私提到外國朋友喜歡使用這個名詞，但中國學人顯然還不熟悉這種稱呼，否則熱情投入新文化運動的丁文江便不會提出這種質疑了。

按照王克私的說法，中國文藝復興此一名詞極有可能受到《新潮》雜誌的英文譯名所啟發。《新潮》創刊於 1919 年 1 月，由傅斯年、羅家倫、徐彥之等北京大學學生自發刊行。他們不但邀請胡適擔任顧問，"很受他些教導"，還高舉"（1）批評的精神；（2）科學的主義；（3）革新的文詞"等元素，①與胡適的主張若合符節。不過這個刊物的英文名字並非胡適所取，傅斯年在《新潮》創刊八個月後憶述雜誌的源起時，一方面坦承胡適對他們的影響，同時亦清楚指出："子俊要把英文的名字定做 The Renaissance，同時，志希要定他的中文名字做'新潮'。兩個名詞恰好可以互譯。"②胡適在當時以至之後很長的一段時間，均對此說無異議，到了晚年才向唐德剛表示，傅斯年"他們把這整個的運動叫做'文藝復興'可能也是受我的影響"。③無奈胡適"中國文藝復興之父"的名頭太大，以致一些學者索性把他那句話演繹為：胡適"把北大學生雜誌《新潮》的西文名稱定為 *Renaissance*"，④將徐彥之（子俊）的功勞算到他的頭上。這類說法與當時文獻的紀錄並不吻合，較為合理的說法應該是，北大學生受到胡適提倡的白話文學、批評態度和科學方法等影響，創辦了宏揚新文化的刊物，並且邀請胡適擔任顧問，甚至參與他們定名字的會議，但刊物的中英名稱均是由這幾位學生自己提出、討論和確定。四十年來胡適"一直認為當時北京大學一般學生的看法，是對的"。⑤

---

① 傅斯年：《"新潮"之回顧與前瞻》，《傅斯年全集》，第 4 冊，臺北：聯經出版事業公司 1980 年版，第 153 頁。
② 同上。
③ 唐德剛譯：《胡適口述自傳》，第 192 頁。
④ 孫隆基：《公元 1919 年——有關"五四"的四種不同的故事》，《二十一世紀》2006 年 8 月第 96 期，第 102 頁。
⑤ 胡適：《中國文藝復興運動》，《胡適作品集》，第 24 卷，第 179 頁。

平心而論，《新潮》的中英名稱固然甚有意思，能夠展現雜誌的若干理念，然而不能否認的是，它們都是出自滿腔熱誠的年輕人之手，多少帶點信手拈來的成分。如傅斯年說"新潮"與 Renaissance 可以互譯，實在相當牽強，相信胡適本人亦不會同意，因為胡適很早已指出 Renaissance 應當譯作"再生時代"：

> "再生時代"者，歐史十五、十六兩世紀之總稱，舊譯"文藝復興時代"。吾謂文藝復興不足以盡之，不如直譯原意也。①

再生出來的東西固然可以是創新的，也可以是復古的，反之亦然，以為二者的意思相通，可以互譯，只是非常片面的講法。此外更為重要的是，傅斯年本人也不見得特別重視 Renaissance 這個觀念，他在《新潮》創刊號發表的《發刊旨趣書》中，耗費大量篇幅敘述中國的現況以及提倡中國學術的重要，卻無一語涉及刊名選用 Renaissance 的原因。遍閱全文，只有一處提到這個詞語：

> 又觀西洋"Renaissance"與"Reformation"時代，學者奮力與世界魔力戰，辛苦而不辭，死之而不悔。若是者豈真好苦惡樂，異夫人之情耶？彼能於真理真知灼見，故不為社會所征服；又以有學業鼓舞其氣，故能稱心而行，一往不返。②

文中對 Renaissance 的理解談不上深入，文藝復興不僅被空泛地詮釋為學者不顧社會壓力、奮力追求真理的時代，還與 Reformation 相提並論，混為一談。余英時認為把五四運動類比為文藝復興或是啟蒙運動，背後可能基於不同的政治立場。③然而對《新潮》創辦人而言，至少對傅斯年來說，文藝復興與啟蒙運動並不見得有重要的區別。歷史上許多重大的事件或發明，很多時源於一些微不足道的小事，我們沒有必要因

---

① 《胡適日記全集》，第 2 冊，1917 年"歸國記"，第 527 頁。
② 傅斯年：《"新潮"發刊旨趣書》，《傅斯年全集》，第 4 冊，第 351 頁。
③ 余英時：《文藝復興乎？啟蒙運動乎？——一個史學家對五四運動的反思》，第 5—11 頁。

為這些小事後來引發出大影響，於是反過來把小事誇張成大事。《新潮》的英文譯名也許的確啟發了當時一些關心中國發展的外國學者，令 Chinese Renaissance 一語膾炙於外國人之口，但我們完全沒有必要因而誇大這個刊名的意義，更不必為了追求歷史敘述的完整性，硬說胡適早有中國文藝復興的念頭，所以為該刊物取這個名字，顛倒了時間的順序。

根據現存材料，胡適當是聽完王克私的報告後，才開始沿襲外國學者慣用的 Chinese Renaissance 一語，討論新文化運動。王克私曾於 1921 年 6 月到胡適家談了半天，勸他"用英文著書"，①今天已無從考究他當時究竟勸胡適寫甚麼書了，不過可以肯定的是，在他宣讀論文之前，胡適已用英文發表多篇文章，介紹新文化運動。王克私在期刊上連載的論文末後，便附有以下一段話：

> The above having been prepared to be read as a paper was not provided with notes and references. It should be mentioned, however, that I have, at Dr. Suh Hu's own suggestion, freely borrowed facts and occasionally phrases from Dr. Suh Hu's following article in English:
>
> *A Literary Revolution in China*, in the Peking Leader's "China in 1918," p. 116.
>
> *Intellectual China in* 1919, in the Peking Leader's "China in 1919," p. 9.
>
> *The Literary Revolution in China*, in "Some Aspects of Chinese Civilization," privately printed for the World's Student Christian Federation Conference at Peking, April, 1922.
>
> *The National Language of China*, to be printed in a column published by the American University Club of Shanghai. ②

除上述幾篇文章外，胡適在 1922 年 2 月，也就是王克私演說的同一

---

① 《胡適日記全集》，第 3 冊，1921 年 6 月 15 日，第 113 頁。
② PH de Vargas, "Some Elements in the Chinese Renaissance", IV: 3, p. 247.

個月，還寫了一篇"The Literary Revolution in China"（《中國文學革命》），先後刊載於 1922 年 2 月 *The Chinese Social and Political Science Review*（《中國社會及政治學評論》）第 6 期，以及倫敦同年出版的 *China Today Through Chinese Eyes*（《中國人眼中的今日中國》）之內。①這些文章發表的時間前後跨越兩年，但胡適從來沒有用過 Chinese Renaissance 這個名稱。差不多一年之後，胡適才以此為題撰寫英文文章。

他在 1923 年 4 月 3 日的日記中曾表示自己正"用英文作一文，述'中國的文藝復興時代'（The Chinese Renaissance）"，②並謂：

> 此題甚不易作，因斷代不易也。友人和蘭國 Ph. De vargas 先生曾作長文"Some Elements in the Chinese Renaissance"，載去年四月～六月之 The New China Review。此文雖得我的幫助，實不甚佳。③

這是胡適第一次明確使用"中國的文藝復興時代"一語，向外國讀者介紹他所參與領導的新文化運動。他以 The Chinese Renaissance 取代之前屢用的 The Literary Revolution，顯然跟王克私的長文大有關係，因為日記中不但提及王文，還記下"實不甚佳"的評語。問題是王克私的文章既然主要參考胡適的著作，甚至直接借用相關的事實和用語，發表之前作者又曾探訪胡適詢問"文學革命運動"的情況，④以致胡適本人也不得不承認該文得過他的幫忙，為甚麼最後仍然只落得"實不甚佳"的評價？要瞭解胡適不滿的地方，可以參閱該則日記的其餘文字：

> 我以為中國"文藝復興時期"當自宋起。宋人大膽的疑古，小心的考證，實在是一種新的精神。……王學之興，是第二期。那時的戲曲小說，"山人"、"才子"，皆可代表一種新精神與新趨勢。肉體

---

① 季羨林主編，胡適著：《胡適全集》，第 35 卷，第 274—286 頁。
② 《胡適日記全集》，第 4 冊，1923 年 4 月 3 日，第 33 頁。
③ 同上。
④ 參《胡適日記全集》，第 3 冊，1922 年 3 月 7 日，第 455 頁。

的生活之尊嚴，是這個時期的一點特別色彩。在哲學方面，泰州一派提倡保身，也正是絕好代表。清學之興，是第三期。此不消詳說了。……近幾年之新運動，才是第四期。①

胡適認為中國總共經歷了四次文藝復興，並略述作出這些分期的原因。光看這則日記，很容易以為他不滿意王克私的地方，純粹在於分期的問題。然而要是參看王氏原文及胡適其後發表的 The Chinese Renaissance（《中國的文藝復興》），② 即可知道二者尚有更大的差異。王克私的文章塵封多年，幾成已陳芻狗，不過為了敘述的方便，以下還得由王文談起。

王克私的文章共分兩部分，第二部分主要介紹新文化運動，花了許多篇幅講述文學革命的情況，與胡適的意見相當一致，文中個別地方甚至直接襲用胡適英文論文的句子。如胡適1919年發表的 A Literary Revolution in China（《中國文學革命》）提到舊派對白話文的懷疑時，嘗言：

> How can poetry, the essence of which is beauty, be produced in a language which has long been the language of the lowly and the vulgar and has never been polished by the usages of a refined literature. ③

王克私述及相關史實時便索性借用胡適原句，只略作修訂為：

> But how could poetry which is the essence of beauty be produced in a language which has long been that of the low and vulgar and has never been polished by the usages of refined literature. ④

---

① 《胡適日記全集》，第4冊，1923年4月3日，第33頁。
② 此文發表於1923年北京 Chinese National Association for the Advancement of Education, Bulletin 6, Vol. II, 今收入季羨林主編，胡適著：《胡適全集》，第35卷，第632—681頁。文末建議讀者可參考王克私的文章，可知此文寫於王文之後，題目亦與《日記》相符。
③ 季羨林主編，胡適著：《胡適全集》，第35卷，第239頁。
④ PH de Vargas, "Some Elements in the Chinese Renaissance", IV: 3, p. 240.

類似例子並不罕見。①對勘之下，他與胡適的分歧主要集中在文章的第一部分。

王克私在這部分首先簡單地追溯了"中國文藝復興"這一名稱的可能源頭，接著便探討把 Renaissance 這個法國詞語應用在中國身上，到底有甚麼意思。一般相信，Renaissance 指 15 世紀以降古典文學和藝術在歐洲的再生（reborn），因此這個運動意味著對古代文藝的發現、重建與模仿。現在用這個詞語形容中國，是否表示中國也被源出於希臘的現代歐美文化所征服？王克私注意到當時的新文化運動與中國傳統文化有明顯的割裂，很難稱得上是對中國固有經典的回歸，不過他也不同意把中國的文藝復興簡單地理解為現代中國對"希歐文化"（Greco-European civilization）的發現與模仿。身為一位歐洲學者，王克私透過中國的經驗重新反思西方傳統中有關文藝復興的說法，認為過去由於缺乏進化的觀念，因而過份強調古代的再生與復活，低估了文藝復興時期那些學人自身的原創性。針對這些不當之處，他提出了一套理論框架，嘗試從素材（the stuff）、先導（the preceptor）、意識的決定要素（the determiner of consciousness）和肇端（the starter）等四個構成因素，闡釋歐洲文藝復興的特質，並以此解讀中國的情況。根據他的分析，中國文藝復興的素材是中國人民的精神和道德力量，其先導是過去三百年中國固有的學術研究，意識的決定要素則是富侵略性的西方，而其肇端亦是西方的文化。②王克私擴展了舊有的文藝復興觀念，嘗試建立一套理論架構，解釋其他文化中相類似的現象。

然而，胡適並沒有採取王氏此一強調外緣因素的分析框架。他在 1923 年發表的 The Chinese Renaissance（《中國文藝復興》）中，開宗明義地點出文藝復興的內涵，包括世界的發現和人的再發現（the discovery of the world and the rediscovery of man），以及反抗權威和批判精神的興起

---

① 如王克私曾提過："In March 1919 the members of the Anfu 安福 conservative party in the Senate talked of impeaching the Minister of Education and the Chancellor of the University for allowing corrupters of youth to hold positions in that institution."（Ⅳ：3，p. 240）胡適 1919 年發表的 "Intellectual China in 1919" 亦有類似文字："In March the Anfu members in the Senate were talking about impeaching the Minister of Education and the Chancellor of the University for allowing perverters of opinion and corrupters of youth to remain in the highest educational institution of the nation."（《胡適全集》，第 35 卷，第 245 頁）

② PH de Vargas, "Some Elements in the Chinese Renaissance", Ⅳ：2, pp. 116–127.

(an age of rebellion against authority and of the rise of a critical spirit) 等。①這些觀念既非他個人的創見，亦非憑空杜撰而來，而是當時中西學人對文藝復興的基本理解，屢見於薛謝兒以迄蔣百里的《歐洲文藝復興史》等著述中。如梁啟超為蔣書作序時，便提過："歐洲文藝復興所得之結果二：'一曰人之發現，二曰世界之發現'"。②胡適相信，這些描述均適合用來形容當前的中國文藝復興。通過這些內涵，他把歐洲文藝復興此一歷史事件引伸為抽象的時代精神，並以此印證中國數千年來學術文化的發展，推導出"多期"的中國文藝復興觀。他認為中國過去三百年正處於一個解放和批判的文藝復興時代，而這種反抗權威的精神在明末的東林黨和復社的政治運動中已見端倪，比清代考證學的興起還要早。他又把宋代視為中國最早的文藝復興，原因亦在於這段時期的學者能夠獨立思考，富有疑古辨偽的批判精神。

假如說王克私的外緣架構企圖從空間上橫向地延展歐洲的文藝復興運動，那麼胡適的分析便可以說是從時間上縱向地展示中國文化發展中多次出現的同類現象。兩者的差異固然會體現在分期的問題上，因為王克私所理解的文藝復興儘管可以出現於不同的地方，而出現的時間亦可有先有後，卻仍是一個國家或民族在特定而又相類似的時空條件下產生的歷史事件；反觀胡適的文藝復興已虛化為一種時代精神，一個國家或民族的歷史上，只要發現有符合這些精神的時代，不論次數多寡，均可被目為文藝復興時期。由是而言，分期問題不過是其表徵，真正的差異其實源自王、胡對文藝復興的不同理解。這種差異不但涉及二人對中國文藝復興與西方文化關係的基本看法，還透露了胡適採用中國文藝復興此一類比時的潛在取向，值得認真剖析。

作為一位歐洲學者，王克私與當時大多數關心中國的外國人一樣，相信現代西方文化是中國新文化運動的主要構成因素。他雖然並不同意中國的文藝復興運動意味著中國被希臘、歐州文化所征服，但也毫不諱言地指出這場運動的"意識決定要素"及其"肇端"均來自西方的衝擊，與中

---

① 季羨林主編，胡適著：《胡適全集》，第35卷，第632頁。
② 蔣百里：《歐洲文藝復興史》，北京：東方出版社2007年版，梁序。

國傳統的學術文化並無明顯的關係。①他把中國自鴉片戰爭以降學習西方文化的歷程分為五個階段，認為中國人經過多次慘痛的教訓後，終於在最後階段明白到不能光引入西方的技術，而是要學習西方整套思想。在王氏眼中，中國過去一直只有對外國的"slavish imitation"（依樣葫蘆、盲目的模仿），直至中國人真正掌握西方文化的核心，才有可能在這些外來的基礎上獨立而自由地創造自己的新文化。這個重要的突破點出現於 1915 年至 1920 年間，當時中西學術逐漸融合，中國人的心靈亦能接收整套西方思想（the totality of Western thought），結果促成中國本土的文藝復興。②

王克私高度強調西方文化對中國新文化運動的全面影響，與後來所謂"全盤西化"論相當類似；令人意外的是，胡適對這種中國文藝復興西來說竟然大感不滿。他從內涵角度發展出來的文藝復興多期說，就是針對王說而發，試圖說明文藝復興在中國古已有之，而且不止一次。他在分析 20 世紀中國文藝復興的直接導因時，同樣強調中國歷史的內在發展，認為這些導因並非來自西方的衝擊，而是源於（1）1911 年中國的辛亥革命，（2）透過庚子賠款到美國留學的中國學生，以及（3）1914 年至 1918 年間的世界大戰。③首兩點與中國自身的關係顯而易見，縱是談到第 3 點，胡適亦著重揭示中國在世界大戰期間本土工業的勃興。在全文的最後一句，胡適更重申中國正在經歷的文藝復興乃一種舊文化的再生，而非對西方文化的盲目崇拜，原文所謂"It is no slavish worship of the Western civilization"，④與前述王文所說的"So far nothing else had been done but a slavish imitation of externals"，⑤恰好形成強烈的對比，"slavish"一詞尤其可圈可點。

王、胡的差異引發我們思考另一個重要問題：胡適在 1920 年前後正

---

① 王克私表示："You will notice that while in Europe the starter was simply a more perfect form of the Hebraic-Hellenic civilization which had been the preceptor of infant Europe, and had practically no connection with the hostile East, in China the starter is the civilization of the West, i. e., of the obnoxious determiner of consciousness himself, and in no apparent connection with the indigenous preceptor."（IV: 2, p. 120）

② PH de Vargas, "Some Elements in the Chinese Renaissance", IV: 2, pp. 126 – 127.

③ 季羨林主編，胡適著：《胡適全集》，第 35 卷，第 654 頁。

④ 同上書，第 681 頁。

⑤ PH de Vargas, "Some Elements in the Chinese Renaissance", IV: 2, p. 127.

熱情地鼓吹西方文化，為甚麼他會如此低調地敘述新文化運動的外來影響？他不是說過："現在的中國文學已到了暮氣攻心，奄奄斷氣的時候"，要"趕緊灌下西方的'少年血性湯'"嗎？①新思潮的精神不是"一種評判的態度"，而這種態度不是"總表示對於舊有學術思想的一種不滿意，和對於西方的精神文明的一種新覺悟"嗎？②為甚麼他要告訴外國人中國現代這場運動只是中國多次文藝復興的其中一次，是中國文化又一次的再生，淡化王克私所說的西方文化的影響？這個問題涉及胡適撰文時所預設的接收對象，亦與他所期望達成的論述效果有關。

第五節　從"為國外的人說法"回到漢語世界

　　歐陽哲生也注意到胡適以英文闡述的中國文藝復興觀念，與他在中文世界發表的文字有不盡一致之處："為什麼胡適在英文世界屢屢以'文藝復興'來說明和闡釋中國新文化運動，而在中文世界卻長期不以該詞語來說明新文化運動呢？"③他提出的答案是中國文藝復興的說法容易令人有復古的聯想，"它既不被新文化陣營所認同，又極有可能被舊派勢力所利用，胡適遂只能在中文世界裡擱置這樣一種提法"。④此一推斷的主要論據是：

> 　　圍繞是否應該開展"整理國故"運動，新文化陣營內部產生了極大的爭議，陳獨秀、魯迅等人根本反對這樣做。……當"整理國故"主張已產生爭議，甚至被人非議時，胡適意識到"中國的文藝復興"思想根本就不宜在中文世界發表。⑤

　　這種說法自然有其參考價值，只是當中尚有一些地方欠缺足夠的說

---

① 《文學進化觀念與戲劇改良》，見歐陽哲生編《胡適文集》，第 2 冊，第 126 頁。
② 《新思潮的意義》，見歐陽哲生編《胡適文集》，第 2 冊，第 555 頁。
③ 歐陽哲生：《中國的文藝復興——胡適以中國文化為題材的英文作品解析》，《近代史研究》2009 年第 4 期，第 30 頁。
④ 同上。
⑤ 同上書，第 30—31 頁。

明。誠然，胡適自 1919 年揭櫫"整理國故"後的確引起新文化陣營內部的爭議，如陳獨秀 1923 年 7 月發表《國學》譏諷胡適"要在糞穢裏尋找香水",①魯迅翌年 1 月在北京的演講亦有類似批評,②但胡適並沒有即時改變他的立場和言論。他在 1925 年致錢玄同的信中仍大體維持原來的主張，直至 1926 年 6 月才發表"懺悔"的言論。③假如胡適"在 1923 年發表的英文文章'中國的文藝復興'才是他真實的、系統的思想闡釋",④他大可在 1919 年至 1926 年間，尤其是當"整理國故似更形成壓倒一切的趨勢",⑤而新派內部又未出現明顯分歧之際，以中文申論中國文藝復興的觀念，根本沒有必要迴避本國讀者，刻意用英文表述他的見解。由此可見整理國故與中國文藝復興的關係，仍然有待深入的說明。

綜合各種資料，我們認為胡適用英文發表題為中國文藝復興的文章，乃是王克私"逼上梁山"的結果，因為自新文化運動伊始，胡適已多次用英語發表文章宣傳這項運動，但他只把它稱為文學革命、新思潮運動等。直至後來聽到王克私以外國人慣用的"中國文藝復興"介紹這場運動，並且刊登了"實不甚佳"的文章，他才以同一名稱發表英文演說和文章，希望改變外國讀者對有關問題的看法。不少學者以為胡適是在 1926 年出國時始以"中國文藝復興"為題發表演說，其實胡適在文友會上聽到王克私演說後的一個半月，即已"爲世界基督教學生大同盟的國際董事會（每一國二人）演說"The Significance of the Chinese Renaissance Movement"（《中國文藝復興運動的意義》）。⑥換句話說，胡適的中國文藝復興論述從一開始就是為外國的人說法，是他順應英語學界的討論，接續

---

① 任建樹等編，陳獨秀著：《陳獨秀著作選》，第 2 卷，上海：上海人民出版社 1993 年版，第 517 頁。

② 魯迅：《墳. 未有天才之前》，見《魯迅全集》，第 1 卷，北京：人民出版社 1987 年版，第 167 頁。

③ 參羅志田《從正名到打鬼：新派學人對整理國故的態度轉變》，《國家與學術：清季民初的思想論爭》，北京：三聯書店 2003 年版，第 342—344 頁；徐雁平：《胡適與整理國故考論——以中國文學史研究為中心》，合肥：安徽教育出版社 2003 年版，第 42—53 頁。

④ 歐陽哲生：《中國的文藝復興——胡適以中國文化為題材的英文作品解析》，第 31 頁。

⑤ 語見羅志田《新文化運動時期關於整理國故的思想論爭》，《國家與學術：清季民初的思想論爭》，第 255 頁。

⑥ 胡適：《胡適日記》，第 2 冊，1922 年 4 月 1 日，第 488 頁。

已有話頭的結果。這套論述與中國讀者的背景知識和學術議題並不相侔，胡適把這個話題限制在英語世界內，正是順理成章的事。

至於為甚麼他在論述過程中傾向弱化西方文化對中國文藝復興的影響，這跟他面向外國聽眾和讀者時的表述立場不無關係。胡適在回國初年曾表示：

> 那些外國傳教的人，回到他們本國去捐錢，到處演說我們中國怎樣的野蠻不開化。他們錢雖捐到了，卻養成一種賤視中國人的心理。這是我所最痛恨的。我因為痛恨這種單摘人家短處的教士，所以我在美國演說中國文化，也只提出我們的長處；如今我在中國演說美國文化，也只注重他們的特別長處。①

王克私對中國文化的理解和同情，當然不是一般外國教士可比，然而當胡適看到這位專研基督教在華歷史的學者，不斷強調西方對新文化運動的啟迪和影響，恐怕也感到有需要展示一下"我們的長處"，讓外國朋友正視中國文化自身的發展，改變部分人"賤視中國人的心理"。胡適相當重視演說，②其"只提長處"的選材取向並非偶發或隨意的行為。他在1926年再度出國時便曾向韋蓮司表示自己不想在美國作公開演講，因為他相信美國聽眾期望從一個東方演說者口中得到泰戈爾式的"東方"信息，批評西方的物質文明，但他卻恰好持相反的意見，所以"覺得自己向歐美聽眾演說是不合格的"，③於是避免作公開演講。這番話正可說明他對演說的內容、對象和效果，一向有相當高的自覺。他不願意在美國聽眾面前指責東方文明，與他樂意用英文發揚中國文化，原是一體的兩面。因此他雖然向韋蓮司表示不願在美國作公開演講，卻又於同年 11 月 11 日在英國劍橋大學發表 "Has China remained stationary the last thousand years?"

---

① 《美國的婦人》，見《胡適文集》，第 2 冊，第 501 頁。
② 胡適在《再論中學的國文教學》中提出，國語文課所佔的五小時內，"白話文"應佔二小時，"演說"則要佔一小時，跟"語法與作文"和"辯論"相同。他對演說的重視，於此可見一斑。參《胡適文集》，第 3 冊，第 602 頁。
③ 見周質平編譯《不思量自難忘：胡適給韋蓮司的信》，第 154 頁。

（《中國近一千年停滯不前嗎？》）的演說，①縷述中國近一千年的成就，可知他不是不願意演講，而是不願意在外國演說中國文化的短處。周質平說："胡適在英文著作中對中國文化少了一些批評，多了一些同情和回護。"②又說："胡適在英文著作中談到中國，多少有些隱惡揚善的心理。"③他的觀察雖非為胡適的中國文藝復興論述而發，卻仍是適用的。

稍後他在輔仁大學發表的演講，亦可印證其早年的說法。是次演說的題目是《考證學方法之來歷》，胡適雖然認同清代考證學富有現代科學的精神，卻不如梁啟超那樣相信它是西方教士利瑪竇等帶來中國的。他認為考證學源自中國古代刑名之學，並受到格物致知一類哲學的影響，不是來自西洋的。演說的結尾特別提到：

> 將來有研究天主教耶穌會教士東來的歷史專家提出新證據，我當再來輔仁大學取消我今天的話。天主教研究神學，有一很好的習慣，就是凡立一新說，必推一反對論者與之駁辯，此反對論者稱做"魔鬼的辯護師"，今天，我就做了一次"魔鬼的辯護師"。④

他甘願在一所天主教大學充當"魔鬼的辯護師"，訴說中國文化的長處。這種姿態不但再次顯示他對演說的場地和聽眾有高度的自覺，還可與他早年所謂"只提出我們的長處"等話互相發明。

胡適是"最能從周圍的議論中得啟發"的人，⑤他雖在王克私的激發下被動地接過"中國文藝復興"的命題，卻能主動地把它演繹為一種時代精神，闡釋中國學術的歷史發展，並把新文化運動安頓在這個大框架中。胡適對自己的英文演說及文章頗有自信，他在第一次發表中國文藝復

---

① 參曹伯言整理《胡適日記全集》，第5冊，第542頁；講稿可參季羨林主編，胡適著《胡適全集》，第36卷，第132—139頁。《日記》所載題目與講稿文本不同，當以講稿題目為準。

② 周質平：《胡適英文筆下的中國文化（上）》，《中華讀書報》2012年6月20日，第17版《國際文化》。

③ 周質平：《胡適英文筆下的中國文化（下）》，《中華讀書報》2012年7月4日，第17版《國際文化》。

④ 《胡適文集》，第12冊，第114頁。

⑤ 語見羅志田《新文化運動時期關於整理國故的思想論爭》，《國家與學術：清季民初的思想論爭》，第243頁。

興的演說後不久，便想到將來要把他的"英文演說論文等集在一塊付印，雖不能佳，應該比許多外國作者的瞎說高明一點"，甚至計劃"做幾篇論文，專為國外的人說法"。①這套論述很快成為他向外國人介紹新文化運動的標準題目，反覆出現於不同年代的英語演說中，尤其在 1933 年 7 月芝加哥大學的哈斯克講座（Haskell Lectures）中得到較為完整的展現。在這次講座中，中國的第一次文藝復興已上推至唐代的古文運動，由四期變為五期，②箇中內容學界已耳熟能詳，不必在此重述。

此後直到他逝世之前一年，胡適仍為 U. S. Officer Wives' Club（美軍夫人會社）講述 "The Literary Renaissance in the last Forty Yea1rs"（過去四十年的文學再生運動）。③接近四十年的演說，不但為胡適贏得斐聲國際的盛譽，亦令這套中國文藝復興論述產生深遠的影響，儼然成為外國人理解中國的橋樑。Hyman Kublin 教授便坦承胡適在芝大演講的結集喚起了他的"知識的激情"，其"豐富知識遠遠超過了從一打書和數百篇期刊論文中所學到的東西"。④這套"專為國外的人說法"的論述，後來更與胡適的中文著作合流，反過來成為國人理解相關歷史的框架。

一般相信，胡適要遲至 1958 年才第一次用中文為國人講述"中國的文藝復興"。⑤然而要是不以辭害意，胡適其實在出訪芝大後不久，已在國內講述這個題目，不過他並沒有使用"文藝復興"，而是用他覺得較為準確的"再生"一詞。檢閱較為詳盡的胡適著述目錄，除了 1958 年在中國文藝協會演說的《中國的文藝復興運動》外，胡適 1935 年途經廣西時，亦曾分別於 1 月 12 日及 1 月 15 日演說《中國再生時期》和《中國的再生運動》，⑥儘管這兩場演講的選題並非完全出自胡適的本意。《中國再生時

---

① 胡適：《胡適日記》，第 2 冊，1922 年 5 月 24 日，第 585 頁。
② 參胡適《中國的文藝復興》，歐陽哲生、劉紅中編：《中國的文藝復興》，第 181—182 頁。
③ 胡適：《胡適日記》，第 9 冊，1961 年 1 月 10 日，第 721 頁。
④ 參歐陽哲生、劉紅中編，胡適著《中國的文藝復興》，"編者前言"，第 2 頁。
⑤ 如歐陽哲生《中國的文藝復興——胡適以中國文化為題材的英文作品解析》謂"胡適第一次在中文世界使用'中國文藝復興運動'這一題目來講述五四運動史或新文化運動史，是遲至 1958 年的事情"（第 29 頁）。
⑥ 見《胡適著譯繫年》，季羨林主編，胡適著：《胡適全集》，第 44 卷，第 43 頁。

期》明言講題乃馬君武所命,①其內容與數日後發表的《中國的再生運動》亦大同小異,只是後者較為簡略而已,②但胡適在廣西講述這個題目,亦自有其合適之處,從中亦可窺測這套論述的適用範圍。

　　胡適的"中國文藝復興"本是為外國的人說法,其特色是宏觀、完整和全面,因為外國聽眾對中國的社會、歷史、政治和學術普遍缺乏足夠的背景知識,胡適根本沒有可能亦沒有必要為他們詳述新文化運動中的各個細節。因此他選擇從大處著眼,通過"再生"的涵義帶出中國從古到今的文化發展,然後集中介紹新文化運動,包括白話文的興起,以及中國社會、文化等不同方面的改革。反觀胡適同期的中文著述,實在鮮見這類宏觀的大論述,因為他本人作為當時學術界、思想界的中心人物,一直致力參與中國新文化的塑造,直接介入整理國故、問題與主義、科學與人生觀等各場論爭中,而他的戰友、論敵以至關心這類問題的一般讀者,對中國晚近的發展亦多有相當的認識,並不需要入門式的導論。這恐怕才是胡適把"中國文藝復興"限制在英語世界內的主要原因。

　　當然,並非所有中國人都能瞭解和認同發源於北京的新文化運動,對於這類聽眾,中國文藝復興的論述仍有一定的作用。胡適在1935年1月4日抵達殖民地香港時,便在"香港大學講演'The Chinese Renaissance'",翌日再到"香港教員協會(Teachers' Association)午餐,講演'The Scientific Renaissance'"。③從中山大學古直和鍾應梅所發的"中大拒胡適文學院教授團"的宣言可見,④30年代嶺南一帶的學風與北方仍有明顯的距離,因此胡適在廣西為一般大學生以及民團官兵講述中國的再生運動,實亦相當切合聽眾的程度和需要。不過正如余英時所指出,這段期間文藝復興的論述已逐漸讓位給啟蒙運動。⑤胡適在20世紀50年代撰寫的未刊稿中,雖仍然相信中國文藝復興運動在大陸上"養成了並且很明顯

---

　　① 《胡適文集》,第12冊,第115頁。
　　② 如《中國再生時期》用了三四頁篇幅介紹中國五次文藝復興運動(見《胡適文集》,第12冊,第116—120頁),但《中國的再生運動》只有一小段概括相關內容(見杜春和等編《胡適演講錄》,石家莊:河北人民出版社1999年版,第189頁)。
　　③ 曹伯言整理:《胡適日記全集》,第7冊,第166頁。
　　④ 同上書,第185—186頁。
　　⑤ 余英時:《重尋胡適歷程》,第276—277頁。

留下了不少的抗毒防腐的力量",①但當時現實卻不如他想像般樂觀。

1958年的五四紀念日,胡適再有機會以"中國文藝復興運動"為題發表中文演說。嚴格而言,胡適這場演說不及過去的英文演講周延,甚至比不上前述的《中國再生時期》一文,當中既無介紹文藝復興的內涵,亦無論及中國歷史上各期文藝復興的情況,只著重鋪述白話文學的發展。②相比之下,唐德剛譯註的《胡適口述自傳》無疑更具推廣效用。胡適本以為這部自傳的"將來讀者"乃"美國大學裏治漢學的研究生",③所以他沿用一貫的做法,講述"中國文藝復興的四重意義",該書的翻譯令更多中文讀者認識"中國文藝復興"這個類比及其獨特意義。

到了20世紀末,隨著胡適被"重新發現",④他的英文著述及翻譯陸續在兩岸問世,⑤漢語學界慢慢意識到"中國文藝復興"這個出現頻率極高的用語的重要。經過時間的洗滌,七八十年前轟轟烈烈的新文化運動已逐漸化約為書本的知識,滿有隔閡的現代人讀到胡適這套專為外國讀者而發的宏觀論述,自然覺得條理份外分明,甚至較胡適的中文論著更為系統和全面。結果這個本來旨在向外國出口的類比,反過來變成內銷,影響中國人對新文化運動史的認識。這種由外而內的傳播過程,恐怕並非胡適最初說法時所能預料。

胡適曾勸梁啟超追述他早年曾"躬與其役"的晚清今文學運動,⑥結果促使梁氏寫成《清代學術概論》。胡適讀過該書後,認為:"任公此書甚好,今日亦只有他能作這樣聰明的著述。"⑦梁啟超現身說法,建構出大家公認的清學史系譜。胡適的中國文藝復興論述正堪與任公媲美,亦只有

---

① 胡適:《胡適手稿》,臺北:胡適紀念館1970年版,第9集,卷3,第492頁。
② 《中國再生時期》不但介紹中國各期的文藝復興,還從政治、文學、社會和學術四個方面分述新文化運動的發展。參《胡適文集》,第12冊,第115—127頁。
③ 唐德剛:《寫在書前的譯後感》,見《胡適口述自傳》,第6頁。
④ 參潘光哲《"重新估定一切價值"——"胡適研究"前景的一些反思》,《臺大文史哲學報》2002年第56期,第111—113頁。
⑤ 當中較為重要的,當推周質平主編的三卷本《胡適英文文存》(臺北:遠流出版事業股份有限公司1995年版),此後季羨林主編的《胡適全集》亦補入一些篇章。
⑥ 見《清代學術概論·自序》,載朱維錚校注,梁啟超著《梁啟超論清學史二種》,上海:復旦大學出版社1985年版,第1頁。
⑦ 曹伯言整理:《胡適日記全集》,第3冊,第18頁。

胡適本人能作這樣聰明的著述。

第六節　結語

　　無論白話文革命、文學研究還是全方位的整理國故，胡適所參與領導的新文化運動從來都是以中國社會為舞台，然而當他把這些事件類比為"中國文藝復興"，整個運動便與西方文明和世界歷史發生了微妙的聯繫。儘管胡適的中國文藝復興觀是逐步建立起來的，但其背後潛藏的目的由此至終卻是非常一致，那就是試圖把中國文化世界化（The internationalization of Chinese culture）。

　　通過薛謝兒的著述，胡適開始系統地參照歐洲各國方言的經驗，視中國的白話文為歷史發展的必然階段，試圖把中國納入世界文明演化的版圖之內。這個階段的論述主要針對中國人而發，旨在向他們說明中國與世界文明接軌的地方，佐證新文化的合法性。當新文化運動取得一定的成就，得到本國人認同，胡適發現王克私未能從中國本土視野出發闡述新文化的性質，於是借用這些外國人流行的"中國文藝復興"一詞，縷述中國最新的發展情況。這段時期的論述原是為外國人的說法，讓他們明白中國也與歐洲諸國一樣，經歷了文化上的再生，邁向現代化。

　　正是在這種背景下，胡適強調他的小說考證雖然在內容上與其他研究不盡相同，卻都是為了展示同一種現代學術方法。這種析證方法發軔於王國維對傳統經學的揚棄，胡適推崇王國維的其中一個原因，正是在於他的學術貢獻"已漸漸的得到世界學者的承認"，①能與現代西方接軌。經過胡適的提倡後，析證法逐漸成為中國古典文學研究的主流，也就是錢鍾書所謂在新中國成立前的中國佔有主導地位的"實證主義"研究，②取代了傳統疏證解讀的範式。

---

　　① 胡適：《誰是中國今日的十二個大人物》，《努力周報》1922年11月19日，第29期；轉引自桑兵《晚清民國的國學研究》，第240頁。
　　② 錢鍾書：《寫在人生邊上的邊上》，第134頁。

餘　　論

　　以經學為核心的傳統學術在清末民初經歷了一場從疏證到析證的範式轉移，奠定了現代中國學術研究的基本結構和方向。作為中國學術的重要組成部分，近現代的中國文學研究也同步地出現了重大的轉變。本書已清楚說明，王國維在20世紀初期已成熟地運用析證法從事研究，其後胡適發揚光大，在方法論層面上嚴厲批判以蔡元培為代表的傳統疏證法，確立了析證法在中國文學研究領域中的範式地位。

　　然而必須補充的是，中國文學研究的現代化進程並未因此而完結，因為以理性分析和科學實證為軸心的析證法，尚未能完全針對"文學"這門學科的特色。與哲學、史學等科目不同，文學研究最核心的部分是審美價值問題。文學作品無疑是存在於特定時空的其中一類文獻，可以從史學角度考證作者的身份及其身處的時代環境，也可以從文獻學的角度探討各種版本的先後以及當中所涉及的各種語言現象。可是這類析證研究還未觸及文學文本有別於其他著述文字的關鍵之處，不足以說明文學之為文學的本質。

　　王國維雖然熟悉西洋哲學和美學，並能透徹地掌握現代學術的精神、觀念和治學方法，傲視同儕，卻猶未能確認文學文本的表達形式有著超乎倫理學或其他學術內容的獨立價值，與現代的純文學觀念仍有一段距離。胡適對"文學的性質"的理解更是停留在實用的層面，以為"一切語言文字的作用在於達意表情，表情表得好，便是文學"。[1]他的說法與王國維《人間詞話》所強調的"不隔"說同是"美學上所謂'傳達'說（theory

---

[1]　胡適：《建設的文學革命論》，《胡適文集》，第2冊，第46頁。

of communication)"，①著重對世界或真理的描述，在文學觀念的光譜中屬純度最低的"模仿說"理論（mimetic theory）。

反觀蔡元培參照經學疏證方法的索隱研究，雖然仍以發掘文學文本背後的本事為鵠的，並有牽強附會之虞，但他對文本的細節和象徵的微觀解讀具有相當濃厚的實際批評（practical criticism）的意味，能夠引導讀者細讀文本。難怪索隱派論著多年來一直有增無減，擁有頑強的生命力，不但沒有像顧頡剛所說般"毀之一旦而有餘"，②反而比胡適一派的著作更能引起廣大讀者的關注。③這類現象正可間接顯示索隱派解讀文本的獨特方式，對今天的讀者仍然能夠產生知性上的衝擊，激發閱讀的興趣。

20世紀文學理論大師弗萊（Northrop Frye）在其名著中亦曾注意到西方的索隱研究，談及拉斯金（John Ruskin）以名字寓意解讀莎士比亞戲劇的做法，以及阿諾德（Matthew Arnold）對這種解讀的批評。令人意外的是，這位致力把文學批評建立為獨立科學的文論家，竟然相當同情拉斯金的研究，認為他是在"努力探索真正的批評"，"試圖依照一種觀念的框架去解釋莎士比亞"，反而譏諷阿諾德"孤陋寡聞"，不知道拉斯金的方法實借鑒自源遠流長的圖像學傳統。④由是而言，蔡元培借鑒自古代學術的索隱研究，亦稱得上是探索"真正的批評"的嘗試，不容一筆抹煞。

繼蔡、胡之後，另一國學大師陳寅恪以其獨特的文史互證法詮釋文學作品，企圖調和蔡元培的"情節考證"和胡適的"文獻考證"，取得了矚目的成就，廣受讚許。除了《元白詩箋證》等名著外，陳寅恪對《順宗實錄與續玄怪錄》、《辛公平上仙》等小說的解讀，與蔡元培的索隱方法並無本質上的差異。錢鍾書把這類方法統稱為"實證主義文學研究"，並且肯定它是20世紀上半葉在中國佔有主導地位的文學研究模式。然而這位同樣學貫中西的大學者對這類"'科學的'文學研究"極不以為然，並且不具名地批評陳寅恪有關白居易詩的研究是"自我放任的無關宏旨的

---

① 錢鍾書：《論不隔》，第95頁。
② 顧頡剛：《紅樓夢辨序》，載俞平伯《俞平伯論紅樓夢》，第79頁。
③ 壽鵬飛在20世紀20年代末刊行的索隱著作，固然比俞平伯的《紅樓夢辨》暢銷，坊間近年流行的《紅樓夢》揭密系列，其銷量亦必高於絕大多數的考證派著作。
④ 弗萊：《批評的解剖》，陳慧等譯，天津：百花文藝出版社2006年版，第11—13頁。

考據"。①

　　錢鍾書是20世紀中國古典文學研究殿堂級的大師，強調《詩》作詩讀，反對"盡舍詩中所言而別求詩外之物"，②著重文學文本的特性。他與留學美國攻讀西洋文學的學衡派健將吳宓有極為密切的關係，20世紀30年代撰寫的雜文和《談藝錄》，已嫻熟地運用各種西方理論詮釋中國文學，對現代的純文學觀念有精深圓滿的認識。從胡適的自然主義文學批評觀、陳寅恪的文史互證法，到錢鍾書以文學語言為本位的研究，中間仍有一段歷史曲折，需要詳細探討。這些問題正是筆者另一部專著《現代的開展》的主題，此處僅略敘崖略於此，以為異日之券。

---

① 錢鍾書：《寫在人生邊上的邊上》，第134頁。
② 錢鍾書：《管錐編》（一），上卷，第219頁。

引用書目

傳統文獻
（按朝代及作者姓名筆劃排序）

（漢）班固：《漢書》，北京：中華書局1962年版。

（漢）鄭康成：《禮記鄭注》，臺北：學海出版社1992年版。

（晉）干寶：《搜神記》，上海：上海古籍出版社1987年版。

（南朝宋）范曄：《後漢書》，北京：中華書局1965年版。

（梁）劉勰著，范文瀾註：《文心雕龍註》，香港：商務印書館1986年版。

（梁）蕭統輯：《文選》，臺北：正中書局1971年版。

（唐）孔穎達：《毛詩正義》，北京：北京大學出版社2000年版。

（唐）孔穎達：《周易正義》，臺北：藝文印書館影十三經注疏1989年版。

（唐）孔穎達：《尚書正義》，臺北：藝文印書館影十三經注疏1989年版。

（唐）孔穎達：《春秋左傳正義》，北京：北京大學出版社2000年版。

（唐）徐彥：《春秋公羊傳注疏》，臺北：藝文印書館1989年版。

（唐）陸淳：《春秋集傳纂例》，上海：上海古籍出版社影四庫全書本1987年版。

（宋）司馬光：《司馬溫公文集》，上海：中華書局1936年版。

（宋）朱熹：《四書章句集注》，北京：中華書局1995年版。

（宋）朱熹：《朱子語類》，朱傑人等主編：《朱子全書》（修訂本），上海：上海古籍出版社、合肥：安徽教育出版社2010年版。

（宋）朱熹：《詩序辨說》，見朱傑人等主編《朱子全書》（修訂本），上海：上海古籍出版社、合肥：安徽教育出版社2010年版。

（宋）朱熹：《詩集傳》，見朱傑人等主編：《朱子全書》（修訂本），上海：上海古籍出版社、合肥：安徽教育出版社2010年版。

（宋）晁公武：《郡齋讀書後志》，上海：上海古籍出版社影四庫全書本1987年版。

（明）胡應麟：《少室山房筆叢》，上海：上海古籍出版社1987年版。

（清）王引之：《經義述聞》，南京：江蘇古籍出版社2000年版。

（清）王念孫：《王石臞先生遺文》，載羅振玉《羅雪堂先生全集》，臺北：大通書局1976年版。

（清）王鳴盛：《西莊始存稿》，乾隆三十年自刻本、倫明校。

（清）王鳴盛：《尚書後案》，《皇清經解尚書類彙編》，臺北：藝文印書館1986年版。

（清）永瑢等編：《四庫全書總目》，北京：中華書局2006年版。

（清）江藩：《漢學師承記》，北京：三聯書店1998年版。

（清）阮元：《揅經室集》，臺北：世界書局1982年版。

（清）周濟：《介存齋論詞雜著》，北京：人民文學出版社1998年版。

（清）金聖嘆評點：《第五才子書施耐庵水滸傳》，河南：中州古籍出版社1985年版。

（清）段玉裁：《段玉裁遺書》，臺北：大化書局1977年版。

（清）洪榜：《戴先生行狀》，載《戴震文集》附錄，北京：中華書局1990年版。

（清）孫星衍：《尚書今古文注疏》，北京：中華書局1986年版。

（清）張惠言：《茗柯文編》，上海：上海古籍出版社1984年版。

（清）曹雪芹著，馮其庸纂校訂定：《重校八家評批紅樓夢》，南昌：江西教育出版社2000年版。

（清）章學誠：《章學誠遺書》，北京：文物出版社1985年版。

（清）陳康祺：《郎潛紀聞》，北京：中華書局1997年版。

（清）惠棟：《松崖文鈔》，江蘇：廣陵出版社2009年版。

（清）焦循：《孟子正義》，北京：中華書局1982年版。

（清）焦循：《易圖略》，《皇清經解易類彙編》，臺北：藝文印書館1992年版。

（清）焦循：《雕菰集》，臺北：藝文印書館影文選樓叢書本1967年版。

（清）趙爾巽等：《清史稿》，北京：中華書局1994年版。
（清）劉逢祿：《劉禮部集》，上海：上海古籍出版社1995年版。
（清）劉逢祿：《論語述何》，嚴靈峯編：《無求備齋論語集成》，臺北：藝文印書館1966年版。
（清）劉寶楠：《論語正義》，北京：中華書局1990年版。
（清）戴震：《戴震文集》，北京：中華書局1990年版。
（清）戴震著，戴震研究會、徽州師範專科學校、戴震紀念館編纂：《戴震全集》，北京：清華大學出版社1994年版。
（清）龔自珍：《龔自珍全集》香港：中華書局1974年版。

近人論著

（按作者姓氏筆劃排序）

一粟編：《紅樓夢卷》，北京：中華書局1965年版。
卜孝萱：《唐傳奇新探》，南京：江蘇教育出版社2001年版。
尹康莊：《王國維與中國文學純粹論的理論體系構建》，《廣東社會科學》2005年第6期，第125—130頁。
方珊：《形式主義文論》，濟南：山東教育出版社1999年版。
王力：《中國語言學史》，山西：山西人民出版社1981年版。
王水照：《國人自撰中國文學史（第一部）之爭及其學術史啟示》，《中國文化》2008年第27期，第54—63頁。
王平：《也談"索隱派"與"考證派"——兼與陳維昭兄商榷》，《紅樓夢學刊》2004年第3輯，第184—199頁。
王平：《觀念與方法：百年紅學的啟示》，《文史哲》1998年第5期，第28—32頁。
王攸欣：《選擇·接受與疏離：王國維接受叔本華、朱光潛接受克羅齊美學比較研究》，北京：三聯書店1999年版。
王叔岷：《鍾嶸詩品箋證稿》，臺北：中研院中國文哲研究所1992年版。
王泛森：《章太炎的思想》，臺北：時報文化出版企業有限公司1992年版。
王國維：《王國維遺書》，上海：上海書店出版社1996年版。

王國維：《古史新證：王國維最後的講義》，北京：清華大學出版社 1994 年版。

王國維著，佛雛校輯：《王國維哲學美學論文輯佚》，上海：華東師範大學出版 1993 年版。

王國維著，趙利棟輯校：《王國維學術隨筆》，北京：社會科學文獻出版社 2000 年版。

王國維著，劉鋒傑、章池集評：《人間詞話百年解評》，合肥：黃山書社 2002 年版。

王基倫：《"〈春秋〉筆法"的詮釋與接受》，載林慶彰、蔣秋華主編《經典的形成、流傳與詮釋》第一冊，臺灣：學生書局 2007 年版，第 375—414 頁。

王夢阮、沈瓶庵：《紅樓夢索隱》，北京：北京大學出版社 1988 年版。

王夢鷗：《唐人小說研究二集》，臺北：藝文印書館 1973 年版。

王瑤主編：《中國文學研究現代化進程》，北京：北京大學出版社 1996 年版。

王劍：《中國文學現代演進的三個環節——以梁啟超、王國維、周作人為個案的考察》，《周口師範學院學報》2006 年 1 月，第 23 卷第 1 期，第 33—36 頁。

王德毅：《王國維年譜》，臺北：中國學術著作獎助委員會 1967 年版。

王學典：《新史學與新漢學》，上海：上海古籍出版社 2013 年版。

王憲明：《真假有無與"借事明義"——兼論索隱派》，《紅樓夢學刊》1997 年第 4 輯，第 143—146 頁。

王樹海：《中西交融背景下的紅學研究範式得失考論》，吉林大學比較文學與世界文學博士學位論文，2008 年。

弗里德里布·席勒：《審美教育書簡》，馮至、范大燦譯，北京：北京大學出版社 1985 年版。

弗萊：《批評的解剖》，陳慧等譯，天津：百花文藝出版社 2006 年版。

皮述民：《李鼎與石頭記》，臺北：文津出版社 2002 年版。

皮述民：《蘇州李家與紅樓夢》，臺北：新文豐出版股有限公司 1996 年版。

皮錫瑞：《經學通論》，北京：中華書局 1989 年版。

皮錫瑞著，周予同注釋：《經學歷史》，北京：中華書局1989年版。

石昌渝：《春秋筆法與〈紅樓夢〉的敘事方略》，《紅樓夢學刊》2004年第1輯，第142—158頁。

任建樹等編，陳獨秀著：《陳獨秀著作選》，上海：上海人民出版社1993年版。

朱一玄、劉毓忱編：《水滸傳資料匯編》，天津：百花文藝出版社1984年版。

朱一玄編：《金瓶梅資料匯編》，天津：南開大學出版社2002年版。

朱丕智：《文學革命的理論基石——進化論文學觀》，《西南師范大學學報》2004年第30卷第1期，第142—146頁。

朱自清：《朱自清古典文學論文集》，上海：上海古籍出版社1981年版。

朱東根：《論〈紅樓夢〉索隱研究》，《廣州大學學報》（社會科學版）2008年10月，第71—76頁。

朱維錚：《中國經學史十講》，上海：復旦大學出版社2002年版。

牟潤孫：《注史齋叢稿》，北京：中華書局1987年版。

艾布拉姆斯：《鏡與燈》，酈稚牛等譯，北京：北京大學出版社1992年版。

何郁：《梁啟超〈論小說與群治之關係〉和王國維〈紅樓夢評論〉之比較批評》，《東方論壇》2002年第2期，第49—53頁。

余正培：《詩經正詁》，臺北：三民書局1993年版。

余冠英：《是"微言大義"呢，還是穿鑿附會？》，《人民文學》1955年1月號，第92—96頁。

余英時：《中國史研究的自我反思》，《漢學研究通訊》2015年第34卷第1期，第1—7頁。

余英時：《關於"新教倫理"與儒學研究——致〈九州學刊〉編者》，載《錢穆與中國文化》上海：上海遠東出版社1994年版，第296—303頁。

余英時：《中國思想傳統的現代詮釋》，臺北：聯經出版事業公司1993年版。

余英時：《紅樓夢的兩個世界》，臺北：聯經出版事業公司1991年版。

余英時：《重尋胡適歷程——胡適生平與思想再認識》，臺北：中研院、聯經出版事業股份有限公司2004年版。

余英時：《現代儒學論》，香港：八方文化企業公司1996年版。

余英時：《歷史與思想》，臺北：聯經出版事業公司1976年版。

余英時等著：《五四新論——既非文藝復興，亦非啟蒙運動》，臺北：聯經出版事業公司1999年版。

佛雛：《王國維詩學研究》，北京：北京大學出版社1987年版。

吳其昌：《王觀堂先生學述》，清華學校研究院編：《王靜安先生紀念號》，上海：商務印書館1928年版，第183—185頁。

吳其昌：《觀堂尚書講授記》，臺北：藝文印書館1975年版。

吳萬鍾：《從詩到經——論毛詩解釋的淵源及其特色》，北京：中華書局2001年版。

吳儀鳳：《從〈鶯鶯傳〉自傳說看唐傳奇的詮釋方法》，《中國學術年刊》2006年第28期，第133—160頁。

吳澤主編，劉寅生、袁英光編：《王國維全集・書信》，北京：中華書局1984年版。

宋劍華：《"五四"新文化運動與中國的文藝復興》，《涪陵師專學報》1999年7月第15卷第13期，第5頁。

宋廣波：《胡適紅學年譜》，哈爾濱：黑龍江教育出版社2003年版。

宋廣波：《胡適與紅學》，北京：中國書店2006年版。

宋顏莉：《範式建構：余英時"新典範說"對傳統紅學研究方法論的突破》，西南交通大學比較文學與世界文學碩士論文，2007年。

李小玲：《胡適："中國文藝復興之父"》，《廣西師範學院學報》（哲學社會科學版）2005年第2期，第77—81頁。

李孝遷、修彩波：《劉師培論學觀初探》，《福建論壇》2002年第3期，第17—22頁。

李長林：《歐洲文藝復興在中國的傳播》，鄭大華、鄒小站編：《西方思想在近代中國》，北京：社會科學文獻出版社2005年版，第1—48頁。

李淑珍：《當代美國學界關於中國註疏傳統的研究》，《中國文哲研究通訊》1999年9月第9卷第3期，第3—31頁。

李洲良：《春秋筆法：中國古代小說的敘事技巧》，《北方論叢》2008年第6期，第25—30頁。

李洲良：《春秋筆法與中國小說敘事學》，《文學評論》2008年第6期，第 38—42 頁。

李貴生：《經學的揚棄——王國維與中國現代學術》，張本義主編《白雲論壇》第二卷，北京，北京圖書館出版社 2004 年版，第 297—340 頁。

李貴生：《論乾嘉學派的支派問題》，載《傳統的終結——清代揚州學派文論研究》，上海：復旦大學出版社 2009 年版，第 193—203 頁。

李貴生：《傳統的終結——清代揚州學派文論研究》，上海：復旦大學出版社 2009 年版。

李靖莉：《五四新文化運動與歐洲文藝復興運動比較》，《齊魯學刊》2001 年第 5 期，第 18—21 頁。

李漢秋編：《儒林外史研究資料》，上海：上海古籍出版社 1984 年版。

李學勤：《綴古集》，上海：上海古籍出版社 1998 年版。

李鐸：《王國維的境界與意境論》，《華南師範大學學報》2004 年第 4 期，第 51—59 頁。

李鐸編著：《中國古代文論教程》，北京：北京大學出版社 2000 年版。

杜春和等編：《胡適演講錄》，石家莊：河北人民出版社 1999 年版。

杜書瀛主編：《中國 20 世紀文藝學學術史》五冊本，上海：上海文藝出版社 2001 年版。

汪辟疆校錄：《唐人小說》，香港：中華書局 1987 年版。

沈曾植著，錢仲聯輯：《海日樓札叢・海日樓題跋》，瀋陽：遼寧教育出版社 1998 年版。

谷繼明：《再論儒家經疏的形成與變化》，載曾亦主編《儒學與古典學評論》第 2 輯，上海：上海人民出版社 2013 年版，第 286—301 頁。

叔本華：《作為意志和表象的世界》，石沖白譯，楊一之校，北京：商務印書館 1997 年版。

周予同著，朱維錚編：《周予同經學史論著選集》（增訂本），上海：上海人民出版社 1996 年版。

周汝昌：《新紅學——新國學》，《山西大學學報》（哲學社會科學版）2002 年 4 月第 25 卷第 2 期，第 37—40 頁。

周汝昌：《還"紅學"以學——近百年紅學史之回顧，重點摘要》，《北京大學學報》（哲學社會科學版）1995 年第 4 期，第 36—49 頁。

周作人：《中國新文學的源流》，上海：華東師範大學出版社 1995 年版。

周明之:《胡適與王國維的學術思想交誼》,李又寧主編:《胡適與他的朋友》,紐約:天外出版社1991年版,第1—57頁。

周海波:《兩次偉大的"文藝復興"——意大利文藝復興運動與五四新文學》,《東方論壇》2000年第1期,第68—72頁。

周勛初:《當代學術研究思辨》,南京:南京大學出版社1993年版。

周質平:《胡適英文筆下的中國文化上》,《中華讀書報》2012年6月20日,第17版《國際文化》。

周質平:《胡適英文筆下的中國文化下》,《中華讀書報》2012年7月4日,第17版《國際文化》。

周質平編譯:《不思量自難忘:胡適給韋蓮司的信》,臺北:聯經出版事業公司1999年版。

易峻:《評文學革命與文學專制》,《學衡》1933年第79期,第4—5頁。

林義正:《春秋公羊傳倫理思維與特質》,臺北:臺大出版中心2003年版。

波普爾:《猜想與反駁》,上海:上海譯文出版社1986年版。

侯外廬:《中國思想史》,北京:人民出版社1992年版。

俞平伯:《俞平伯論紅樓夢》,上海:上海古籍出版社1988年版。

俞平伯輯:《脂硯齋紅樓夢輯評》,香港:太平書店1979年版。

姚奠中、董國炎:《章太炎學術年譜》,太原:山西古籍出版社1996年版。

姜亮夫著,姜昆武選編:《姜亮夫文錄》,昆明:雲南人民出版社1999年版。

柄谷行人:《日本現代文學的起源》,趙京華譯,北京:三聯書店2003年版。

洪峻峰:《胡適"五四文藝復興"說發微》,《廈門大學學報》1995年第3期,第39—43頁。

洪國樑:《王國維之詩書學》,臺北:臺灣大學出版委員會1984年版。

洪國樑:《王國維著述編年提要》,臺北:大安出版社1989年版。

洪謙:《維也納學派的哲學》,北京:商務印書館1989年版。

胡先驌著,張大為等合編:《胡先驌文存》,南昌:江西高校出版社1995

年版。

胡從經:《中國小說史學史長編》,香港:中華書局1999年版。

胡楚生:《試論〈春秋公羊傳〉中"借事明義"之思維模式與表現方法》,《中興大學文史學報》2000年6月,第1—31頁。

胡頌平編:《胡適之先生年譜長編初稿》,臺北:聯經出版事業公司1984年版。

胡適:《中國文藝復興運動》,《胡適作品集》第24卷,臺北:遠流出版事業股份有限公司1994年版,第177—196頁。

胡適:《胡適手稿》第9集,臺北:胡適紀念館1970年版。

胡適著,宋廣波編校注釋:《胡適紅學研究資料全編》,北京:北京圖書出版社2005年版。

胡適著,周質平主編:《胡適英文文存》,臺北:遠流出版事業股份有限公司1995年版。

胡適著,季羨林主編:《胡適全集》,合肥:安徽教育出版社2003年版。

胡適著,耿雲志、歐陽哲生編:《胡適書信集》,北京:北京大學出版社1996年版。

胡適著,曹伯言整理:《胡適日記全集》,臺北:聯經出版事業公司2004年版。

胡適著,曹伯言整理:《胡適日記全編》,合肥:安徽教育出版社2001年版。

胡適著,歐陽哲生、劉紅中編:《中國的文藝復興》,北京:外語教學與研究出版社2000年版。

胡適著,歐陽哲生編:《胡適文集》,北京:北京大學出版社1998年版。

韋勒克、沃倫:《文學理論》,劉象愚等譯,北京:三聯書店1984年版。

唐德剛譯:《胡適口述自傳》,北京:華文出版社1992年版。

夏中義:《世紀初的苦魂》,上海:上海文藝出版社1995年版。

夏曉虹:《覺世與傳世——梁啓超的文學道路》。上海:上海人民出版社1991年版。

孫玉明:《想入非非猜笨謎:紅學索隱派與〈紅樓解夢〉》,《紅樓夢學刊》1996年第4輯,第211—230頁;1997年第1輯,第264—280頁。

孫玉明:《紅學:1954》,北京:北京圖書館2003年版。

孫克強:《清代詞學》,北京:中國社會科學出版社2004年版。

孫勇進:《一種奇特的闡釋現象:析索隱派紅學之成因》,《南開學報》(哲學社會科學版)2002年第5期,第84—91頁。

孫勇進:《無法走出的困境——析索隱派紅學之闡釋理路》,《紅樓夢學刊》2003年第2輯,第260—278頁。

孫春在:《清末的公羊思想》,臺灣:商務印書館1985年版。

孫晨、嚴學鋒:《胡適的文學革命與進化論》,《徐州師範大學學報》2006年第32卷第2期,第27—31頁。

孫隆基:《公元1919年——有關"五四"的四種不同的故事》,《二十一世紀》2006年8月第96期,第102頁。

席勒著,張玉書選編:《席勒文集》,張佳珏、張玉書、孫鳳城譯,北京:人民文學出版社2005年版。

庫恩:《必要的張力》,范岱年、紀樹立等譯,北京:北京大學出版社2004年版。

徐雁平:《胡適與整理國故考論——以中國文學史研究為中心》,合肥:安徽教育出版社2003年版。

晁福林:《讚美憂愁:論上博簡〈詩論〉關於〈詩·柏舟〉的評析》,《北京師範大學學報》(社會科學版)2008年第4期,第60—67頁。

桑兵:《近代中國的知識與制度轉型》,桑兵、趙立彬主編:《轉型中的近代中國》,北京:社會科學文獻出版社2010年版,第3—19頁。

桑兵:《晚清民國的國學研究》,上海:上海古籍出版社2001年版。

浦江清:《浦江清文史雜文集》,北京:清華大學出版社1993年版。

袁英光、劉寅生:《王國維年譜長編》,天津:天津人民出版社1996年版。

袁進:《中國文學觀念的近代變革》,上海:上海社會科學院出版社1996年版。

逄增玉、胡玉偉:《進化論的理論預設與胡適的文學史重述》,《東北師大學報》2002年第1期,第72—79頁。

郝宇民:《二十世紀中國文學觀念發展及演變論綱》,《承德民族師專學報》1997 年第 1 期，第 1—8 頁。

馬以鑫等：《現代化進程中的中國人文學科·文學卷》，上海：上海人民出版社 2005 年版。

馬克·昂熱諾等主編：《問題與觀點：20 世紀文學理論綜論》，史忠義等譯，天津：百花文藝出版社 2000 年版。

馬宗霍：《中國經學史》，臺灣：商務印書館 1992 年版。

馬瑞辰：《毛詩傳箋通釋》，北京：中華書局 1989 年版。

高大鵬：《傳遞白話的聖火——少年胡適與中國文藝復興運動》，臺北：駱駝出版社 1996 年版。

康有為：《春秋筆削大義微言考》，載蔣貴麟主編《康南海先生遺著彙刊》，臺北：宏業書局 1976 年版。

康金聲：《諧音雙關：詩"興"義探賾一隅》，《文學評論》2003 年第 6 期，第 35—37 頁。

張少康：《文賦集釋》，上海：上海古籍出版社 1984 年版。

張全之：《突圍與變革——二十世紀初期文化交流與中國文學變遷》，西安：西北大學出版社 1997 年版。

張舜徽：《清代揚州學記》，上海：上海人民出版社 1962 年版。

張隆溪：《中西文化研究十論》，上海：復旦大學出版社 2005 年版。

張暉：《中國"詩史"傳統》，北京：三聯書店 2012 年版。

張暉編：《量守廬學記續編》，北京：三聯書店 2006 年版。

張樹年、張人鳳編：《張元濟蔡元培來往書信集，附與其他名人往來書札》，香港：商務印書館 1992 年版。

梁啟超：《近代學風之地理的分布》，《飲冰室合集》第五冊，北京：中華書局 1989 年版。

梁啟超：《論小說與群治之關係》，梁啟超著，吳松、盧雪崑、王文光、段炳昌點校：《飲冰室文集點校》第 2 集，昆明：雲南教育出版社 2001 年版。

梁啟超著，朱維錚校注：《梁啟超論清學史二種》，上海：復旦大學出版社 1985 年版。

梁錫鋒：《鄭玄以禮箋〈詩〉研究》，北京：學苑出版社 2005 年版。

章太炎：《國學講演錄》，上海：華東師範大學出版社 1995 年版。

章太炎:《章氏叢書》,臺北:世界書局1982年版。

章太炎著,傅杰編校:《章太炎學術史論集》。北京:中國社會科學出版社1997年版。

莊森:《胡適的文學進化論》,《華南師範大學學報》2005年第5期,第74—81頁。

許冠三:《新史學九十年》,香港:香港中文大學出版社1986年版。

許雪濤:《公羊學解經方法:從《公羊傳》到董仲舒春秋學》,廣州:廣東人民出版社2006年版。

許維遹:《呂氏春秋校釋》,北京:中國書店1985年版。

郭玉雯:《紅樓夢學——從脂硯齋到張愛玲》,臺北:里仁書局2004年版。

郭紹虞:《中國文學批評史》。上海:上海古籍出版社1986年版。

郭穎頤:《中國現代思想中的唯科學主義1900—1950》,雷頤譯,南京:江蘇人民出版社1989年版。

郭豫適:《從紅學索隱派說到"秦學"研究及其他——〈論紅學索隱派的研究方法〉後記》,《紅樓夢學刊》2006年第3輯,第46—55頁。

郭豫適:《擬曹雪芹"答客問"——論紅學索隱派》,上海:華東師範大學出版社2006年版。

陳大維:《淺談我國古代文藝作品中的影射技法》,《廣州大學學報》(社會科學版)2002年第1卷第11期,第38—43頁。

陳子展:《詩三百解題》,上海:復旦大學出版社2001年版。

陳子展:《詩經直解》,上海:復旦大學出版社1983年版。

陳才訓:《"春秋筆法"對古典小說審美接受的影響》,《信陽師範學院》(哲學社會科學版)2008年6月第28卷第3期,第125—128頁。

陳才訓:《源遠流長:論〈春秋〉〈左傳〉對古典小說的影響》,北京:中國社會科學出版社2008年版。

陳才訓:《"春秋筆法"與《紅樓夢》審美接受》,《吉首大學學報》(社會科學版)2008年第29卷第1期,第115—118頁。

陳才訓:《含蓄暗示與客觀展示——論"春秋筆法"對《紅樓夢》敘事藝術的影響》,《西華師範大學學報》(哲學社會科學版)2008年第4期,第6—10頁。

陳方正：《試論新文化運動與歐洲文藝復興》，《中國文化》2007年第2期，第141—155頁。

陳平原、王楓編：《追憶王國維》，北京：中國廣播電視出版社1997年版。

陳平原、杜玲玲編：《追憶章太炎》，北京：中國廣播電視出版社1997年版。

陳平原：《〈嘗試叢書〉總序》，《博覽羣書》2005年第9期，第77—78頁。

陳平原：《中國現代學術之建立——以章太炎、胡適為中心》，北京：北京大學出版社1998年版。

陳平原主編：《中國文學研究現代化進程二編》，北京：北京大學出版社2002年版。

陳其泰：《清代公羊學》，北京：東方出版社1997年版。

陳寅恪：《金明館叢稿二編》，北京：三聯書店2001年版。

陳毓賢：《洪業傳》，北京：北京大學出版社1995年版。

陳維昭：《〈石頭記〉脂評與傳統的本事注經方式》，《明清小說研究》2003年第3期，第99—111頁。

陳維昭：《"自傳說"與本事注經模式》，《紅樓夢學刊》2003年第4輯，第14—33頁。

陳維昭：《考證與索隱的雙向運動——關於兩種紅學方法的哲學探討》，《紅樓夢學刊》1998年第4輯，第180—195頁。

陳維昭：《索隱、考證與"新紅學"的本質——答王平兄兼論紅學史諸問題》，《洛陽師範學院學報》2005年第3期，第76—80頁。

陳維昭：《紅學通史》，上海：上海人民出版社2006年版。

陳維昭《索隱派紅學與詩騷學術傳統》，《汕頭大學學報》（人文科學版）1995年第11卷第1期，第40—48頁。

陳維昭：《索隱派紅學與互文性理論》，《紅樓夢學刊》2001年第2輯，第278—291頁。

陳廣宏：《文學史的文化敘事——中國文學演變論集》，上海：復旦大學出版社2012年版。

傅斯年：《傅斯年文集》，臺北：聯經出版公司1980年版。

單周堯:《杜預〈春秋經傳集解序〉五情說補識》,《中國文哲研究通訊》第 20 卷第 4 期,第 79—119 頁。

曾樂山:《中西哲學的融合:中國近代進化論的傳播》,合肥:安徽人民出版社 1991 年版。

程元敏:《詩序新考》,臺北:五南圖書出版股份有限公司 2005 年版。

程俊英、蔣見元:《詩經注析》,北京:中華書局 1991 年版。

程華平:《試論中國古代戲曲批評中的影射現象》,《文藝理論研究》2008 年第 5 期,第 67—72 頁。

馮其庸:《石頭記脂本研究》,北京:人民文學出版社 2006 年版。

馮俊:《法國近代哲學》,臺北:遠流出版事業股份有限公司 2000 年版。

馮夢龍:《平妖傳》,臺北:桂冠圖書股份有限公司 1995 年版。

黃永健:《境界、意境辨——王國維"境界"說探微》,《雲南藝術學院學報》2005 年第 1 期,第 69—74 頁。

黃克武:《胡適與赫胥黎》,《中研院近代史研究所集刊》2008 年 6 月,第 60 期,第 43—83 頁。

黃侃:《文心雕龍札記》,上海:華東師範大學出版社 1996 年版。

黃侃:《黃侃日記》,南京:江蘇教育出版社 2001 年版。

黃季剛先生誕生一百週年和逝世五十週年紀念委員會編:《量守廬學記:黃侃的生平和學術》,北京:三聯書店 1985 年版。

黃暉:《〈紅樓夢評論〉與現代紅學研究範式的轉換》,《閱江學報》2013 年第 2 期,第 26—130 頁。

黃慶萱:《文學義界的探索——歷史、現象、理論的整合》,《中國文哲研究集刊》1994 年第 5 期,第 1—50 頁。

黃霖:《中國小說研究史》,杭州:浙江古籍出版社 2002 年版。

黃霖:《近代文學批評史》,上海:上海古籍出版社 1993 年版。

黃霖主編:《20 世紀中國古代文學研究史》,上海:東方出版社 2006 年版。

楊乃喬、伍曉明主編:《比較文學與世界文學:樂黛雲教授七十五華誕特輯》,北京:北京大學出版社 2005 年版。

楊文昌:《進化論與五四文學》,《北華大學學報》2004 年第 5 卷第 3 期,第 7—10 頁。

楊樹達：《論語疏證》，上海：上海古籍出版社1988年版。

楊樹達：《積微翁回憶錄》，上海：上海古籍出版社1986年版。

萬仕國編著：《劉師培年譜》，揚州：廣陵書社2003年版。

葉其忠：《理解與選擇——胡適與康納脫的科學方法觀比論》，《臺大歷史學報》第35期2005年6月，第181—234頁。

葉其忠：《無方之方：胡適一輩子談治學與科學方法平議》，中研院近代史研究所主辦"胡適與近代中國學術研討會"論文，2007年5月4日。

葉嘉瑩：《王國維及其文學批評》，香港：中華書局1980年版。

葉夢得：《葉氏春秋傳》，上海：上海古籍出版社影四庫全書本1987年版。

董乃斌、薛天緯、石昌渝主編：《中國古典文學學術史研究》。烏魯木齊：新疆人民出版社1997年版。

漆永祥：《乾嘉考據學研究》，北京：中國社會科學出版社1998年版。

福柯著，莫偉民譯：《詞與物——人文科學考古學》，上海：上海三聯書店2001年版。

聞一多著，李定凱編校：《詩經研究》，成都：巴蜀書社2002年版。

蒙文通：《蒙文通文集》，成都：巴蜀書社1995年版。

蒙默編：《蒙文通學記》，北京：三聯書店1993年版。

趙生群：《〈春秋〉經傳研究》，上海：上海古籍出版社2000年版。

趙立行：《建國以來文藝復興史研究述評》，《史學理論研究》2001年第22期，第134—143頁。

趙敏俐、楊樹增：《二十世紀中國古典文學研究史》，西安：陝西人民教育出版社1997年版。

齊學東：《索隱派的舊版翻新——評"劉心武揭秘〈紅樓夢〉"》，《福建師範大學學報》（哲學社會科學版）2006年第3期，第127—131頁。

劉明翰：《改革開放30年來中國對歐洲文藝復興史的研究》，《史學理論研究》2009年第1期，第86—94頁。

劉盼遂：《觀堂學書記》，臺北：藝文印書館1975年版。

劉師培：《劉申叔遺書》，上海：江蘇古籍出版社1997年版。

劉師培著，陳引馳編校：《劉師培中古文學論集》，北京：中國社會科學出版社1997年版。

劉毓慶、郭萬金：《從文學到經學——先秦兩漢詩經學史論》，上海：華東師範大學出版社2009年版。

劉夢溪：《紅樓夢與百年中國》，石家莊：河北教育出版社1999年版。

歐陽哲生：《中國的文藝復興——胡適以中國文化為題材的英文作品解析》，《近代史研究》2009年第4期，第22—40頁。

潘光哲：《"重新估定一切價值"——"胡適研究"前景的一些反思》，《臺大文史哲學報》2002年第56期，第109—143頁。

潘秀玲：《〈詩經〉存古史考辨——〈詩經〉與〈史記〉所載史事之比較》，臺北：花木蘭文化出版社2006年版。

潘重規：《紅學六十年》，臺北：三民書局1991年版。

潘重規：《紅學論集》，臺北：三民書局1992年版。

潘樹廣等：《古代文學研究導論——理論與方法的思考》，合肥：安徽文藝出版社1998年版。

蔡元培：《石頭記索隱》，《小說月報》第7卷第1號至6號，第1—42頁。

蔡元培：《石頭記索隱》，上海：上海書店出版社2008年版。

蔡元培：《蔡元培自述》，臺北：傳記文學出版社1985年版。

蔡元培著，中國蔡元培研究會編：《蔡元培全集》，杭州：浙江教育出版社1998年版。

蔡元培著，高平叔編：《蔡元培美育論集》，長沙：湖南教育出版社1987年版。

蔡長林：《清代今文學派發展的兩條路向》，載林慶彰主編《經學研究論叢》第1輯，臺北：聖環圖書1994年版，第227—256頁。

蔣永青：《境界之真》，北京：中國社會科學出版社2001年版。

蔣廷黻英文口述稿，謝鍾璉譯：《蔣廷黻回憶錄》，臺北：傳記文學出版社1979年版。

蔣慶：《公羊學引論》，沈陽：遼寧教育出版社1995年版。

鄧宏藝、白青：《歐洲文藝復興文學對五四新文化運動的影響》2009年第3期，第119—122頁。

魯迅：《魯迅全集》，北京：人民文學出版社1987年版。

蕭鋒：《從"春秋書法"到"春秋筆法"名稱之考察》，《北方論叢》2009年第2期，第10—13頁。

錢玄同：《重論經今古文學問題》，《古史辨》第5冊，上海：上海古籍出版社1982，第22—101頁。

錢仲聯主編：《廣清碑傳集》，蘇州：蘇州大學出版社1999年版。

錢穆：《中國近三百年學術史》，北京：中華書局1989年版。

錢穆：《孔子與春秋》，《錢賓四先生全集》第8冊，臺北：聯經出版事業公司1994年版。

錢穆：《國學概論》，《錢賓四先生全集》第1冊，臺北：聯經出版事業公司1994年版。

錢穆：《莊子纂箋》，臺北：東大圖書股份有限公司1993年版。

錢鍾書：《七綴集》，北京：三聯書店2001年版。

錢鍾書：《管錐編》，香港：中華書局1990年版。

錢鍾書：《寫在人生邊上的邊上》，北京：三聯書店2001年版。

錢鍾書：《談藝錄》，北京：三聯書店2001年版。

閻文傑：《王國維與中國近代文學批評、美學思想的轉型》，《陝西師範大學繼續教育學報》2002年12月第19卷第4期，第63—64頁。

鮑國順：《戴震研究》，臺北："國立編譯館"1997年版。

龍榆生：《龍榆生詞學論文集》，上海：上海古籍出版社1997年版。

繆鉞：《繆鉞說詞》，上海：上海古籍出版社1999年版。

謝明勳：《六朝志怪小說故事考論》，臺北：里仁書局1999年版。

謝明勳：《六朝小說本事考索》，臺北：里仁書局2003年版。

聶振斌：《王國維美學思想述評》，瀋陽：遼寧大學出版社1997年版。

顏建華：《阮元〈研經室集〉集外文輯佚》，《湖南大學學報》（社會科學版）2005年第19卷第5期，第79—82頁。

魏源：《魏源集》，北京：中華書局1976年版。

曠新年：《現代文學觀的發生與形成》，《文學評論》2000年第4期，第5—17頁。

羅志田：《中國文藝復興之夢：從清季的古學復興到民國的新潮》，《漢學研究》2002年6月第20卷第1期，第277—307頁。

羅志田：《國家與學術：清季民初的思想論爭》，北京：三聯書店2003年版。

羅振玉：《本朝學術源流概略》，載《民國叢書》，上海：上海書店據上虞羅氏遼居雜著乙編本 1933 年版影印 1989 年版。

羅振玉著，王慶祥、蕭立文校注，羅繼祖審訂，長春市政協文史和學習委員會編：《羅振玉王國維往來書信》，北京：東方出版社 2000 年版。

蘇軾著，孔凡禮點校：《蘇軾文集》，北京：中華書局 1996 年版。

顧友澤：《對紅學索隱派研究方法的再思考》，《蘇州教育學院學報》2005 年 9 月，第 39—42 頁。

顧實：《漢書藝文志講疏》，上海：上海古籍出版社 1987 年版。

顧頡剛：《紅樓夢辨序》，載俞平伯《俞平伯論紅樓夢》，上海：上海古籍出版社 1988 年版。

顧頡剛：《古史辨自序》，上海：上海古籍出版社 1982 年版。

顧頡剛：《顧頡剛日記》，臺北：聯經出版事業公司 2007 年版。

顧頡剛：《顧頡剛書信集》，北京：中華書局 2011 年版。

顧頡剛：《顧頡剛讀書筆記》，臺北：聯經出版事業公司 1990 年版。

英文論著

Abrams, M. H. *The Mirror and The Lamp: Romantic Theory and the Critical Tradition*. New York: Oxford University Press, 1971.

Anderson, Benedict. *Imagined Communities: Reflections on the Origin and Spread of Nationalism*. London: Verso, 1983.

Aristotle, *Poetics*. Trans. Ingram Bywater. New York: Modern Library, 1984.

Bradley, A. C. *Oxford Lectures on Poetry*. New York: St Martin's Press, 1965.

Buruma, Ian & Margalit, Avishai *Occidentalism: The West in the eyes of its enemies*. New York: Penguin Books, 2005.

Carrier, James G. (ed). *Occidentalism: Images of the West*. Oxford: Clarendon Press, 1995.

Chen, Jue, "'Shooting sand at people's shadow' Yingshe as a mode of representation in medieval Chinese Litereature", *Monumenta Serica*, Vol. 47 (1999), pp. 169 – 207.

Chen, Jue, "History and Fiction in the *Gujing Ji* (Record of an Ancient Mirror)", *Monumenta Serica*, Vol. 52 (2004), pp. 178 – 180.

Cohen, Carl. *Introduction to Logic*, 9th ed. NJ: Prentice Hall, 1994.

Davies, Stephen. 'Truth—Values and Metaphors'. *The Journal of Aesthetics and Art Criticism*. Vol. 42, No. 3 (Spring, 1984), pp. 291–302.

de Vargas, PH. "Some Elements in the Chinese Renaissance", *The New China Review*, 1922, IV: 2, pp. 115–127; IV: 3, pp. 234–247.

Descartes, Rene. *Discourse on Method and the Meditations*. Harmondsworth: Penguin Books, 1968.

Eagleton, Terry. *Literary Theory: an Introduction*. Oxford: Blackwell Publishing, 1996.

Ferguson, Wallace K. *The Renaissance in Historical Thought: Five Centuries of Interpretation*. Toronto: University of Toronto Press, 2006.

Frye, Northrop. *The Great Code: the Bible and Literature*. New York: Harvest Book, 1983.

Glasgow, Eric. "The Origins of the Home University Library", *Library Review*. Vol. 50, No. 2 (2001), pp. 95–98.

Henderson, John B. *Scripture, Canon, and Commentary: A Comparison of Confucian and Western Exegesis*. New Jersey: Princeton UP, 1991, pp. 89–138.

Hospers, John. *An Introduction to Philosophical Analysis*, 3th ed. NJ: Prentice Hall, 1988.

Hume, David. *An Enquiry Concerning Human Understanding*. Indiana: Hackett Publishing Company, 1977.

Husserl, Edmund. *The Crisis of European Sciences and Transcendental Phenomenology*. Trans. David Carr. Evanston: Northwestern University Press, 1970.

Kōjin, Karatani. *Origins of Modern Japanese Literature*. Ed. Brett de Bary. Durham: Duke UP, 1993, pp. 11–44, 114–135.

Kuhn, Thomas S. *The Structure of Scientific Revolutions*. Chicago: Chicago University Press, 1962.

Kuhn, Thomsa S. *The Essential Tension*. Chicago: Chicago University Press, 1977.

LEE, Kwai Sang. 'Inborn Knowledge (shengzhi) and Expressions of Modesty (qianci): On Zhu Xi's Sacred Image of Confucius and his Hermeneutical Strategies', *Monumenta Serica*, 2015 vol. 63, pp. 79 – 108.

Nola, Robert and Sankey, Howard (ed). *After Popper, Kuhn and Feyerabend: Recent Issues in Theories of Scientific Method*. Dordrecht: Kluwer Academic Publishers, 2000.

Quine, W. V. *Methods of Logic*. Cambridge, Mass.: Harvard University Press, 1982.

Quine, W. V. O, "Main Trends in Recent Philosophy: Two Dogmas of Empiricism", *The Philosophical Review*, 1951, Vol. 60: 1, pp. 20 – 43.

Quine, W. V. O. *Word and Object*. Cambridge: The M. I. T. Press, 1988, pp. 17 – 25.

Rosende, Diego Lo. 'Popper on Refutability: Some Philosophical and Historical Questions'. in Parusniková, Zuzana & Cohen, Robert S. ed. *Rethinking Popper*. Dordrecht: Springer Netherlands, 2009.

Schiller, Friedrich. *On the Aesthetic Education of Man*. Ed. & trans. Elizabeth M. Wilkinson & L. A. Willoughby. Oxford: Clarendon Press, 2002.

Sichel, Edith. *The Renaissance*. New York: H. Holt and company, 1914.

Vico, Giambattista. *On the most ancient wisdom of the Italians: unearthed from the origins of the Latin language*. Trans. L. M. Palmer. Ithaca: Cornell UP, 1988.

Vico, Giambattista. *On the study methods of our time*. Trans. Elio Gianturco. Ithaca: Cornell UP, 1990.

Wilson, Duncan. *Gilbert Murray* 1866 – 1957. Oxford: Clarendon Press, 1987.

Zhang, Longxi. *Allegoresis: Reading Canonical Literature East and West*. Ithaca: Cornell University Press, 2005.

後　　記

撰寫本書期間，腦海裏經常閃現當年向諸位老師，尤其是向先師黃繼持教授問學的片段。

與回歸前香港絕大部分的年輕人一樣，我原是英文文法中學的學生，本應在完成中七課程後投考香港大學。不過當時香港中文大學推行了"中六暫取生"計劃，搶先取錄中五香港中學會考中成績優異的學生，所以我在1989年得以免試進入中大攻讀中國語言及文學。

大學一年級時有幸得到鄺健行教授耳提面命，能夠每周定期到他辦公室接受個別指導。鄺教授是新亞書院中文系的高材生，深得潘重規教授賞識，畢業後負笈希臘，獲雅典大學哲學博士學位，對中西學術經典俱有湛深研究。他選定《論語》一書，囑咐我先讀錢穆先生的《孔子與論語》和《學籥》，然後逐章細讀邢昺《論語注疏》、朱子《論語集註》和劉寶楠《論語正義》對同一經文的注釋，比較各家解讀的細微異同。由於根基淺薄，加上資質魯鈍，我用了整整一年時間才讀完《學而》和《為政》兩篇，雖然未能領會鄺教授的教導，卻總算培養出閱讀中國經典注疏的興趣。這一年的學習令我終身受用，也是我一生感念的美好時光。假如二年級時沒有修讀繼持師的"中國文學批評"課，也許我會以經學文獻為繼續深造的課題。

繼持師以現代文學評論見稱於世，尤以魯迅和香港文學方面的研究廣為人所熟悉。最近偶然在學長林幸謙教授的著作中，讀到李歐梵、陳思和等名家對繼持師的讚揚，反映恩師在現代文學研究領域中已有公認的位置。然而我們一眾學生心中明白，繼持師除了精研現代文學外，在舊學方面也有極高的造詣，對中國古代文論和哲學尤有邃博深湛的認識。繼持師於香港皇仁書院就讀中學時，柳存元教授正是他其中一位中文教師。後來他在香港大學攻讀學士課程期間，已協助饒宗頤教授編輯《文心雕龍研究專號》（1962），發表《文心雕龍與儒家思想》和《劉勰的滅惑論》等文章。大學畢業後他留校深造，師從牟宗三先生，並以《"性即理"與"心即理"——宋明儒學"性"、"理"、"心"諸觀念之發展》（1965）為題撰寫研究院論文。同年加入香港中文大學，講授中國文學批評、《荀子》、《莊子》等課三十餘年，並有多篇論文探討理學家的文論和王船山的哲學。後因積極開拓現代文學課程，參與各種編著工作，外間遂較少人注意他的舊學修養。

繼持師才華洋溢，教書時投入生動，極富感染力，經常吸引不同年級和不同主修科目的學生前來旁聽。他深於哲學，講授中國文學批評史時極重觀念的辨析，並且常從宏觀的文化角度探討文學理論與學術思想之間的互動關係，令我大開眼界。為了結合個人對經學注疏和文學批評的興趣，大學畢業後我自作聰明地以經學中的文學思想為題，投考母校哲學碩士課程，竟僥倖得到繼持師認可，有機會忝列門牆，並在他的指導下完成《毛詩正義文藝思想研究》（1995）。

由於繼持師擔心從事專門經學研究的學者或有門戶之見，所以特別邀請他的港大學長黃兆傑教授擔任拙文的校外考試委員，結果論文不但順利通過，不必作任何修訂，還引起黃教授的注意。黃兆傑教授出席拙文的口試答辯後，得悉我打算以清代經學家文論為題繼續深造，特地托恩師轉告我，說他近年正好也關心這個議題，並鼓勵我投考香港大學跟他學習。我從來沒有想過轉益多師，但黃兆傑教授在牛津大學取得博士後一直執教港大，專研清代文論，治學精深嚴謹，是我久仰多年的學者，加上當時報考中大博士課程尚未有結果，所以我也拿不定主意，不知是否應該報考港大，給自己多一個機會。我把心中的疑慮告訴恩師，他先說由我自己決定，沈吟半晌後又說："你還是繼續跟我吧。"於是我打消其他念頭，一心一意在母校鑽研清代揚州學派文論。多年後我才知道恩師極少收研究生，能夠在他指導下完成碩士、博士論文更是難得，始領悟到"繼續跟我"那句話的特殊意義和份量。

繼持師淡泊名利，一生徜徉於傳統與現代之間，在古代哲人和現代作家的著述中穿梭翱翔，自在逍遙。本書以傳統與現代的文學研究範式轉移為題，與他的志趣正相契合，故謹以這部貧薄的小書獻給恩師，以誌個人對他的懷念和敬意。

2015 年 6 月 1 日